紫罗兰的眼泪

轩雨幽冉 / 著

天津出版传媒集团

天津人民出版社

图书在版编目（CIP）数据

紫罗兰的眼泪 / 轩雨幽冉著 . -- 天津 : 天津人民
出版社, 2018.5 （2021.1重印）
ISBN 978-7-201-13221-1

Ⅰ . ①紫… Ⅱ . ①轩… Ⅲ . ①言情小说—中国—当代
Ⅳ . ① I247.5

中国版本图书馆 CIP 数据核字（2018）第 073399 号

紫罗兰的眼泪
ZILUOLAN DE YANLEI

轩雨幽冉　著

出　　　版　天津人民出版社
出 版 人　黄　沛
地　　　址　天津市和平区西康路 35 号康岳大厦
邮政编码　300051
网　　　址　http://www.tjrmcbs.com
电子邮箱　tjrmcbs@126.com

责任编辑　张　凯
封面设计　郑晓萍

制版印刷　三河市同力彩印有限公司
经　　　销　新华书店
开　　　本　660 毫米 × 960 毫米　1/16
印　　　张　18.75
字　　　数　237 千字
版次印次　2018 年 5 月第 1 版　2021 年 1 月第 2 次印刷
定　　　价　62.80 元

目　录

第一卷　遇见是谁的错

第二卷　百转千回的爱

第三卷　看不见的曙光

第一卷 / 遇见是谁的错

爱的隽语

记得，在一个慵懒的午后，我独自闲散地坐在街边卡位上，或沉思或发呆或惆怅。此时，两旁擦肩的路人和斑驳的梧桐突然带给了我一丝心灵的悸动。或者，是那叫灵感或者感性的东西。

而那时，正逢夏末秋初，那一片片的落叶正随风回旋而下……

我看着那些叶儿，忽然泛起一丝感伤……

尘世的路遥遥千里，沿途的风景谁人笑而不泣？谁能采摘那蕴含了一生的三叶草？谁能默然弹完那一首心碎的曲？

于是，那掺杂着困顿、纠结、纯美而深情的爱情故事便就此拉开了帷幕。

回首那早已过季的青春，回首那已然泛黄的记忆，却依然可以在这残影里找到昔日的画面。而爱情留给我们的并非只是爱情本身，更多的是责任、信念、扶持与成长。

挂着五彩霓虹的摩天轮在夜里争夺着流星的光辉，可即便流星飞逝，它仍在。而即便牵握着的手在下一个黎明便不再碰触、不再相遇。

但，我们仍有记忆……

共同的记忆……

爱情不是人生的终点站，而人生亦不是一条平坦的大道，它或泥泞或蜿蜒或崎岖，但只要我们曾一同走过，那就将会是我们心底深处最最温暖的栖息地。

凋谢的紫罗兰

四年前，某师范大学研究生宿舍楼楼下。

"席妍，如果我们结婚，我一定要在海边买一套房子，全白色的房子。我爱白色的纯洁、素雅和空灵。"

"你呀，还是去买彩票吧！"

叫席妍的女孩有一双迷人的眼睛，一张白净的标准鹅蛋脸。她身材修长，长长的黑发披散在双肩，妩媚而优雅。只见她摇了摇头，笑讽他那些不切实际的想法。

"你就对我那么没有信心，我在你眼中就这么没有能力？"男人一把拉住她，很不悦地说道。这个男人叫姚梓陌，读大三，正准备继续读研。叫席妍的女孩比他大三岁，今年刚好研究生要毕业了。

"不，我不是对你没有信心，而是对我自己没有信心。你也不是没有能力，你完全有这个能力。但，我没有时间去等。"席妍顿时拉长着脸看着姚梓陌，很现实地回答他。

"席妍！两个人在一起开心快乐才最重要，不是吗？"

"不，开心和快乐都不可靠。她们就像是天上飘浮的流云。随时会离开你。"

"你是不是有什么不开心的事，告诉我。"姚梓陌眉头紧蹙地看着她，看着这个对人生如此消极的女人。

"没有。"席妍只是冷冷地说了两个字。因为她知道，即便自己告诉了他，可对于一个身边只有一辆单车的男人来说，又能帮她什么呢?

那么，又何必多一个人陪她活在生活的负累里?

更何况，她是会离开的，而且马上就会离开……

"好了，不说这个了。今天是你生日，送你的，生日快乐。"姚梓陌叹了口气，然后从一个大纸袋里拿出一束娇艳的紫罗兰递给席妍。

"姚梓陌，我跟你说过多少次了，不要再送这种东西给我! 我不喜欢紫罗兰!"对于姚梓陌的执拗，席妍很生气。这一次，她直接一把将那一束娇艳的紫罗兰扔进了一旁的垃圾桶里。

"玫瑰代表爱，但它不代表永恒。紫罗兰，它却寓意永恒的爱及忠诚。一个人，一生只有一朵紫罗兰!"姚梓陌当即沉着脸低吼道，他的心在隐隐作痛。

席妍看着他，依旧保持着那份冷傲与无情，随而转身就走。

"席妍——"姚梓陌眉头紧蹙地叫了一声，可是席妍始终没有停步。

而这一走，他就再也没有看见过她。

听说，她嫁给了一个富商……

是的，听说。她就连一个分手的理由和安慰的话都没有留给他，走的是那样无情和漠然……

四年后，姚梓陌毕业了，拿到了硕士学位。

四年来，他不知道自己是怎么过的，只知道他再也没有和任何一个女人有过交集。

他，受伤了，伤得很重。

不过，所幸时间不会因为消沉而停驻。他们，始终在朝前走，伤口也在麻木中慢慢地隐去……

七月的天气如流火般穿梭在街上的每一角落，可那炙热得足以令人中暑的太阳却无法融化姚梓陌那颗冰封又寒冷的心。

自从席妍走后，他像变了一个人，不再说话，抑或是已经习惯了沉默。一身简单的装束，走路的样子轻快而稳健，眉头时而紧蹙着，似乎有太多想不完的心事、抹不去的愁、忘不掉的痛。也正因为这些，都为姚梓陌增添了致命的诱惑力。

姚梓陌赶着去机场，因为他的好哥们儿雷华开办了一所新的学校，叫他去他那儿工作。

当飞机跨过蔚蓝的天际，再次地停在跑道上时，姚梓陌已经来到了另一座城市。他已经从 F 市来到了 C 市。

姚梓陌的心已经苍白得不能再苍白了。他目前需要的只是一杯酒，一个朋友。所以他来 C 市来找那个朋友，那杯酒。

雷华的年纪比姚梓陌大八岁，一直从事教育事业，两个人是弄堂文化的铁哥们儿，从小打到大。姚梓陌是姚氏企业总裁的独子，姚氏企业近年来在国内投了不少项目，在建筑界很有名头。不过，姚梓陌却一直拒绝接手家族的事业，他的父母一直在新加坡，国内的生意让他的叔叔在打理。

雷华很欣赏他，也很钦佩他。试问，有多少人可以摒弃那些浮华？甘心做一个普通人家的孩子？上那种普普通通的学校？只有他，只有他姚梓陌例外。

而雷华也知道他一直放不下那个叫席妍的女人，即便她背叛了他，可他仍没有忘了她……

所以，他才这么快就让他来任职。他希望纯美的校园生涯，可以唤回他曾经丢失过的东西，并帮他遗忘那些困扰着他的烦恼。

开 学

两个月后……

C市某校。

开学了，莘莘学子在过了两个月的漫长假期之后都显得格外兴奋。确实，上学的时候总是盼放假，真放了假又很怀念在学校里的日子。看吧，人就是如此矛盾又冲突的一种奇特动物。

话说，确实很期待新的校园生活。时间很快，竟然已经大一了，确实是光阴一去不复返，时光如梭啊。嘻嘻。

戴妍独自走在去学校的路上，浅笑着、暗想着、品看着，那一排熟悉的梧桐和那蔚蓝的天空。

她是一个积极、乐天又敢于冒险的女孩；是一个才二十岁，有着无限憧憬和美好未来的女孩。而当一个女生的美貌与智慧并存的时候，她自然就成了众所瞩目的焦点和众星捧月的对象咯！

戴妍轻快地走在路上，调皮地摘下一片树叶，拿在手里把玩，心情超好。啊，对了。进了大学就会有新的同学认识了，大家都来自五湖四海，不知道大学生活会发生什么新鲜有趣的事情呢，或者说是被制造出一些新鲜有趣的事情。

我和叶菲可是大名鼎鼎的"YY两人组"。话说，记得高考的时候，我真的是担心死了！我们两个怎么可以分开呢！不行不行，要是分开的话我一定会伤心得哭死的！还好，我们填的志愿一样，誓死都要在一起！

戴妍回忆着那时候的点点滴滴……

走近学校，就听见了那此起彼伏的自行车铃声。这对戴妍来说，是一种温馨又带着朝气的声音，她很喜欢这个声音。

一进校园，她就又看见了那熟悉的操场，那个被那些调皮捣蛋的男生你追我打的战斗场。戴妍看着这里的一切，不禁微微扬起了嘴角，泛起了她特有的清新纯美的笑容。她很喜欢这种纯真又青春的感觉，很喜欢她的学生时代。

就像大人们常说的，她们正如花一般娇艳地盛开着……

"嘿，你这个迟到大王，难得你那么早来学校哎。"这个时候，有一个身穿白色 T 恤的短发女生拍了一下戴妍的肩膀。

这个女生就是戴妍的死党——叶菲。

"哈，叶菲，我正想你呢，你就出现了，我们确实心有灵犀。"戴妍朝她无比灿烂地笑着说。

"我也好想你啊，来来来，赶快让我亲一下。"叶菲很恶心地噘起嘴巴，跟她来了一个接吻的动作。

"哎呀，你接吻的样子好难看哦，我才不要呢！"戴妍说着，就嘻嘻哈哈地一路小跑了起来。

"是你说好想人家的！我就知道你对我总是'虚情假意'！别跑，我马上抓到你！"叶菲立马迈着大大的步子，奋起直追。

"糟糕，我今天穿的是皮鞋哎。真是失策失策！叶菲可是跑步达人呐。"戴妍一边跑一边回头看，嘟着嘴巴自言自语着。

"哎呀，跑了再说，我总不能不战而败啊！"戴妍想着，还故意回头对着叶菲大声挑衅："我看你暑假一定长胖了，这速度可是明显下降哦，哈哈！"

"好你个臭戴妍，竟然敢说我胖了，看我抓到你怎么收拾你！"叶菲两眼一横，马上加大步子跑起来了。

戴妍就读的大学分两个校区。校本部在市中心，分校区就在偏远一点的地方了。所以，这里面积比较大，学生也比较多。当然，这里头的暗道也比较多啦。戴妍为了甩掉叶菲的追逐，她一个人飞跑着去了后操场，那里有条路也可以通向教学楼。

此时，某校校长室。

今天，是开学第一天，姚梓陌站在窗台环顾这里的一切。

"我多么希望我还是一个学生，我多么希望我不曾走过那些惨白的人生路途。但是，人生的残酷就在于，我们无法回头……"姚梓陌看着窗外感怀着，那性感的嘴角不禁泛起了苦涩的笑容。

姚梓陌从雷华的办公室出来，随意走走。

来到了新的地方似乎多少都会有一份新的心情。因为，一样的花草树木承载着的是不一样的微风，一样的天空里漂浮着的也是不一样的流云……

姚梓陌单手插在裤袋里，漫不经心地走着，却突然被一个迅猛的冲击波给撞倒在了地上，还是以女上男下的暧昧姿势。

因为叶菲追得很快，戴妍一着急就更慌忙地疾跑。这不，一个转弯就撞到了人，还连带自己一起给摔倒在了地上。

"嘶……好痛……"戴妍顿时眯着眼睛就嚷嚷起来。

"好像，应该是我比较痛才对。"戴妍顿时被那个人的声音给吸引住了。好一副有磁性又低沉的嗓音哦，轻轻地略带着沙哑。他的身上，还散发着一股淡淡的烟草味道。

天呐，我撞到的是一个男生！不对，他不是一个男生，确切地说……他是一个男人才对。

"你……可以起来吗？"姚梓陌被戴妍压着当垫背，她倒是很舒服地趴在他身上，他可是浑身摔得快散架了。

"对不起哦！对不起！"这时，戴妍才赶紧从他身上离开，爬了起来。

"哎呀，我竟然趴在他身上哎！搞什么，幸好这个是学校的后弄堂，不然的话实在是难看了啦！"戴妍一边拍着自己衣服上的灰尘，一边眯着眼睛小声嘟囔着。

姚梓陌看着她，那披散在胸前的长发，那一张因为疾跑而涨红了的巴掌脸，那流露出的青春与朝气，不由得令人惊艳也令人伤感。

他，已经老了……

他的青春，早已经过季了……

"戴妍！"这个时候，叶菲终于追过来了。

而姚梓陌也早就站起来了，他稍稍整理了一下自己的衣服，面无表情地离开了。

"他是谁啊？"叶菲在他走后当即好奇地问了起来。

"我怎么知道？也许他是来找人的吧。"戴妍嘟着嘴巴，看着那个人渐行渐远的背影，心有余悸。他好高哦，快高我两个头了！应该有一米八五了吧？

"好啦好啦，人都走了！我们赶紧去教室看看吧。"叶菲吐了吐舌头，拉着戴妍就往教学楼跑去了。

和煦的风轻轻地划过她的侧脸，带着点点翠草的芳香和那一丝残留着余热的张狂。她，就像是一个从天而降的天使，愕然降临在我的面前。似乎让我重拾了，那遗失了多年的悸动和无法寻回的青春。

超级美男

戴妍和叶菲是出了名的死党，高中时就是班里面最有爱的姐妹淘。叶菲的性格大大咧咧，为人直爽豪迈；而戴妍的性格就有些扑朔迷离了，有时候她会安静得像一只小兔子，有时候却深沉得像一个伟大的哲学家，又有时候会疯狂得像一位精神病患者。

二楼中文系的教室里。

戴妍和叶菲一走进去就发现有很多同学都围在一起叽叽喳喳地不知道在说什么，特别热闹。

"呃……同学，请问下你们在说什么说得那么激动啊？是有什么重大新闻吗？"叶菲很好奇走过去问。

"你们不知道哦！"那几个同学顿时瞪大眼睛看着她们，好像在她们眼里她们两个是外星人一样。

"知道什么？"戴妍也马上问了起来。

"听说学校新聘请了一个老师。"其中，一个扎马尾的女生拉高音调嚷嚷起来。

"我还以为有什么重大的事情嘞。新来个老师而已嘛，真佩服你们能聊那么 High。"叶菲当即皱起了眉头，很不屑地看了她们一眼。

戴妍也就不管她们，自己找了个位置坐了，可是这围在那儿的女生们呐，还是叽叽喳喳说个不停，一个个都眉飞色舞的样子，真的很能勾起人好奇的本能！

这让戴妍觉得超级纳闷，一个老师而已，需要那么津津乐道地开小组会议吗？会不会太夸张了？

"嘿嘿嘿！各位同学早，我叫陆敏。你们猜我看到谁了！"就在戴妍百思不得其解的时候，突然有一个女生飞奔进了教室，她好像是吃了兴奋剂一样，一进门就大声嚷嚷了起来。那个语速还是如此高亢和快速！！

"咦？今天到底怎么回事啊？我觉得大家都特别诡异和不正常哎！"叶菲吐了吐舌头说道。

"你看到新来的老师了？"那帮围坐在一起的女生连忙瞪大眼睛问道。

"不是不是不是！是我以前一直暗恋的男同学居然也考进这个学校，哈哈！"

"噗——"

那几个女生一听她说不是，就都没兴趣地叹了一口气转过身去了。

"哎呀，你们赶紧打我一下，告诉我是不是在做梦！"那个叫陆敏的女生激动地凑到那帮女人们中间，特别认真地问。

"嗨哟，没空啦，我们在讨论新来的老师好不好。谁管你暗恋谁……"其中一个女孩立马不屑地嚷嚷起来，还把她推到了一边。

"老师？你们干吗那么关心新来的老师啊？是三头六臂，还是奇形怪状？老师有什么好研究的？"戴妍听到这里，实在忍不住开口了。

"诶诶诶，你们没有暗恋过男生吗？你们不能体会下我的心情吗？居然无聊到聊什么老师……"陆敏立马大声嚷嚷起来，很是鄙视。

"你说谁无聊？你才无聊！"几个女生马上异口同声地冲着那个

女生骂了起来，火药味很浓哎。

"同学同学，和谐和谐哈！"戴妍顿时站起身劝了起来。

"你们真是消息太不灵通了，我告诉你们呐。新来的那个老师可是大有来头的人物哦！据说是校长的朋友，关键他是一个超级美男！"一个女生站起来瞪大眼睛说，她还故意把"美男"两个字加重了语气。

"美男？会吗？我从小到大就没看到老师有美男的……"叶菲也在一旁嚷嚷道。

"呃，你们不要用这样的眼神看我嘛。我先介绍下，我叫高幸，幸福的幸，我也只是听说而已嘛……所以才值得研究啊……"那个女生尴尬地吐了吐舌头，介绍起了自己。

"呃……见到你很高兴……"陆敏外侧着脑袋，单手撑着腮帮子，对她咧嘴笑了笑说道。

"听说，女老师都在往校长室里跑，估计都是去参观的吧……"此刻另一个女同学也开口说道。

"呃……我好想吐……话说，我早饭吃的是 KFC 的皮蛋粥加油条，所以，你行行好，别再恶心我了！不然我可亏大了！"叶菲走到那个女生的面前，双手合十地拜托她，那一脸认真的样子让人看了不免大笑起来。

"干吗，我说真的啊，因为我姑姑是这里的老师啊，是新来的教当代文学的老师……"那女生一不小心说漏了嘴。

"哦，原来是关系户……"高幸当即调侃道。

"什么关系户啦，我叫刘婷婷，你们可以叫我婷婷。"刘婷婷介绍起自己。

很快到了上课时间，可是前一秒还好好的，可是这一秒戴妍却突然肚子痛了起来。

"叶菲，我去下厕所，帮我跟老师说一下……"还没等老师走进教室，戴妍就飞奔出去了。

"美男？会比我刚才撞见的那个美嘛？"戴妍肚子痛得蹲在厕所里半天没出来！无聊之余，也开始研究那个老师了。

急性肠炎

一位看起来三十多岁的女老师走了进来，她穿了一身略显干练的职业装。不过那一头染成咖啡色的大卷波浪长发，让她依旧女人味十足。

她，就是教古代汉语的？

这是这个女老师一踏进门的刹那，在座的所有学生的脑海里疾闪而过的问题。他们都睁大着眼睛，用那种猜测、打量而又审判的眼神看着她。

"大家好，我姓胡，全名胡晓慧。你们可以叫我胡老师。"胡老师的声音很甜美，她说着还拿起粉笔在黑板上写上了自己的大名。

转眼，一节课过半了，戴妍还在厕所里。她好像不是单单拉肚子那么简单，她唇齿发白，浑身冰冷，直打哆嗦，像是肠炎的症状。她这个样子实在没法进教室，她就拖着虚脱的身子，一步一步地下楼去医务室了。

"医务老师，我肚子很痛，有没有肠炎宁之类的药啊？"戴妍磨蹭了半天终于来到了医务室的门口，她一进去就可怜兮兮地说了起来。

"哟，小姑娘你脸色那么难看，要不要去医院看看啊？"医务老师马上走过来搀扶她坐到了椅子上，关切地问。

"不用不用，我肠胃一直不太好，可能早饭不太干净……所以……老师，你就给我开点药好了。"戴妍脸色惨白惨白地靠在椅背上说。她才不要去医院，她还没有见到那位传说中的人物呢！我一定要赶去上课的啦。

"你确定吗？真的没事？"医务老师再次认真地问了她一句。

"没事没事，吃了药再坐一会儿就好，老毛病了。"戴妍笑着说道。

"那好吧，你休息会儿，不行再去医院。"说着，医务老师就从橱窗里拿出一盒药给了她，还替她倒了一杯温开水。

"知道了，谢谢老师。"

十五分钟后，下课铃响了。

"中国当代文学，这一节就是中国当代文学课了！"戴妍被这个下课铃打得心里直着急。吃了药以后，不知道是药发挥了作用，还是自己的心理因素，这肚子倒是不怎么疼了。就是这人嘛，还一时提不起劲。

"老师，我好很多了，我去上课了。"戴妍还是被自己的好奇心给折服了，她实在不得不去看看那位貌美的男老师。

教室里真是比之前还热闹，大家都很期待这一节课。女生们更是左盼右盼地希望上课铃声快点响起。真是有史以来，破天荒第一次觉得这个下课的时间真的太漫长了！

当远方的列车早已设定了在同一个地方交汇，那么在中途又怎么可能更改路线？那如铁轨一般的人生啊，我们只有迎着你规划的方向前行、前行……

而我们唯一可以做的，可以掌控的，只是在中途要不要停站……

医务室离教学楼还是有一点距离的，戴妍为了赶在上课铃声响起以前赶到教室，只好又小跑了起来。

走廊上，姚梓陌捧着课本，一脸深沉地走着。而这一刻，他忽然有些却步了，他不知道现在这样混沌的自己能够教给他们什么？他就连自己的人生都没法解读，又该如何告诉他们怎么走未来的路？

只听"砰"的一下，姚梓陌愕然发现他好像又撞到人了。不是，是再次被人撞到。不过所幸的是，他这次没有再被撞倒在地上。不过，他的书还是掉落在了地上。

"哎哟，好痛哦。"

"又是你？"

姚梓陌看到倒在地上的人又是那个先前在后操场撞倒他的女生时，不禁诧异地瞪大了眼睛，脸上还划过了一丝莫名和有趣。

两个人都在想心事，两个人都没有注意前面的路，自顾自地走着。两个人，还是一个人走得急，一个人走得慢。一个人被另一个人扑倒了。

这，是不是就是缘分的开始？

当戴妍缓过神来抬头看他的时候，那颗驿动的心再次泛起了异样的悸动。

是他？我又不小心撞到他了吗？这个人长得真帅，不，也许不该说帅，而是一种成熟又带着忧郁的气息。

他，究竟是谁？

姚梓陌此刻也在打量戴妍，打量这个不知道什么时候就会突然出现在他眼前的人。而一样的脸孔却散发出了不同的气质。现在的她很安静、很深邃。她似乎在研究他？一脸深沉地在研究他。

看罢，姚梓陌蹲下身子，去捡掉落在地上的课本。

课本？看他的年纪也不该是学生，难道是老师？他该不会就是她们口中的那个传说中的美男老师？

上　课

"我的脸上写了很多字吗？"姚梓陌见戴妍一副直勾勾审视他的表情，不由得问道。

"啊？没有没有没有……"戴妍这才回过神，神经兮兮地快步跑回了自己的教室。

如果真是他，那确实可以用"美男"这两个字形容……

戴妍揉了揉她的眼睛，耸了耸肩，觉得很不可思议。

"那么长时间……你干吗去了……"叶菲的位子被隔开了一个桌子，向外侧着脑袋极小声地叫了她几声。

而就在这个时候，姚梓陌走了进来。

顿时，空气被凝结了。所有的人都聚精会神地看着讲台。尤其是刘婷婷的那双眼睛，在她的眼睛里好像整个班级里的同学都是隐形的，她都快看成花痴了。

"我姓姚，姚梓陌。"姚梓陌说着就在黑板上写上了自己的名字。笔迹铿锵有力，写得超好看。底下没有人说话，安静得像一潭死水。

"帅，帅死了！"那个叫高幸的女孩抿着嘴在自言自语。

"我觉得我的梦中情人可以换人了……"刘婷婷也顿时说道。

"扑哧……"叶菲坐在她们附近，听到之后不禁笑了起来。

"这位同学，你有什么问题要问吗？"姚梓陌发现同学们看起来都有些怪怪的，便问道。

"没……是他们，是他们在研究……研究说为什么有些男人可以长得，长得像妖孽……"叶菲顿时咧着嘴调侃了句。

"呵呵呵……"此话一出，大家都忍不住笑了起来。

随后，这课堂上的气氛好像有些失控了，也或许是因为先前的兴奋一下子到了现在的故作严肃而终究纸包不住火地再次爆发了。

"各位同学，现在是上课时间，请好好上课好吗？"姚梓陌顿时板起了脸，一脸肃然地说了一句。他没空去分析她们在说什么，他也没有兴趣知道她们在说什么。他只知道，他需要完成的是这几十分钟的课程。

其他的一切，都与他无关。

刹那间，课堂上的气氛一下子就被冷却了下来，像是被灭火器急冻了一样。

之后的学习气氛是压抑的，是沉静的，是流水账一样的……

可戴妍却一直看着他。

不，按照姚梓陌的话说，她是在研究他，研究！

姚梓陌站在讲台上，他是面对大家的，有时候会扫看到每一个学生。只是，当他的眼睛看到戴妍的时候，总是会做多一秒的停留。可是弄了那么半天，他还不知道她叫什么。对了，他不止不知道她叫什么，他甚至不知道任何一个学生的姓名。

她？又是她？

很快，到了下课时间，从姚梓陌眼前划过的是一份莫名而复杂的眼神交汇。随后，他就漠然地离开了教师。

姚梓陌的出现让几个女生的心里都泛起了不一样的波澜。有崇拜、有失望、有伤心、有困顿，还有一份想要挖掘人类隐私的冲动。

他，究竟是个什么样的人？

在短短的几十分钟里，戴妍看见的只是一个漠然而机械的老师。

他似乎毫不关注大家对他的友善、热情和期待。他似乎是一个瞎子，或者是一个快速过滤掉那些对他来说无用的东西的人。她似乎可以感觉到，他浑身散发的是一种矛盾和纠结。

戴妍拖着腮帮子一直望着姚梓陌走出教室的那扇门，那扇敞开着却让人无法走进去的门。她默默地沉思着、遐想着。而对于旁边的同学对姚梓陌的议论和批判，她都没有听见。

她似乎，也变成了一个聋子。

一上午的时间是很短促而快捷的，一晃就到了中午。叶菲早就饿得肚子咕咕叫了，她可要去食堂搜罗美食，赶紧去海吃一顿咯！

"戴妍，吃饭去。"

"不了，我可不敢吃，我之前肠炎犯了，多吃多拉。"

"喂，你后面那句就不能不说嘛？"叶菲顿时眯着眼睛嚷嚷起来。

"哈哈哈，你快去吧。"戴妍笑着赶她走。

"你真不吃哦？要不我给你带点什么上来吃？"叶菲一脸关心地问。

"不用不用，我真不吃。你快去啦。"戴妍很窝心地笑了笑，再次把她往门口推。

"那好吧，我去咯，我很快上来。"叶菲说着还肉麻兮兮地给她做了一个飞吻的动作，接着就飞快地跑走了。

戴妍看着外面金灿灿的太阳，湛蓝湛蓝的天空，不禁想下去走走。一身洁白的长裙，一件淡黄色的背心，一头乌黑浓密的长发，都给她原本纯美的气质上，又增加了几分可爱和空灵。

戴妍双手背在身后，很悠闲地走下楼梯。就在她走到一楼的时候，忽然撇看见了一个熟悉的背影，那个背影就出现在早上那个后操场的弄堂里。而那个背影的旁边，还站着一个穿白衬衫配黑西裤的男人。

他们，好像在聊什么。

不知道是好奇还是故意，她那双脚就是会不由自主地朝那儿走去。当脚步离他们越来越近，她看清了那个背对她的人的侧脸。他是姚梓陌，不过看他的表情似乎和那个男人谈得很不愉快。

他的眉头，是紧蹙着的。

那张方形又略有点鹅蛋的轮廓，那双深不见底的眼睛，那对永远都好像紧皱着的眉宇随时都令女人沉沦。

不得不说的是，他眉头紧蹙的样子很好看。

争 执

"梓陌，你真的不管？"那个穿白衬衫的男人很焦急地说。

"我没有重复第二遍的习惯。"姚梓陌很犀利地说了一句。

"可是……"

"你别再到学校里找我！"

那个男人看着有四十多岁，看他叫梓陌，应该是比较熟悉的人吧！只不过，看起来似乎有些怕他。不过，他也确实很凶的样子。

戴妍不知不觉地盯看姚梓陌，总觉得他不平常。

"你难道不知道偷听是一种很不好的行为吗？"就在戴妍沉静在自己的思绪里的时候，姚梓陌居然已经走到自己面前了。而他的那个表情，充满了浓浓的火药味。

"我没有要偷听……我只是……"戴妍的心开始了非常不规则的跳跃，连说话都变得力不从心。

"只是刚好经过这里？什么也没听见？"姚梓陌肃然地看着她，言语很是锋利。戴妍一时间说不上话来，可是心里却一阵憋屈。姚梓陌凌厉地翻眨了下眼皮，随而从她身边走过。

"喂——"戴妍一时间不知道哪里来的勇气，不过她就是气不过。即使她是有心走过来的，那也只是对他的一种崇敬和一种好奇心罢了。有必要被他说成偷听那么难听吗？

"你连'姚老师'这三个字都不会说，你认为你的品德是可以让我相信你是刚好经过的吗？"姚梓陌铁青着脸，再一次投过来足以杀死她的眼光与言论。

"你！你这个人很奇怪哎！你有什么见不得人的事情不能让人听到吗？如果有，那么请你不要站在公众的地方故意让人听到！如果你想让人尊称你一声'老师'，那么也请你有爱地关心一下你的学生！才好配得上那两个字！"戴妍实在太生气了，她这一连串的话想也没想，就直接爆发了出来。

姚梓陌当即愣住了。

我没有听错吧？竟然用这种语气说话？还如此冠冕堂皇地给我来了一顿猛批？如此本末倒置地来指责她的师长？

是这个世界变了？还是我和这个世界脱轨了？

想着，他压低眉峰一脸肃然地向戴妍靠近。她很矮。是的，对他一个身高差不多有一米八五的人来说确实很矮。所以，他只好上身前倾地凑近她，直视她的眼睛。

那锋芒的眼神，如剑光一般刺眼，戴妍不由得一颤。而那仅仅隔着咫尺的距离，更让她仔细地看清了他的脸，包括那残留的胡茬。

"怎么，心虚吗？你刚才不是说得很大声、很流利吗？"姚梓陌把戴妍的慌乱和悸动扭曲成了她对自己行为的一种忐忑。

"我没心虚，我为什么要心虚？"戴妍拼命抑制住那颗疯狂乱跳的心，硬逼着自己跟他较劲。

"不心虚，那你眼睛飘忽什么？"姚梓陌双手插在裤袋里，又向戴妍的脸凑近了几寸，他异常严肃地审视着她。让她避无可避地面对自己。

天呐，怎么会有这样的人？这样的老师？

我的眼神闪烁是因为……因为你如此靠近，因为你的凝视，尽管是带着不满的凝视。但是我没有办法不承认，那一秒钟，我确实被你电到了。

姚梓陌看着她，觉得她很奇怪。刚才不是很正义凛然又义正词严地在责骂他吗？他很好奇，这样一个看似柔弱的女生怎么会有跟他抬杠的勇气？撇开是非对错不谈，他倒是很期待她接下去会说什么。

然而，当你的红晕不知不觉地浮现，当你如一只娇羞可人的小猫咪般怕生和无措的时候，我的心竟然怦然跳动了一下。

"嗯咳。"姚梓陌轻咳了一下，马上直起了身子，逃离了那份本不该有的悸动。

我在做什么？姚梓陌！你好像忘了自己比他们大好几岁。她是你的学生，你是她的老师。不管是不是刚巧经过，你都不应该跟她较真；不管她有没有听见那番谈话，那都是无关紧要的！

"戴妍！"是叶菲，是叶菲从食堂里回来，在远处看到了她。

哦，叶菲！你来得真是时候，终于有人来解救我了！戴妍本能地转头朝她笑了笑，如释重负。不然，她真不知道要怎么办。她的心一直高频率地跳跃着，快超出她的负荷了！

"姚老师。"叶菲跑过来很自然地跟姚梓陌打了招呼。

"嗯。"姚梓陌默然地轻应了一声，便离开了。

当姚梓陌的身影彻底消失在走廊里的时候，叶菲顿时八卦地嚷嚷起来说："哦，你说不吃饭原来是假的，是趁我们不在私下去找姚老师！嘿嘿，被我撞见了吧？"

"才没有，你别胡说，我们只是碰巧遇到的。"戴妍马上急切地解释起来。

"是吗？可是你的脸干吗那么红？哼哼，明明就是做贼心虚！"叶菲凑近她的脸颊坏笑着调侃起来。

"你别给我提'心虚'那两个字，一提我就冒火！那个家伙简直……"

"那个家伙？哪个家伙？是姓姚的那个家伙吗？哈哈哈。"戴妍还没说完呢，叶菲就等不及地叫嚷了起来。

"……"戴妍真是没法解释了。正所谓解释就是掩饰，越描就越黑。她不说话了。

跟着，戴妍就嘟着嘴巴，步履轻快地走了起来。

"戴妍，刚才你们那么近距离，一定看得比较清楚。说，他是不是帅到让你这个无视男人的女人失了魂？"叶菲不依不饶地盯着她，满脸贼笑贼笑的。

"不好意思，我远视，太近了看不清楚！"戴妍没好气地回了一句。

"嗯，古有云：远即是近，近即是远。清即是浊，浊即是清。"叶菲一本正经地咬文嚼字。

"叶菲，你再说我不理你了！"

"哎呀呀，有人恼羞成怒了！哈哈哈。"

之后，两个人便你追我逐了起来，那一份怒放的青春正在校园里弥漫……

如烟飞逝的人生

办公楼里。

"梓陌，我刚要去找你吃饭呐。怎么样，那些学生是不是都很可爱？"雷华正去姚梓陌的办公室找他，结果在走廊遇上了。

"可爱？我看是很厉害才对！"姚梓陌当即挑了挑眉，回忆着那个女孩瞪大眼睛责骂他的情景。

"很厉害？呵呵呵，现在的孩子可比我们那个时候厉害多了！想吃什么？我请客。"雷华顿时笑着说。

"雷华……"这个时候，有人从后面叫了他一声。那个人是教古代汉语的那个胡老师。姚梓陌见了，也礼节地跟她打了个招呼。

"你不是说你最近支气管不太好么，我特地买了雪梨和麻黄给你炖了汤，润肺止咳的。你晚上来我家吃饭吧。"胡老师温柔地看着他，尽显爱慕。

看来，他们之间的关系不一般。这样想着，姚梓陌识相地往旁边走了几步，让他们说话。

"好啊，下班一起走。"雷华马上一口答应了，看得出来他对她似乎也有点意思。

"那我先走了，不妨碍你们吃午饭。"胡老师见雷华同意了，脸上马上就泛起了灿烂的笑容，很开心地走了。

"雪梨麻黄瘦肉汤，这汤不错啊。"胡老师走后，姚梓陌顿时挑着眉说。

"晓慧的手艺是不错，晚上一起去啊，她很好客的。"雷华当即邀请道。

"不了，我不妨碍你们的二人世界。"姚梓陌提手架在了雷华的肩上，坏笑地说着。

"呵呵……其实……"雷华还没说完，手机就响了。他拿出手机一看，发现是家里打来的，马上就按了通话键接听。

"什么？彤彤生病了？好，我马上过来。"彤彤是雷华的女儿，才三岁，是他和前妻生的小孩，离婚后抚养权归他。

"不好意思，我不能陪你吃饭了，我先走了。"说着雷华就急匆匆地离开了。

九月的热风还在持续着盛夏的余威，初秋的萧瑟还未来得及上演。但是姚梓陌的心似乎已经不会为季节而转换任何色彩了。

他的心，一如冷冬。

姚梓陌因为雷华的离开而落单了，他独自漫步在校园里望着篮球架，望着跑道，忽然觉得它们已经离开他很久很久了。而他的浪漫、专一、执着、深情，这一切的一切也都不会再回来了。

宛若，那逝去的岁月。

就如，那断线的风筝。

对于爱情，千百年来，依旧无法找到一个词语来形容它带给人的痛苦。它的神奇更在于，它可以激发一个人也可以毁灭一个人！想到这里，姚梓陌不由得拿出了一包烟，抽出一根放到了嘴边。

那棱角分明的脸上，顿时有了深深的阴霾。就在他依靠着栏杆独自遐思的时候，在篮球场的对面出现了一个身穿白裙的女生。

深吸一口烟，吐出层层烟雾，他发现那个女生是戴妍。她也在看人打球，静静地、纯美地看人打球。姚梓陌突然发现，她的侧面更迷人。这样一个纯洁如水又潜藏着爆发力的女生，他相信她很快就会被大多人关注。

而他，却是不该关注的那一个……

姚梓陌嘴角斜扬，笑了笑，弹了弹烟灰，转身。

"哎哟！"那一声尖锐的叫喊声当即阻遏了他的脚步，他本能地朝发出声音的地方望去。原来，她被篮球砸到了。

"对不起对不起！"一个男生忙过去道歉。戴妍狂揉胳臂，皱着眉头狠狠地瞪着他，很是火大。

"对不起，大概是这个篮球看到了大美女，所以就从我手里窜到你那儿去了。"男生捡起那个篮球，摸了摸自己的脑袋，咧着嘴调皮地说。

戴妍本来是很生气的，不过被他这么一说这心里反而有点美滋滋的，没有说话。

"我叫赵凯。"那个男生忙介绍起自己来。

戴妍翻眨了下眼皮，淡淡地回了声"哦"。

姚梓陌看着那一幕，心里不禁泛起一些酸楚。也许，是那个男生令他想到了曾经的自己。

他再次提手，抽了一口烟，走了。

找对象

下午一点四十五。

"这大学里就是好，没课了！叶菲我们去逛街吧。"戴妍深呼一口气，马上就把课本塞进了包包里，她就像是一只放飞的黄莺鸟，迫不及待地想要展翅翱翔了。

可是，叶菲却很扫兴地说了一句："不行，我还要回去接我弟弟，还要烧饭给他吃呢。哪有你那么好命，无事一生轻啊。"戴妍听了这心里顿时凉了一大截，她马上拉着叶菲的胳臂，嗲嗲地求她说："就一会会儿嘛。"

"真的不行啦，我都来不及了。今年我弟弟上幼儿园，我爸妈又在店里忙，所以没法子，只好我去。拜拜了啊。"叶菲说着拿起包就飞快地跑走了。

真是的，真的不明白叶菲的爸妈，干吗还要再生一个出来嘛？还非要生个男孩子。这重男轻女的封建思想居然到现在还有！哼，我以后就偏要生女孩！谁逼我生男孩我就让他自己去生！

戴妍一边走一边自言自语。戴妍家离学校有点远，要倒两班公交车，差不多要一个多小时才能到家。这逛街要是没人陪就会变成一件很无聊的事情，所以啊，她也就只好回去啦。

一个半小时后，某幢老式的居民小区。

"妈，我回来了。"戴妍的妈妈叫张萍，是一个很平凡的家庭妇女。在原先的单位倒闭后，她就在家里过起了退休的日子。戴妍的爸爸叫戴辰，他是在一家厂里帮人开电梯的，所以，他们家的经济条件还是蛮拮据的。

"小妍啊，今天晚上小阿姨会来我们家吃饭。"张萍一见到戴妍就说了起来。

"哦，好啊。"戴妍很自然地接了句。

"她还会带个男的来。"张萍走到戴妍身边，笑嘻嘻地说。

不过，这笑准没好事儿，戴妍顿时眯着眼睛问："带个男的？什么男的？不会是小阿姨外面的小三吧？"

"去去去，什么小三小四的，是给你找的对象啊。"张萍马上笑逐颜开地说。

"给我找对象？"戴妍顿时瞪大了眼睛。

"你小阿姨在公司里是做公关的，她认识的人多嘛。她说，这个男的是广告公司的，人不错。"张萍眉飞色舞地说着，非常激动。

"妈，我求求你不要再给我乱操心了好不好？你从高二就开始给我物色，现在都大一了，你就饶了我吧！你赶紧给小阿姨打个电话，叫她不要来了！"戴妍听后非常生气地说道。

"妈是过来人，妈是为你好！你没听现在都是说剩女剩女的，都是女的嫁不出去啊？这条件好的男人还怕没人要啊？你再挑三拣四的，一过二十五就没人要了！"张萍又说教起来。

"你不打，我打给小阿姨，我告诉她以后都不要到我家里来！"戴妍的脾气很不好，一火起来就控制不了。

"你真是越来越不得了啊！"张萍一把抢过戴妍手里的电话就吼了起来。接着就又说："你别以为你现在又漂亮又年轻，妈告诉你，这女人的青春啊，一溜烟就不见了！"

"妈，那至少现在你女儿的青春还没溜走不是吗，不要这么急给我介绍嘛！对了对了，我约了同学，我先出去了。"戴妍为了逃避，便撒了个谎窜出去了。

戴妍漫无目的地走在街上，异常郁闷，走着走着也没有地方可以去，一抬头刚好就看到了街对面的 KFC，也就很自然地走了进去。一推开门，只觉得一股强烈的冷气扑面而来，很是冰爽。

她现在正火着呢，尽管这冷气不能熄灭她心底里的那把火，但至少也能还她一个清爽的空间。她点了一杯九珍果汁，一包薯条，选了一个靠近角落的位置坐了下来。

果汁很甜，因为添加了调味剂。可是生活该添加什么，才能变得和果汁一样甜呢？戴妍轻轻地吸了一口，不禁多愁善感了起来。

婚姻究竟是什么？幸福究竟是什么？爱情又是什么？

她，不明白。

因为，还没有人让她去明白。

没有走过爱情的阶梯就直接上升到了婚姻的高度，那又何来幸福？而钱，它能买到幸福吗？如果可以，那么有钱人就一定是很幸福的了？可是问题是，他们真的幸福吗？没有人会去追究公主和王子背后的生活！一切的结局都在公主和王子在一起后，变成了一个个无言的省略号……

掉落的打火机

第二天。

夏末秋初，还是日长夜短，阳光早早地就钻进了窗户，带来了新一天的清新。张萍早早就起来做好了稀饭，买好了油条，还弄了一点榨菜。母女之间总是磕磕碰碰，但是心里还是那么相亲相爱。

"妈，我吃好了，我去学校咯！"戴妍拿起包包，对张萍做了一个无比灿烂的微笑，出门了。她今天的心情，就犹如那一轮旭日，无限美好。

学校。

今天叶菲没来，说是弟弟生病了。下了课，戴妍就不住地到处闲逛。

二号楼最高层就五楼，是一个新建的行政楼，上面有一个露台，通向蔚蓝的天，没事儿的时候站在那儿可以聆听微风，闭目遐思。于是，戴妍走了上去。

可是走到半道，她忽然发现地上有一个银色的东西在阳光的照耀下散发着十字星光。

于是，她好奇地走了过去。

是一个打火机？淡淡的银色偏长款的造型，设计的线条是简约式的。

"会是谁掉的？这是四楼半？到底是走上去的时候掉的，还是走下去的时候呢？"戴妍捡了起来在心里暗暗揣测了一下。

"到露台上去看看吧，至少露台比较近嘛。"戴妍说着，就走了上去。

只见，顶楼的露台那个玻璃门敞开了一条缝，很明显是有人来过。

"不知道那个人还在不在？"戴妍睁着那一双透亮的眼睛，轻轻地拉开门走了出去。

空旷的平台上，一个身穿蓝色条纹衬衫的男人背对着她，正静静地靠着栏杆看风景。那微侧的脸庞，那硬朗的轮廓，看起来似乎有些熟悉。一股微风吹来，吹乱了他的刘海，他很自然地提手捋了捋头发，眉头微蹙了一下。那份深沉和静默，让戴妍充满好奇。

看起来，有点像是那个姓姚的老师。会吗？这个打火机会是他掉的吗？戴妍想着，低下头看了看手中的打火机，有些不安、期待和忐忑。

"你找我？"姚梓陌总是在戴妍出神发呆的时候走到她面前，总是让她的心凸显慌乱。

"没，我上来看风景……"戴妍连忙解释。

"嗯，那你看吧。"姚梓陌说着，就准备离开。

"等一下……"戴妍突然叫住他。

姚梓陌停下脚步，回头看她。

"我在楼梯那儿捡到了这个，是你掉的吧……"戴妍拿起了这个打火机给他看，而他也正在抽烟。

姚梓陌看了看，便说："是我的，谢谢。"说完，他就伸手去拿了。可当他的手指轻轻碰触到戴妍手的时候，竟产生了一种微妙的感觉。

在姚梓陌走后，戴妍的手机响了。是刘婷婷打给她的。

"真的嘛？只是五点到九点四个小时哦？"戴妍突然兴奋地

说道。

"对对对，只要做一周。"刘婷婷是找戴妍一起去兼职促销的。她的一个姐妹没时间，所以要她去顶替一下。

"哎呀，戴妍我求求你嘛，你就陪我去吧！一个小时一百块，只要做一个星期就好了！就当赚外快贴补家用嘛！"刘婷婷缠着戴妍，怕她不同意。

"好吧，搞点零用钱也好啊。"戴妍也就一口答应了。

"那下午两点见。"说着，刘婷婷就高兴地挂了电话。

下午一点四十五分，戴妍来到了和刘婷婷约好的某商务楼，说是去试衣服。等了一会儿刘婷婷来了，两个人便坐电梯上去了。

二十四楼，是这家企业的行政部。她们一到，管理人员就给她们拿了一些特定的服装。

"哇，很漂亮唉。"刘婷婷一拿到手就说了起来。

"漂亮？我觉得应该是暴露才对！我倒是希望它可以多一点布。"戴妍眯着眼睛说着。

"什么年代了，那不叫'暴露'，那叫'性感'好不好？你别封建了！"刘婷婷马上反驳了起来。

"性感？性感是一种气质好不好！不是穿得少……"戴妍也立即反驳她。

"我不跟你讨论这个问题了，走啦走啦，去坐电梯。"说着，刘婷婷就拉着她进了洗手间试穿。

紧身、V领又超短的包臀连身裙……

戴妍穿起来总觉得有点别扭。

"鞋子呢？36还是37？我帮你去拿。"刘婷婷随而问道。

"36吧。"戴妍很无奈地说了句。

女洗手间里，戴妍盯着镜子里的自己郁闷。她可是打出娘胎以来都没穿过这种"清凉款式"加"极度暴露"的衣服。这裙子短到不能再短了，稍一弯腰内裤就都露出来了。这领口也是，那么低，一弯腰也被看光光了！还有这紧身的莱卡面料，完全贴在身上……

这是专为招色狼设计的吗……

早知道还是不要来了……

"戴妍，你别在那儿自恋个没完了，过来帮我拿一下啊。"很快，刘婷婷就进来了。

"我才没有自恋，我是觉得这衣服……"

"哈哈，原来我身材也不错嘛，也算是S形曲线啊。"戴妍还没往下说，刘婷婷就在那儿左照右照地美着呢。

戴妍眯着眼睛，很是无语。

不知道谁是谁的猎物

下午四点，戴妍和刘婷婷在一起吃了一碗麻辣粉丝之后就分开了，她们各自坐上了去指定酒吧的公交车。这个时候公交车上人不多，戴妍坐在了靠窗的位子上静看着外面流动的风景。可是，她却不知道自己依着窗边的样子，才是一旁路人的一道靓丽风景。

晚上八点二十分，姚梓陌开着雷华的车在高架上行驶，他享受着被疾风吹拂脸庞，呼啸而过的感觉。他单手架在车窗上，看着前方挂着的指示牌下了下匝道。之后，他一个左转驶入了一幢大厦的地下停车库。

听雷华推荐，这上面的酒吧不错，所以，他一个人没事儿就过来转转。

姚梓陌很潇洒地摔门下车，走进了直达电梯到了七楼。一开门，只见酒吧生意很好。沙发卡位里、吧台上已经坐了不少人了。还有包间，也已经有人在里面畅饮狂欢了。

越往里走，这一闪一闪的炫彩霓虹特别让人兴奋，而那穿着性感的舞池女郎更让人充满遐想。那一对对跳着暧昧又挑逗舞蹈的男女，绽放着白天无法绽放的激情。有时候，一个看似很正经的人，都会在这里变得不正经。

"一杯啤酒。"姚梓陌穿越过长廊，坐到了吧台上。

"好的。"服务生马上就倒了一杯给他，同时，还忍不住多看了他几眼。因为他的那份气质，让人不由得在他的身上多做停留。包括那些坐在沙发卡位上，打扮精致的美女们。就在姚梓陌从她身边走过的刹那，她们的目光已经对他进行了锁定。

在这里，有时候真的很难去分辨，谁才是谁的猎物……

姚梓陌拿起酒杯喝了一口，左胳臂架在黑色的台面上微侧着看四周，看那些型男型女，看那些在向他发出讯号的女人。

很快，就有人按捺不住了。

那个女人穿着火辣的热裤，一件白色的背心，耳朵上戴了一个银色镶嵌碎钻的耳环，只有一个耳朵戴了。那两只眼睛化得十分妖艳，远远看去就已经很勾魂了。

"先生一个人吗？一起喝一杯。"酒红色的直发被她扎成了一个马尾，透亮的长发滑过她纤盈的后背，感觉上就像一只在草野中的小野猫，很有味道。

姚梓陌没有拒绝，他挑了挑眉，举杯。

女人朝他笑了笑，豪迈地喝了一大口，看起来酒量不错。"来啊，坐那儿多无聊，去跳舞啊。"说着，她就拉着姚梓陌到了舞池，还圈住了他的脖子，两个人紧紧贴合在一起。

突然，"哐当"一声，酒杯摔碎的声音惊扰了舞池中的人。姚梓陌很本能地停下脚步，回头望。只见，在右边的一个沙发卡位里，有一个女孩正蹲在地上捡那散落的玻璃碎片。

是她？姚梓陌愕然发现那个女孩的侧面有些脸熟，他顿时眯起眼睛仔细盯看了一下，发现那个身穿黑色连身裙的女孩竟然是戴妍？

"对不起对不起，她是新来的。真是不好意思，我们多送两杯新的鸡尾酒给您品尝下。"酒吧领班马上过来赔不是，手里还拿着两杯冰蓝色的鸡尾酒。

"哼！"那个男人冷冷地白了一眼戴妍，看在领班的份上也就算了。

姚梓陌很生气，他也不知道自己为什么会生气！可是那股无名火就是一下子在全身上下猛烈地爆发了起来。她的样子是多么纯美，性格又是那样率真，他无法接受她是一个混迹酒吧的女孩……

他突然管不住自己的脚，不由自主地在朝她移动，而且那脚步还是快捷的。他在脑子里闪过的第一个念头就是要带她离开这里，离开这里！

"你赶紧到包房去一下，有人点了你的酒。"酒吧领班赶紧凑近戴妍的耳朵，帮她解围。

"哦，好的。"戴妍听了，赶紧拿起托盘就急匆匆地跑走了。她都来不及捕捉姚梓陌恼怒的眼光，也来不及去顾及自己有多尴尬。在她的脑海里，一直在闪烁的是那个女人勾着姚梓陌脖子跳舞的暧昧画面。

对她而言，那份震惊也不亚于他看见她时的震惊！

被打晕

五彩的灯光下，那一抹勾人的曲线直刺眼眸，牵动人心。那盈盈一握的腰肢，那白皙的修长美腿，在这个鬼魅的夜晚撩拨着男人。

戴妍快步来到了 B12 号包房，她手托托盘，在外面轻轻叩门。这个包厢的门中镶嵌的是通透的印花玻璃，戴妍在外面隐约看到几个虎背熊腰又长相恶俗的男人在里面买醉，那几个人的脸都红彤彤的，像是已经喝了不少了。

"啪"一声，其中一个看上去四五十岁的男人跌跌撞撞地过来开门，满脸酒气。

"哟，长得不错。"那个男人一把把戴妍给拽了进来，不怀好意地盯着她看。

"这位先生！你要的酒。"戴妍一把甩掉了那个人的脏手，很凶地吼了一句。

"哟，还挺野的。"另一个尖嘴猴腮的男人单手架在沙发座上，邪笑着说。

"我一来就注意到她了，好像是新来的，以前没见过。"还有一个坐在转角处的男人也色眯眯地开口说了起来。

"你们要的酒我已经拿来了，我先出去了。"戴妍顿时有些心慌，她要赶紧逃离这个地方！这几个男人让她浑身直发毛。

"诶，这酒还没开呢，你这算什么服务啊？做服务业的要服务到位，知道吗？"先前那个男人一把挡住了戴妍的去路。

"你……你让开！"戴妍皱着眉嚷嚷起来，但是底气明显不足，那声音是发颤的，是带着恐惧的。

确实，对于一个涉世未深又刚上大学的女孩来说，这场面是很让人惶惶不安的。

"小姑娘，你别怕啊。你出来做促销小姐不就是为了钱吗？我告诉你，坐那边的可是我们的老总，只要他看上的女人可都是有房有车，要什么有什么！"

就在这个时候，犹如迷宫一样的回廊里，姚梓陌正一间包房一间包房地找。他第一次来这里，对这个酒吧的环境还不太熟悉。这里的包房设计和KTV里的包房差不多，一走到包房区域就晕头转向了，这左右两边转来转去的都是一模一样的包房！

戴妍一转弯，他被人稍稍一堵就看不见人了！只见，姚梓陌眉头紧皱，两眼锋利地扫看那一扇扇的印花玻璃，急速地过滤掉那些不是他要找的人。

B12包房里，戴妍被那个胖嘟嘟的喝醉了酒的男人紧紧地抱坐在腿上，她用力挣扎着，可是她发现女人的力气实在太小了。

"你放开我！"可是不论戴妍叫得多尖锐多大声，都统统淹没在了那高亢的舞曲之下。

"老总，她太烦了，不如打晕她弄出去。"那个男人说着，就一把把戴妍给击晕了，看来是老手了。

"小陈，你去结账，我和刘总在下面等你。"那个男人说着就跟那个刘总转到左边的一个走廊里去了。那个长廊的尽头有一扇灰色的门，旁边还有一个货梯，是整幢大楼运货用的。可一到晚上他们都下班了，现在自然就没人了。而那扇灰色的门后面是楼梯。

那几个人肯定是这里的常客，不然不会那么熟门熟路。

"哐当"一下，他们因为走得急，推门推得快，门在被关上的时候，发出了声响。

刚好这个时候，姚梓陌从右边的走廊里窜了出来。他在没头没脑地找了半天之后就去问了刚才那个酒吧领班。然后，他就赶紧到 B12 包房来了。

这么巧，让他瞄见了那两个可疑的男人夹着一个女孩走了过去。他觉得不对劲就跟着追了过去。

一到楼梯，姚梓陌就依着扶手伸出头向下望。只见，那两个男人脚步匆忙地直往楼下急走，而那个女孩就这样被他们拖着，好像是昏了过去？姚梓陌马上三步并两步地跳下了楼梯，心里十分焦急。他感觉那个女孩就是戴妍。

"你们把那个女孩给我放下！"姚梓陌离着他们还有两层楼远，便青筋暴起地探头怒吼了起来。

"糟了刘总，被人发现了！"那个男人抬头一看，发现姚梓陌在追他们，马上大叫了起来。

"再不放下我报警了！"姚梓陌一边疾跑下楼一边大声喊叫。

"真倒霉！"刘总两眼一横地骂了起来。

"算了刘总，这个女人就不要了，我们赶紧跑吧，摊上官司可不好啊！"那个男人说着就把戴妍往楼道上一放，拉着刘总拔腿就跑。

"戴妍！戴妍！"姚梓陌马上蹲下身子用胳臂圈住了戴妍的脖子，一脸紧张地叫唤她。

可她昏睡过去了，根本不省人事，完全没有反应。于是，他一把横抱起她去了地下车库。姚梓陌拉开车门，小心翼翼地把戴妍放在了副驾驶的位子上。他还很体贴地下调了靠背，让她可以平躺。之后，他便绕过车头坐进了驾驶座，发动了引擎。

一出车库，那一排排的炫彩霓虹正在夜幕下尽情地放肆，一闪一闪地庆贺着黑夜的来临。姚梓陌打了左转向灯预备上高架，一转过去刚好遇到红灯，他便刹车停在了停止线。他单手架在方向盘上，很自然地歪侧着脑袋看到了戴妍。

不得不说，像她这样清纯和性感并存的女孩，平躺时候的样子真的很诱人。

他真的不能把白天在学校里的那个女生和现在这个身穿紧身裙又化着妆的女孩联系在一起！他不能相信她们竟然是同一个人！

心里，不停地泛起了一种声音……

也就在这个时候，红灯翻成了绿灯……

右脚再次踩踏油门，银色的跑车"咻"一下就消失在了车流中……

迷离的夜晚

脱离了市中心的五彩灯光，姚梓陌转到了自己的小区。他没有把戴妍就这样送回家，即便他可以向雷华问她们家的地址。可是，就这样把她送回去是会把她的家人给吓坏的，而且肯定少不了一场家庭内战和一场无法解释的解释。

"休息一下，应该很快醒来的。"姚梓陌开门下车，把戴妍从车里抱了出来。

姚梓陌租的房子在七楼，他就这样抱着她坐电梯到了七楼。拿出钥匙打开门，里面的家私和摆设很简单，淡黄色的基调看着很温馨。

他马上把戴妍平放在了床上，打开空调帮她盖上了被子。因为他就一个人，所以他让雷华给他租的是一房一厅，卧室只有这么一间。现在被她睡了，他也就关上门到客厅去了。

习惯性地坐在沙发上，拿出一支烟；习惯性地点燃了，靠在沙发背上发呆。那双深沉的眼睛，毫无焦距地望着某个支点。而眼前浮现的画面，是先前在酒吧里戴妍那妖冶、绝美的侧脸。

很快，一支烟就在他的指缝里燃烧殆尽。那灰色的烟灰，祭奠着那一股莫名的情感与遐想。也许今夜，注定了再次的失眠……

大约过了一个半小时，戴妍似乎醒了。她微微皱了皱眉，感觉自己到了一个完全陌生的地方！

这是哪里？我在哪儿？我……

戴妍猛地坐了起来，神情紧张地环顾四周。她眯着眼睛扫视这里的一切，这里所有的东西都是她不熟悉的。

这不是我的家！不是！

顿时，恐慌和不安在她的心里迅速蔓延……

客厅里没有开灯，那伸手不见五指的黑简直叫人发麻。

我为什么会在这里？想着，戴妍神色紧张地下了床，心扑通扑通地在狂跳。她皱眉回想，顿时，先前在酒吧的那几个恶心的男人马上就闪现了出来！

想到这里，只觉得发慌得连汗毛都竖起来了。

抖，整个人都不禁瑟瑟发抖。戴妍眯着眼睛再次环视这个房间，她忽然瞄到床头有一个烟灰缸，她便马上把它拿在了手里。

至少，这是现在唯一可以用来保护自己的武器了！她紧紧地握着，咬紧牙关，朝那扇门走去。她要出去，出去！

不管了！开门再说！

阳台的门开着，那落地的白色窗帘在夜风中摇摆，在夜阑人静之中，显得异常惊悚。戴妍咽了口唾沫，颤颤悠悠地往前迈步。

没有人？

戴妍皱着眉头来回扫看，她发现客厅里没有人，不过空气中飘散着一阵很浓的烟味。所以，这里肯定是有人的！

那个人在哪儿？戴妍越想越恐怖，心跳频率也越来越快。

厨房？厨房里透着微弱的灯光！那个人在厨房！哦，我的天！我得赶紧溜出去！戴妍深呼一口气，轻手轻脚地快步朝房门走去。可是这心慌又着急的，总归会撞到些什么。

这不，因为房间一片漆黑，她不小心就撞到了茶几，茶几摩擦地面发出了尖锐的"刺啦"声。

糟了！完蛋了！戴妍已经在心里判了自己死刑了！她本能的求生意志让她赶紧就往门口冲。可是这门口就在厨房隔壁……

"你醒了？"就在戴妍几步就走到门口的时候，从她的背后突然冒出来一个男人的声音！戴妍的眼睛顿时定格住了，她的呼吸也停止了！她在那儿一动不动地站着。随后，出于一种本能，她猛地转过身，提手用那只烟缸朝那个人的头上猛砸过去！

　　"啊……"姚梓陌一阵头皮发麻，疼痛地叫了起来。不一会儿，他的额头上就流下了温热的血水，那一股血腥味还直往鼻子里钻。

　　"你这个流氓，你放开！"戴妍在用力砸了姚梓陌之后就被他死死掐住了胳臂。他怎么能放她走！她居然用烟灰缸打他头！简直是……

　　"流氓怎么会放开！你给我过来！"姚梓陌气得拽着她就往沙发上使劲一甩。

　　"啊……"戴妍本能地大叫一声，紧接着又从沙发上蹦了起来，"跐溜"就往门口窜。

　　"你给我过来！"姚梓陌不顾自己的头还在流血，他再次把她给揪了回来，紧贴着自己的胸前。

　　"你别想乱来！你放开我！"戴妍忙不迭地就又开始用力敲打了起来，这力气还挺大的，"啪嗒啪嗒"对着姚梓陌的胸口就是一顿猛挥。

　　"别吵！"姚梓陌这下真发火了，他两眼一横，一把掐住了她的下巴。他都痛死了，她还叽里呱啦地吵个没完，还那么用力地打他！真是把他气死了！

　　这下，戴妍倒是被唬住了，她咽了口唾沫不敢再说话。先前的恐慌让人失去了理智，现在她静下心来看着他，发现眼前这个人的轮廓好像跟那几个人不太一样。而且，那体形和身高也不太对……

　　他，快比她高出两个头了。

　　姚梓陌眉头紧皱着，打开了旁边卫生间的灯。当柔和的白光将眼前这个人照亮时，戴妍才发现，站在她身边的这个男人居然是……

"你会不会太夸张了？如果我是流氓，你会好好地一个人躺在床上？你还会穿着衣服！"姚梓陌气得青筋暴起，凑近她就是一阵吼，那鲜红的血还在往下滴。

戴妍的脑子一下子短路了，她傻呆呆地瞪大眼睛说不出一句话。

姚梓陌狠狠地白了她一眼，转身就冲到厨房里翻找起红药水、棉签还有纱布。戴妍还是没有缓过神，可以说一下子就懵在那里。

包扎伤口

是他？怎么会是他呢？我怎么会和他在一起？这不是在做梦吧？一连串的问号不断地在戴妍的脑子里闪现。她还是无法相信这一切？

"你不要像一个木头人一样站在那里好不好！"姚梓陌捂着脸，拿着绷带挑着眉看着她。似乎，需要她帮他粘一下胶布。

因为，他够不着。

"对不起。"戴妍顿时抿了抿嘴，很尴尬地走了过去。

姚梓陌侧着脸看着她，对她很是无语。

"那个，可不可以请你坐到椅子上。"戴妍走过去伸手去接胶布，可是姚梓陌的身高对她来说真的有点高，她踮着脚都够不着……

"很痛吗？"戴妍很白痴地问了一句。

"你觉得呢！"姚梓陌立马没好气地回了一句。

戴妍当即咽了口唾沫，拿着胶布的手也不由得一颤。可是她也觉得很委屈啊。她怎么知道会是他啊！这个在法律上应该叫"正当防卫"才对啊！想着，她就嘟起了嘴巴。

"是你打了我，可是看起来你好像受害者？"姚梓陌又好气又好笑地看着她说。

"是我打你啊，可是……"戴妍用剪刀剪下一条胶带正要贴，却碰上了他那一双深不见底的眼睛和那张很有男人味的脸，心里不禁怦地一跳。

"可是你不知道是我，所以你'无罪'。"姚梓陌自嘲地看着她。

戴妍翘着兰花指，上身略微前倾，很小心地为姚梓陌贴胶布。她还是那一身莱卡紧身裙，那 V 领下的"景色"不小心被姚梓陌看到了。

"好了吗？"姚梓陌有些催促地问。

"嗯，马上好了。你别动哦，也许会有点痛。"戴妍一手压住头发，一手拿棉签。

"哎呀！"戴妍越急越乱，把药水都打翻了。

"好了好了，不用你弄了……你……去洗个澡换件衣服吧。"姚梓陌当即很无语地看了她一眼。

"衣服？"戴妍当即扬起眉看他，她可没有可以换洗的衣服。她的衣服还锁在酒吧的衣柜里。

"你去我的衣柜，随便拿件穿。"姚梓陌领会了戴妍的意思，立马说了句。

大约过了十几分钟后，浴室的门"咔嚓"一下开了。而这个时候，姚梓陌也早就包扎完了自己，坐在了客厅的沙发上。他很自然地看向戴妍，顿时呆住了。

戴妍穿了一件他的衬衫……衣摆刚好遮住她的臀部……

"我知道衬衫洗起来很麻烦，还要熨烫。可你的 T 恤领子都太大，穿了会往下掉。"戴妍以为姚梓陌在为她穿了衬衫而不悦，立马解释。

"你穿着吧。"戴妍的头发还没吹干，发梢还在滴水，因蒸汽而变得红彤彤的脸蛋，十分诱人。姚梓陌立马别过头，点燃了一根烟。

"你做什么兼职不好？要去酒吧做红酒小姐？"姚梓陌一想起之前的情景，便脸色一沉地问道。

"红酒小姐有什么不好！"本来戴妍是很后悔答应这件事的。可是，听姚梓陌的口吻，好像她是去做了什么见不得人的事一样，便没好气地冲着他反问。

"当然不好！你看看你穿的那种衣服，你看看酒吧那个环境，你根本就是故意让那些男人对你产生念想！"姚梓陌当即板着脸批判道。

"念想？那也是你们男人的问题好不好！"戴妍瞪大眼睛吼了一句，她从来没有遇到过这样莫名其妙的人！

"你明知道是男人的问题却非要卷进这样的问题里，还非要认为这样做是对的，你不觉得你的问题比男人更严重吗？"姚梓陌有些不讲理地说着，而不讲理是因为他在生气。

"我……"戴妍一时被他说得哑然。

"你知不知道要是我晚来一步的话，你根本没有机会在这里跟我辩论……"姚梓陌走近她，直勾勾地看着她的眼睛。

两个人对视了几秒后，戴妍终于忍无可忍地开骂了："那你呢！你有什么资格跟我辩论！你身为一个老师，却在外面勾三搭四，私生活如此乱七八糟！根本就徒有其表！"戴妍会打破酒杯正是因为她看见姚梓陌亲热地抱着一个女人在跳舞！她都没说他，他却一直在教训她！

姚梓陌听了，震惊之余觉得这个女孩是那么特别。

空气再度陷入了凝结，只有彼此的呼吸声……

"在学校我是你老师，可出了校门我只是一个普通的成年人！"姚梓陌双手抱臂，挑眉看着戴妍，他很期待她会说出什么惊人的话来。

"那很好啊，同理可证。在学校我是你学生，出了校门我也只是一个普通的成年人。我爱干吗就干吗，你管不着！"姚梓陌刚说完，戴妍就火药味十足地回击了。

然而，当我望着你的眼睛，那一瞬间，我觉得我的心怦然跳跃了一下。

划过的悸动

黑夜总是那般奇妙，黑夜总是掺杂着太多不可预计的因素。譬如现在，你我的那份注视似乎暗藏了什么不知名的化学成分，让心触动。

姚梓陌开车送戴妍返回那家酒吧拿衣服，又把她送回了家。

"谢谢……"戴妍看着后视镜里的姚梓陌，柔声说了句便下车了。不过她知道，今晚她一定是睡不着的……

一夜过后，一切如昔。

那红彤彤的太阳高挂在云端，戴妍早早就起床了。

牛仔裤加干净的白色工字背心加长长的马尾等于俏皮可人的邻家女孩。这样一张脸，这样的一份气质，便是姚梓陌对她泛起情愫的因素之一吧。

戴妍看着镜子里的自己，只觉得心情很好。而心情好，想必离不开"姚梓陌"那三个字吧。昨晚，简直就像是做了一场惊险却又美妙的梦……

学校里。

"戴妍！"叶菲在人行道一路狂奔，她一边跑一边大叫。

"早啊。"戴妍一看见叶菲就高兴地回应道。

叶菲一直在喘气，好像是连跑了几十条马路一样。

"怎么啦？上课时间还早啊，不用跑得那么急嘛。"戴妍当即说道。

就在这个时候，校长雷华的车从戴妍和叶菲的身边驶过，而坐在副驾驶上的人是姚梓陌。车窗半开着，戴妍很自然地对上了姚梓陌的眼睛。

"姚老师，校长好。"叶菲当即礼节性地叫了声。

车里的姚梓陌穿了一件藏青色镶嵌的白边衬衫，很简单却很有气质。戴妍怎么看他，总觉得他都不像是一个普通人。

"戴妍，你可得老实告诉我！"叶菲突然一本正经地看着戴妍。

"告诉你什么啊？"戴妍很是莫名地问道。

"亏我跟你是小学到初中到高中那么多年的好朋友，你居然跟我装蒜！"叶菲有些生气地瞪着她。

"什么啊，你到底要我说什么啊！"戴妍再次不解地问道。

"你和那个姚老师啊！"叶菲干脆挑明了审问她。

"我和姚老师？"戴妍当即瞪大了眼睛。

"你别不承认了。昨天有人看见姚老师抱着你坐上了车。"叶菲拉长着脸，说道。

抱着我坐上了车？

一定是昨天在那个酒吧……

"怎么样，没话说了吧？"叶菲当即挑眉看她。

"不是你想象的那样，叶菲！"戴妍也不知道要怎么解释，所以就扔下这一句，迈起步子朝前大步走去。

"要不是高幸的爸爸在那个酒吧当厨师，高幸刚好去等他爸下班，我想我这辈子都不会相信你是这种……"叶菲不想说，她不想说戴妍是那种随便又轻浮的女人，所以，她话到嘴边又咽了回去。

"我怎么样了？或者你们认为我怎么样就怎么样好了！"戴妍也很生气，和她相处了十几年的人居然会因为一个不清不楚的事实就对她判刑。说完，她就一个人生气地跑走了。

"戴妍！"叶菲皱着眉头叫了她一声，但没有去追。

转眼到了中午……

"戴妍，你昨晚没事吧？"刘婷婷上午没课，这会儿才来学校。而她也是今天接到了公司负责人的电话，才知道昨晚戴妍被几个酒鬼欺负的事。

"对不起戴妍，我早上不该这么说你的，你别生我气啊。"在她身边的还有叶菲，叶菲也才知道她错怪她了。

"没什么啦，清者自清嘛。"戴妍嘟着嘴说了句。

高幸见戴妍没事儿，便又调侃起来："话说，被美男老师出手相救的感觉是不是很不错啊……"

"要不，你找机会试试？"戴妍咧着嘴说道。

"哈哈，我可不是美女，估计这辈子是不会有这种机会的……"高幸当即自嘲地说了句。

"不说这个了，一起去图书馆吧。"叶菲当即提议道。

"不了，我刚去借了本书，你们去吧。"戴妍笑着回道。

"那好吧，回见。"说着，叶菲她们就走了。

午后慵懒的阳光斜照在茵茵翠草上，那一束五彩的光晕泛着斑斓，带着梦幻。戴妍拿着书独自依靠在梧桐树下，静默地翻阅。当心情浮躁的时候，也许只有那些文字可以带她走进安逸与平静。

"你连'姚老师'这三个字都不会说，你认为你的品德是可以让我相信你是刚好经过的吗？"

不知道为什么，戴妍再次经过那个回廊，她就莫名其妙地浮现出了姚梓陌的脸，还有他说过的话。

是成熟还是犀利？戴妍确实找不到一个合适的词语去形容他这个人。

因为，他太复杂了……

"你明知道是男人的问题却非要卷进这样的问题里，还非要认为这样做是对的，你不觉得你的问题比男人更严重吗？"

"在学校我是你老师，可出了校门我就只是一个普通的成年人！"

看吧，他的言语总是那么充满攻击力和蛮横！他可以让你的血液在瞬间沸腾，可以让你的怒火在瞬间爆发。然而，当你冷静下来之后，你会发现，也会找到，在其中掺杂着的那一丝所谓的道理。

跟他在一起的时候，他会让你不知不觉忘记他的身份、他的年纪。因为他的人生，充满了太多值得人探究的元素；因为他的样子，看上去是那样年轻。快三十了？不，如果你不说，旁人只会觉得他才二十出头。

哦，天呐！我这是怎么了？我居然满脑子想的都是他！！

停止！请停止好吗！不要再去想这个人，这个你不应该去想的人！

"叮铃铛铛……"就在这个时候，戴妍的手机响了。

"妈……"戴妍拿起来接听还没来得及说几个字，就听电话那头闹哄哄的。

"妈，我听不清楚啊，你再讲一遍。"戴妍凑近听筒大声地说了一句。

"啊？什么？爷爷他中风了？怎么会这样？"戴妍的脸色一下子就沉了下来，十分焦急。

赶赴医院

　　"戴妍，你去哪儿啊？下午有课啊。"叶菲刚从图书馆出来，就撞见了急匆匆赶路的戴妍。

　　戴妍和爷爷的感情很好，爷爷从小也很疼她。她现在根本来不及回答任何人，她现在恨不得插上翅膀就能到医院。

　　操场上，人来人往的还挺多，姚梓陌也在。

　　他看见戴妍正朝他这个方向跑来，可她的脸色不太好。他还发现，她此刻的眼睛里似乎什么也看不见，她看见的只是那扇校门。

　　出什么事了吗？姚梓陌看着她消失的方向，暗想着。

　　半个小时后，一辆出租车停在了区中心医院的门口。戴妍给了司机一张五十块，她也顾不得找零拉开门就疾步跑走了。

　　"护士小姐，请问神经内科在哪里？"戴妍一冲进医院大厅就直奔询问台问道。

　　"三楼左转。"护士淡淡地回了句。

　　戴妍听了，马上三步并两步地跑上了楼梯。一到三楼，楼道里的病人密密麻麻的。戴妍穿过人群，直奔神经内科。

　　此时，神经内科的通道上正有家属在那儿吵架。戴妍一看，就发现是她妈妈张萍和她那个贪钱的大伯戴建仓以及那个势利眼的大妈李梅。

　　"爸爸今天会中风都是你们害的，现在弄的要住院，你们要拿钱出来啊！"张萍一把揪住建仓的手臂，大声嚷嚷着。

"什么叫我们害的？还不是你一直跟我们吵，爸爸才气得血压升高中风的！这钱应该你出啊！"那个李梅马上就凶巴巴地吼了起来。

"你怎么可以这样子说话的啊！人讲话要凭良心的啊！你们去广州十年不回来了，家里有什么事你们都不管。现在知道爸爸的房子要拆迁了，就说要把户口迁过来，爸爸他不肯给你们迁，你们就说了很多难听的话，把爸爸气昏过去了啊！"张萍据理力争，脸涨得通红。

"哟哟哟！你少在这里推卸责任了！还不是你们想独吞爸爸的房子啊！看到我们回来了，马上就跑到爸爸那里去了。我告诉你，我们建仓是家里的长子，家里的财产再怎么分也不会统统都给你们！你想也不要想！"李梅板着个脸，对着张萍指手画脚地说了一堆。

"你们是不是人啊！爸爸就是知道你们两个不是什么好东西，知道拆迁了一定会回来抢房子的。所以，他早就跟我说过了，叫我这几天抽空到他那里多去去，就是为了防你们的。说也巧，我刚一进门，你们就来了。妈妈早就过世了，爸爸的身体一直不好，一直是我们在照顾。"张萍真是气坏了，她也语速极快地大声指责。

"妈，这种人你跟她有什么好说的，他们根本听不懂人话！"戴妍听到这里，便冲上去说了句。

"哟，上大学了骂人也有水平了！到底是高级知识分子，有知识！"李梅冷嘲热讽地白了她一眼。

"戴伟的家属！"这个时候医生在外面大声叫了一句。

"来了来了……"李梅故意用胳膊肘撞了张萍一下，拉着建仓抢先跑到医生那儿去了。

"妈……她简直……"

"算了，先去听听医生怎么说。"说着，张萍也赶紧拉着戴妍过去了。

主治医生办公室里，医生有些蔑视地瞄了他们一眼。因为，他们先前一进来就一直叽叽喳喳吵个没完，他也听了个大概，不就是为了拆迁分房子吗？竟然连自己父亲的死活都不管了，在家里吵得不够，还跑到医院里来吵！

现在人的眼睛里啊，真的只有钱！

医生暗暗叹了一口气，说："我刚才打电话去问过了，暂时没有床位。"医生看着他们暗想：这下应该正合你们的意思了吧，为了住院的钱大吵大闹的。这会儿，你们想住也没办法住了。

"没有床位？那怎么行啊？我爸爸他已经昏过去了啊，不住院不行的啊！医生！"张萍一听就急着嚷嚷起来。

"那我也没有办法，住院部说现在没有床位。你们要不联系下别的医院，如果有床位的话，我们医院可以帮你们转过去的。"医生轻描淡写地回了一句。

"医生啊，这转来转去的，多折腾人呐，医生你就帮帮忙吧！不然加个床也行啊。"张萍再次急切地说。医生看了看张萍，觉得她是真的挺着急的，就说："加床也要到明天才有位子，你们要是想在我这里看的话，今天只能先住观察室。"

"行啊行啊，观察室就观察室。"张萍忙答应。

陪 夜

晚上六点医院观察室。

整个下午李梅和戴建仓都很殷勤地在照顾。张萍也知道他们是"黄鼠狼给鸡拜年——没安好心",但是这住院也不是一天两天的事儿,多一个帮手也好啊。现在他们家的经济来源就靠戴妍父亲一个人在承担,他可不能请假不去上班呐,万一给领导开除了,他们的日子就更难过了。再说这戴妍上大学开销也不小,所以,她也就顾不上那么多了。他们愿意白天来照看就白天来照看,晚上她再和戴妍来调班。

这不,说好了六点来换他们的,她们也就按时来了。

"哟,阿萍你来了啊,那我们走了啊,肚子都饿死了。好了好了,我明天再来。"说着李梅就拉着建仓赶紧走了。

"还不是在'作秀'吗?"戴妍很看不惯地嘟囔了一句。

"算了算了,只要他们以后能对爷爷好一点也就算了。"张萍摇了摇头,叹了口气。

"妈啊,你怎么会相信他们真的会对爷爷好啊,那个女人的心眼可坏了。"戴妍撅起嘴,很不高兴地说。

"我们又不图这个房子,只要你爷爷身体健健康康,开开心心地过日子就可以了。我回去也想过了,你爷爷也不会真的恨你大伯的,毕竟是自己的亲生儿子,再没有良心也好,没有出息也好,总归是自己人。算了,等你爷爷好一点,一起做做思想工作。"张萍一脸肃然地坐在了椅子上。

陪病人其实是一件很枯燥无聊又很揪心的事。而晚上陪,更是伤神。

"妈啊,我明天没课,你回去休息吧。"戴妍看着一脸困倦的张萍说。

"我回去,你一个人陪夜我不放心啊。"张萍马上说。

"这有什么不放心的,你回去吧。明天爸爸还要上班,你还要做饭、洗衣服,我等明天一早那个女人来了我再回来睡好了。走吧走吧……"戴妍说着,就一把拉起张萍把她往外赶。

"那好吧,有事马上给我打电话。"张萍说着也就回去了。

指针,很快就到了十二点。

城市的夜空早已经不见星辰闪烁,更谈不上"璀璨"两个字,"璀璨"的,只是那妖冶的霓虹。戴妍一个人站在医院的阳台上,深邃地眺望远方,女孩子特有的多愁善感又再次迸发出来。

又逢白露,匆匆又是一季,指针永远在向前走。还记得,小时候只知道吃好吃的,玩好玩的,无忧无虑。然而长大之后才发现,大人的世界一点也不好玩,很多时候还食之无味。

"咕噜噜。"戴妍正暗暗自语着,哪知道这五脏庙竟然叫了起来。

"看吧,这就是现实。即使你再怎么食之无味,你还是要吃。就像生活,你即使再抱怨,这日子也还是要过……"

不知道爷爷半夜会不会醒,还是赶紧去买点东西吃好了。今天晚上肯定是没法好好睡了,要是再不吃东西的话会撑不住的。

戴妍想着,就问医院的看护说:"阿姨啊,我出去买点东西马上就回来,你帮我稍微代看一下哦。"

"好的,你去吧。"那个五十几岁的中年妇女忙答应着。

"谢谢,谢谢。"戴妍忙道谢,拿着包包出去了。

这家医院的位置虽然临近市中心,但是也有点偏,大门还是在小路上的，现在又那么晚了，街上几乎没有人。戴妍看见医院门口小卖部的灯还亮着就赶紧跑了过去，说："阿姨啊，面包还有吗？"

"哎哟，面包卖光了，明天早上才来呢。"那个阿姨正准备关门。

"你要肚子饿的话往左一直走，斜对面有家24小时的小吃店，你去那儿买点东西吃吧。"那个阿姨还好心地给她指路。

"谢谢阿姨。"戴妍听了，就往左边走了。

那条路的路灯是单排的，光线有点暗。她走着走着，发现对街有一些小的发廊还开着，不过这屋里都开着那种紫不紫红不红的朦胧灯光，她好奇地望那儿瞄了几眼，竟然发现里面坐的几个女的都穿着吊带裙，袒胸露乳地坐在沙发上。

昏暗的灯光里，女人搔首弄姿，男人轻佻地勾着女人的肩。戴妍不懂，为什么会有女孩子甘愿从事这样的职业！

戴妍把目光从那边移走，加快脚步朝那间不远的小吃店走去。她要赶紧买好东西，赶紧回医院。这里，总让人觉得不那么安全。

"老板，二两锅贴，一碗牛肉粉丝汤，带走。"那个小吃店很小，不过小归小，也五脏俱全。有炒菜、客饭，还有生煎锅贴、麻辣烫之类的东西，品种也算挺齐全。可是，现在这个时候客人真的很少。

戴妍心里有点怕怕的。

毕竟，她是个女孩子……

"二两锅贴、一碗牛肉汤，八块七，收你十块。"老板接过钱找了零，就让她拿单子去窗口打包了。戴妍就站在窗口那儿，侧身对着几个民工。然而，这个侧身的S曲线在凌晨时分显得格外诱人。

二十岁左右的女孩子，身材总是很好的，再加上戴妍又长得漂亮，自然让人忍不住多看几眼了。

被跟踪

深夜里，只要是一点点的声响都会比白天显得夸张和惊悚。戴妍买完吃的就一直快步地走，可是后面的脚步声也变得越来越快，越来越靠近。

不由得，心里一慌！

但是她不敢回头，她只能更加快速地走。然而走得越快，心就越慌，手也跟着发抖。只听，她拎着的外卖袋子不停地发出了"嚓嚓嚓"的声音。

"小姐，你走那么快干什么呀？"那个一直跟着戴妍的男人终于忍不住跑到了她前头，拦住了她的去路。戴妍的心顿时扑通扑通大幅度地跳起来，她眉头一皱，不理他，绕开他继续走。

"诶，多少钱？"那个男人又追了过去，轻佻地说。

"神经病！"戴妍当即瞪大眼睛很恼怒地骂了一句。

"哟，骂人的样子更漂亮。"这人长得也不太恶俗，也许他就好这口，在嘴巴上调戏一下过过瘾。因为，他并没有打算动手动脚，他只是双手插在裤袋里一直跟着戴妍。

可是戴妍当然害怕了，一个陌生的大男人跟着她，她怎么不害怕？再加上对面一排做着见不得人的生意的发廊，她就更慌乱了。

"说个价嘛。"那个男人又再次追上去问。

"我不是小姐！你到别处找去！"戴妍气得大声嚷嚷。

"对面的五十就行了。"那个男人看着戴妍又生气又害怕的样子就越带劲，他故意惹她。

他的心里，似乎有一种变态的快感。

"我说了我不是小姐了！你到对面找去！"戴妍气得手一挥，把刚才买的牛肉汤都给洒了。

这个时候，那个男人倒是有点收敛，没再说话。不过，他还是一路跟着她……

戴妍对于他的跟踪很是反感，她不得不停下脚步拼命抑制住自己心里的恐慌，随即故作镇定地大声说："你别再跟着我了！再跟着我我打110了。"说完，她就从包里拿出了手机，威胁他。

就在这时，一道耀眼的灯光折射了整条马路。两个人都本能地回头看，只见一辆车打着超大的大光灯，还不停地朝他们闪烁，刺得人睁不开眼睛。

人生的机遇就是那样微妙。巧合，也许就是一种命中注定。当月老的红线就是不偏不倚地降落在你手中，那么，任由你怎么甩都甩不掉了。

这辈子，也别想再逃开……

那辆车子里坐的人是姚梓陌，他一拐弯就注意到了人行道的他们。这条街一个人也没有，就他们两个。他一个急刹车，停了下来，随即摔门下车，猛地冲过去一把把戴妍拉到了自己身边，还用一副要吃人的凶狠表情怒瞪着那个男人。

那个男人当即被吓得去了半条命，赶紧拔腿就跑。

"哼！算你识相，不然一定打得你爬不起来！"姚梓陌紧紧地拽着戴妍的手，黑着个脸很是气愤地说了句。

戴妍仰着头看着他，有点惊讶。那一刹那，她觉得他就像是一个守护她的骑士，每当她遇难的时候，他都会出现……

"你也是，那么晚了一个人走到这么僻静的小路上来干吗？难道你不知道一个女孩子在晚上是很危险的吗？"姚梓陌继而绷着个脸责备戴妍，他的手还紧握着，丝毫没有放开的意思。

戴妍沉默着，虽然他的样子很凶很吓人，但是她的心里不知道为什么竟然会有一股暖流流过，很温暖，很温暖……

而她的手，更是感受到了他那张强而有力的手掌和男人特有的刚毅……

"我真的不知道你是胆子大，还是……"姚梓陌真的搞不懂她，一次是这样二次也是这样。她到底想干吗？是想证明自己真的对男人很有诱惑力，还是觉得这样玩很刺激？

"你这么说是什么意思？还不是因为你们男人没有进化完全！"戴妍很不喜欢他这种审视自己的眼光，更不喜欢他这样子的口吻。

"我告诉你，不论这个世界怎么改变，男人永远占主导地位。所以，你既然知道男人没有进化完全，还非要一个人那么晚在这种地方游荡，是你不对！"不难看出，姚梓陌是一个非常大男子主义的男人。

戴妍气得一把抽掉了自己的手，气呼呼地朝前快步走。

"上车！"姚梓陌却冲上去一把拽住她的手腕往车那儿走。

"我不要上车！"戴妍反抗着他的暴力。

"你是想刚才的事情再重演一遍？还是你觉得你的力气比我大？"姚梓陌毫不理会她的挣扎，他就是雷厉风行地把她往车里一塞。

"你……"

"砰"的一下，姚梓陌根本不理她，重重地关上了门。

"上天造物的时候就已经注定了主次、强弱、领导和被领导！"姚梓陌坐在驾驶座上板着个脸，很是霸道地说着。

"你……"

"不服气吗？母系社会只是人类短暂的一个时期。纵观古代，纵横沙场的是男人，帝王将相也是男人！男强女弱这是遵循了自然的生存法则！现代所讲的公平，只是建立在文明和道德的约束之内！"姚梓陌又不容置喙地说了一堆他的理念，阐述了他的观点。

　　戴妍被他说得无从反驳，万般郁闷之下，她唯有选择沉默。

　　"你今天干吗那么急跑出学校？"姚梓陌又转而关切地问起。

　　戴妍本想说"关你什么事"的，可是当她看着他的侧脸，她就是会不知不觉地向他投降……

交 钱

当信号灯由绿变红，姚梓陌便刹车停了下来。当他侧过脸对上戴妍的眼睛，那无言的静默传达了太多的信息。他突然觉得自己很多事，她有没有来上课根本不是他应该关心的。

二十六秒，前面的车子开动了，姚梓陌轻踩油门往前开。

"我爷爷中风了。"戴妍转过头看着前挡风玻璃，突然柔声地回答他先前的那个问题。

"中风了？那现在怎么样？"姚梓陌很自然地问道。

"要住院。"戴妍沉着脸担忧地说。

"麻烦你左转，在前面把我放下来。"很快，那家医院就到了。

姚梓陌一眼就看见了前面的医院大楼，他一边转动方向盘一边问："你要陪夜？"

"是啊，所以我刚才肚子饿才去'那种地方'买东西吃的。"戴妍挑着眉看着他，故意把他说过"那种地方"拉高了音调说。

对于戴妍这种解释的方式，姚梓陌微微扬起了嘴角。

"谢谢。"姚梓陌刚靠边停车，她就扔下这三个字开门走人。

姚梓陌单手架在方向盘上，看着戴妍远去的背影，那个在黑夜就越发显得纤弱的身影。

突然，有一丝灰暗划过心头，那难以泯灭的伤痛似乎帮他找回了理智……

爱情，他不应该再去碰触。

医院二楼观察室。

戴妍一走进去就看见观察室的门口围了很多人，她的脸色一下子就紧绷了起来，她立马冲跑了过去，挤过人群。

"病人的家属到哪里去了？不是让他们留人陪夜的吗？"一个值夜班的医生站在戴妍爷爷的病床前很生气地嚷嚷着。

"医生，我……我是……"

"中风病人随时都有可能醒，醒了也很容易发生病变，怎么可以离开呢？"医生根本不给戴妍解释的机会，毫不留情地责备了她一顿。

"对不起……"戴妍马上低着头，认错。

"刚才一个家属说，他醒了没见着人，一着急就更严重了。现在口角歪斜造成了局部偏瘫，我们现在要进行紧急治疗，需要你们家属签字确认，你跟我到办公室来一趟。"说完，那个医生就气呼呼地走了出去。

"根据病人的情况，我建议要用进口的药水治疗，再用普通的药物治疗我觉得可能没有什么太大的效果，而且很可能会造成半身偏瘫。这一点我需要跟你们家属明确交代，同时我也必须经过你们家属的同意我才可以操作。当然，进口药物的费用肯定比普通的要贵。"医生一脸认真地说着。

戴妍可不想爷爷以后会偏瘫。所以，她想也没有想就开口说："那就用进口的。"

医生听了，就漠然地开起了方子。

"医生，我问一下，进口的药水大约要多少钱？"戴妍试探性地问了句。

"三千左右。"医生淡淡地回答。

"要三千？"戴妍眼珠子凸起，当即大叫了起来。

"是的。"

"现在就要付吗？"戴妍咽了口唾沫，尴尬地问。

医生点了点头，根本懒得回答。

"那等一下哦，我……我打个电话……我现在没那么多钱……"戴妍面露难色地走了出去。

妈走的时候是给我留了点钱，那也只是几百块啊。而且一下子要三千那么多，家里恐怕也没有吧？戴妍拿着手机，眉头紧蹙地想着。不过，她还是很快拨通了母亲的电话。

不一会儿，电话那头有人接了。

"小妍啊，是不是你爷爷有什么事？"张萍一看这来电显示是戴妍，就马上从床上蹦了起来。

"妈，爷爷他醒了之后又昏了过去，比早上……更严重了。医生说……说要用进口的药水……"戴妍支支吾吾地说着。

"那就用啊。"张萍马上接话。

"我知道，可是……可是医生说要三千。"

"啊？要三千啊？家里没有那么多现金啊，折子里的钱也要明天才能去银行取啊。"张萍也很着急。

"那怎么办……"戴妍急得眉头紧皱，也不知道该怎么办。

"那……那我敲敲门问隔壁的邻居借一下看看，我……我马上就来。"说着，张萍就挂断了。

越发走近的心

戴妍的心里七上八下的，很着急，脸色也煞白的，很难看。她一边担心爷爷会不会就此瘫痪，一边也担心这么晚了能不能借到钱。她精神恍惚地走进医生办公室，医生拉长着脸跟她说了一句："病情越早得到控制越好，造成半身偏瘫的概率也越小，最好尽快。"

"我知道，我妈已经赶过来送钱了。"戴妍马上说道。

而后，戴妍急得在楼道上走过来走过去，根本坐不住。现在的一分钟就像是几十个小时那么长！她低着头，不停地看手机。天呐，才过了三分钟！她也不敢一直打电话催张萍，张萍也已人到中年，性子又急。你催她，万一她在来的路上出点什么事就更糟糕了！

"哎哟！"突然从左边一个通道上窜出来一个人，冷不丁地撞到了像热锅上蚂蚁的戴妍，她手里的手机也"啪"一声摔在了地上。

"你怎么走路的嘛！"戴妍一边捡一边皱眉嘟囔起来。

"呵呵，终于让我撞了你一回。"那个人是姚梓陌。

戴妍一听到这个熟悉的声音就马上回头一看。

呀，怎么是他啊？

"你不是走了吗？来这里干吗？"戴妍很奇怪地看着他。

"你的锅贴。"姚梓陌当即拎起袋子给她看。

"晕，我现在可是什么也吃不下了，我不要了。"戴妍看着那个打包的袋子，撅起嘴说了句。

"怎么了？"姚梓陌很自然地问。

"我爷爷醒了之后又昏了过去，现在病情更严重了。"

"那医生怎么说？"

"在等钱……"

"等钱付医药费吗？"

"是啊，我身上没有那么现金，正在等我妈送来。"

戴妍嘟着嘴，一脸焦急的样子。

"要多少？我卡里有现金，隔壁就有取款机。"姚梓陌当即认真地问道。

"不用的，我妈……我妈已经在赶过来……"

"病人不能等，万一错过最佳治疗时间就不好了。取个五千够了吧？"姚梓陌再次问道。

虽然这样的话没错，可是戴妍总觉得不太好。姚梓陌见戴妍不说话，就干脆先跑出去取钱了。

很快，他就又跑进来了。

"突发状况是最不能延误治疗的，不然后果会很严重，你赶紧去缴费吧。"姚梓陌把钱递给戴妍，催促道。

"快去吧，我又不是把钱送给你，我可是要你还的。"姚梓陌压低眉毛说了句。

"那，等我妈来了就还给你！"说着戴妍就赶紧去收费窗口缴费了。

晚上的人相对比白天少很多，收费窗口那儿根本就没人，戴妍很快就缴了费，拿着单子到发药窗口去拿药。之后，又急匆匆地把药给了护士，护士就马上安排注射了。

医院走廊里的红色"静"字悬挂在墙上，加深了家属心里的压抑。冷冷的白炽光灯照射在每一个角落，更凸显了那份苍白和无情……

姚梓陌起身，走到长廊的另一边依靠着窗台抽烟。那份眼角眉梢的忧郁跟惆怅，也在这个夜晚越加肆无忌惮地浮现。轻吐一口，看着袅袅的白烟向空中飘散，然而，它们根本还来不及飘远就已经湮灭在了那黑的空洞里。

夹着烟的手再次凑近嘴角，眉头再次紧蹙着，一脸静默。

"真是谢谢你了，姚老师……"戴妍看着爷爷在接受治疗，就安心地出来找他。

姚梓陌嘴角微扬笑了笑，没说话。

"多抽烟不好。"戴妍每次私底下看到他，他都一直在抽烟，便好心劝说道。

姚梓陌眨了眨眼，继而还是把烟又送进了嘴里，吸了一口。

"你好像有很多心事？是因为当老师很累吗？"戴妍缓缓走到他身边与他并排，试探地问道。

姚梓陌的眉头微微动了一下，依旧没有说话。

"对了，你怎么这么晚还会在这里？"戴妍见他似乎不太高兴的样子也就转了个话题。而对于这个问题，她也确实很好奇。十二点多了不在家，又是一个人在外头……

"雷华，就是你们校长，他女儿得了肺炎也住院了，我刚好从另一家医院出来，经过那条路。"姚梓陌掐掉了手里的烟蒂，转过身淡淡地说了句。

"哦。"戴妍轻声附和了一句。

那苍白的走廊因为有了你而不再苍白，那颗彷徨的心也因为有了你似乎不再彷徨。突然发现，只要你在我身边的时候我就会感到很安全。

戴妍静默地坐在长椅上，享受着这一份相处。姚梓陌却忽然起身，走到饮料机前投币买了两罐饮料，拿了一瓶橙汁递给戴妍。

"你干吗喝咖啡？"姚梓陌给自己买的是咖啡。

"那么晚了，不应该喝咖啡吗？"姚梓陌挑眉看了她一眼，打开了瓶盖。

"那你干吗给我买橙汁？"戴妍立马反问他，也许跟姚梓陌在一起不得不惯用反问句。

"因为女孩子适合喝橙汁。"姚梓陌随口回了句。

对于姚梓陌的大男子主义，戴妍只好投降不再跟她理论。不过，她还是忍不住劝说道："你经常抽烟，又喝咖啡，对健康会很不好。"

"如果一个人的心是腐烂的，那么他即使喝圣水吃仙丹也一样活不久，不是吗？"姚梓陌说着就拧开瓶盖，喝了好几口。

戴妍看着这个人，心中的好奇再次膨胀开来。

她真的很想知道他究竟是个怎样的人，身上有过怎样的故事……

"我看你爷爷应该没事了，我先走了。"姚梓陌说着就提步离开了。

"你不等我妈来把钱还给你吗？"戴妍当即嚷嚷道。

"回头打我卡里好了。"说完，姚梓陌就走了。

戴妍看着他离去的背影，久久没有移开视线。就在姚梓陌刚走不久，戴妍的手机就响起来了，是她母亲打来的。

戴妍接听了电话还来不及开口说话，张萍就在电话那头叫嚷着说她被车撞了。挂上电话之后，戴妍就立马飞跑了出去。她站在路口，焦急地想招出租车。可是这个时间，出租车很少。

刚好这个时候姚梓陌刚启动了车子不久，正在支付停车费。于是，他摇下车窗冲着戴妍大声喊道："怎么了？又出事了吗？"

"姚老师，你帮个忙，带我去找我妈好吗，我妈被车撞了。"这会儿，戴妍也顾不上什么礼节和客套了，她一边说一边就坐上了姚梓陌的车。

执拗的情怀

车上，戴妍十分着急。

"你别担心，可能只是擦伤，没事的。"姚梓陌不停地安慰着。

戴妍眉头紧蹙地看着姚梓陌，心里虽然很着急，却因为有他在身边而变得不那么害怕和恐惧。

"幸好有你在……"戴妍在心中默默地说了一句，继而紧张地看着车窗外。

姚梓陌刚来 C 市不太熟悉路，不过有车载导航还是很方便。不到十分钟，他就开到了张萍所说的那条小路上，发现了她。他提手一个挑灯给了张萍一个讯号，她也就马上转过头看到了那辆银色的车子。

"妈！"姚梓陌一靠边停车，戴妍就开门冲了过去。

张萍一直靠坐在人行道上爬不起来，腰似乎扭伤得很厉害。

"妈，到底怎么回事啊？看起来很严重啊！"戴妍看到路边放着的一辆摔坏了挡板的助动车，顿时就问了起来。

"我还不是想快点儿。"张萍在戴妍的搀扶下摇摇晃晃地站起来。

"那，那个撞你的人呢，逃走啦？"戴妍继而问道。

"是我闯红灯……不关人家的事……"张萍解释着。

"可是……"

"算了，只是扭伤了腰，没什么。要是打 110 等警察来，又不知道要耽误多长时间。我们快点去医院吧。"

张萍忍着疼痛，让戴妍赶紧扶她走。

"那车怎么办？就放在这里？"现在人家也跑了，也没辙了，只好这样了。

"你去把车锁在路边，你明天帮我开回去找人修一下就是了。"张萍继而说道。

"我去吧，你陪你妈上车。"姚梓陌看到这里，便过来帮忙了。

"他是？"张萍这才发现戴妍身边站着的男人。

"真是的，我都忘了介绍了。妈，这位是姚老师，教我们当代文学的。多亏遇到姚老师，是他送我过来，还帮我垫上了爷爷的治疗费。"戴妍连忙说道。

"哎呀，那真是太谢谢姚老师了，真是不好意思。"张萍当即道谢。

"没什么的，不用客气。我看你的腰扭得不轻，还是赶快去医院吧。"姚梓陌说着就赶紧去把助动车锁好。然后开车返回医院。

空旷的街上只有路灯还在绽放光芒，戴妍坐在后座不时透过后视镜偷看姚梓陌，那硬朗的外表，深沉的眼睛是那么打动着她的心。

很快，医院就到了。

"妈，慢慢走。"戴妍扶着张萍下车，一脸的关切。

"姚老师，这三更半夜的麻烦你真是太过意不去了。这三千块钱我就放你车上了，你赶紧回去休息吧。"张萍在车上就谢个没完，下了车又再一次地表达她的感激之情。

"嗯，那我先走了。"姚梓陌微笑示意之后，便离开了。

到了医院之后，张萍去了骨科检查，戴妍就一个人傻呆呆地望着医院的玻璃窗，泛着对姚梓陌的某种纠结与怀想……

当破晓催明，当朝阳普照大地，当你淡淡的烟草味还残留在我的鼻尖，我的心依旧无法停止不去想你。

张萍见公公没事，也就配了点伤药打车回家了。戴妍则一个人从天黑坐到了天明，精神显得有些恍惚。

　　直到李梅上午来找她，她才缓过神，回家了。

　　另一头，姚梓陌也无心睡眠，不过他好歹让自己躺在了床上迷糊了几个小时。

　　大约十点，恼人的手机铃响了。

　　他蒙着被子，非常不爽，可那个铃声就是一直在响。于是，他伸出手，摸到了床头柜上的手机，一按通话键就很没好气地吼了句："喂！"

　　"梓陌，你还是回姚氏吧。你不在，董事长都把事情交给副总经理，你知道你那个叔叔好吃懒做，又不会打理公司，近期有很多项目都在亏损，再这样下去，国内这边的生意会被他搞垮的。"电话那头就是上次来学校找过他的那个人。

　　他是姚梓陌父亲的朋友，也算是看着姚梓陌长大的，一直在替他爸爸做事。

　　"我爸一向对他这个弟弟很好，我也跟他建议过不要放那么多决策权给他。可是他根本就不听，现在就让他自己去处理好了。"姚梓陌有些任性地说。

　　"梓陌，董事长会把国内的决策权交给你叔叔，也是因为你一直不肯帮他做事。他这么做，也是一时赌气，你还是回去跟他谈一谈吧……"

　　"没什么好谈的，他一向也看不惯我不是吗？"说着，姚梓陌就挂了。

　　手机再一次地响了起来，姚梓陌没有接听。跟着，短信就来了。

　　内容是：

你爸爸是商人，你是文人，他无法理解你的选择，你也没有给他理解你的机会。可是不管怎样，姚氏集团是你爸爸一手辛辛苦苦建立的，他也只有你一个儿子。不管你喜不喜欢这一行，最后你还是得接手。还有，你爸爸年纪大了……

　　姚梓陌看到最后那一句"你爸爸年纪大了"，突然有一种触动。是的，他是一个执拗的人。他不喜欢做的事，从来就没有人可以强迫。所以，父子间的关系一直都不好。

　　姚梓陌看着手机屏幕，两道浓密的眉毛不由得紧蹙在了一起……

阳光一般的笑容

第二天，下午一点。

祥和的风，淡雅的云，蔚蓝的天，细数着今日的美好。戴妍坐在公交车靠窗的位子，歪侧着脑袋看着街边移动的风景。然而，一个急刹车却打断了这份美好。

"喂，你怎么开车的！临近路口了还实线变道！变道还连个方向灯也不打！"公交车司机探出头，火气很大地嚷嚷了起来。

"对不起对不起，我刚学的车，对不起！"那个小轿车的司机忙摇下车窗打招呼。

"不是对不起的问题！你擦到我的车了！"公交车司机眼珠子一瞪，大声说道。

"对不起哦，那……那先靠边停车么，我打110找交警来处理。"那个司机态度还算好，一个劲儿在打手势道歉。

"哎呀，这什么事儿嘛！我本来再跑两圈就下班了，你这一个撞上来……真是的！还有那么多乘客呢！你说你，不会开车还要硬插队！"公交车司机很不爽地嘟囔着，一肚子火。

"好了好了，大家都下车吧，我没法开了，我要等交警来处理。"公交车司机皱着眉头，转头跟乘客说。

"啊？哎呀……这停个半道的也没有公交车换乘啊！"

"哎哟哟，真是倒霉啊，我晚个五分钟出来就好了，就不坐这辆车了嘛！"

车里，大家纷纷抱怨起来。是呀，好端端摊上这事儿，谁都不会高兴。更何况，还停在这种尴尬的地方，左右两边都没有公交车停靠站啊。

"算了算了，打车打车！"一些赶着去办事的人只好下来，去路边拦出租车了。

戴妍也嘟着个嘴，觉得自己运气真的"很好"！她一边下车，一边狠狠地白了一眼那辆肇事的小轿车，非常不爽。本来嘛，她在车上看看风景，打打瞌睡，发发呆，休息休息挺好的，这下可好，停在半道上让她下车。

她拿着包站在人行道上左看右看，暗暗自语着：真可恶，停在这种地方！打个车吧，起步费也不用，多不划算，走过去吧，又感觉有点远！真是"中奖"了！

戴妍深呼一口气，决定步行去学校！

她甩荡着背包，懒散地走在路上。当她走过那一排郁郁葱葱的法国梧桐时，她便想：曾经有多少人走过这里呢？这里又有没有发生过美丽的爱情故事呢？

这样想着，她突然停在了一棵斑驳的梧桐树旁，对着那棵树呢喃起来："一叶方可知秋来。你用你的陨落和萧瑟带来了新一季的呼唤，却没有人知道你飘零的悲哀；你用泛黄的枯叶勾勒起了金秋时节的绚烂，却没有人知道你惧怕冬的到来。看，我多有诗意！"

"如果春是它心爱的女人，那么它只是一直在等她的到来。因为冬去了，春才来……"

突然，从身后传来了一个男人的声音。

戴妍猛地回头一看，发现在她身后的是一个高高的大男生，他推着自行车，对她灿烂地微笑着。

是的，他的笑容就像是那一缕灿烂的阳光。

"我们见过的。"男生看着她说。

"是吗？"戴妍似乎不记得了。

"我的篮球最喜欢美女了！"男生单手抓起车筐里的篮球贫着嘴。

篮球？是他？戴妍一看到篮球就想起来了。他是那天在篮球场砸到她的那个叫赵凯的学长。

"美女总是让人印象深刻。"赵凯直勾勾地看着她，眼神很是炙热。

"呃……"戴妍不好意思地低下了头。

"总算让我又遇到你了，我真后悔那天没问你是哪个系的。"赵凯咧着嘴笑着，非常直接，直接到让戴妍有些不知道怎么好了。

"我叫赵凯，金融系的，你呢？"赵凯再次介绍自己，迫不及待地想要知道戴妍的名字。

"戴妍。"

"戴妍？真好记，以后有活动一定找你'代言'。"赵凯顿时笑着调侃道。

"呵呵，好啊。"戴妍也笑着附和了句，觉得这个男生真的很有趣。赵凯也看着她，觉得她笑起来的时候一双眼睛弯弯的，特别迷人。

"你住这附近？平时都走去学校？"这一路都没有公交车站台，戴妍又一个人在步行，所以他才会这样问。

"不，因为公交车出了点问题，所以我才走着去。"戴妍连忙解释。

"哦，那刚好，我载你去。"赵凯顿时热情地说。

"呃……不用了……"戴妍摇了摇头，绕开他继续走。

"上次我打球不小心砸到你，一直很过意不去，这次就给我个机会将功补过。"赵凯急得马上追了过去。

戴妍看着他一脸认真的样子，似乎不好拒绝。

"来，上车。"赵凯见戴妍默许了，就跨上了单车一脚撑地叫她坐在后座。而那嘴角上扬时泛起的笑容，那明亮瞳孔里蕴含的情愫，都凸显了那颗驿动的心。

戴妍站在自行车前顿了顿，便坐了上去。

随后，赵凯双手握着车把，神采飞扬地骑了起来。

梧桐树下，一辆单车，一对正值大好年华的男女，诠释着青春的曼妙乐章。当风儿吹拂过脸庞，就好像是爱情女神送上的淡淡轻吻……

赵凯越骑越开心，开心得一个人在那儿不停地傻笑。

谁说爱情需要时间？爱情，只是在我看到你的刹那就已经自动生成了的印记。而你，就是我急着添加到收藏夹里怕再也找不到的页面！

戴妍，原来她叫戴妍！原来这个让我一见钟情的女孩叫戴妍！哈哈，篮球啊篮球，我应该谢谢你！好好地谢谢你！赵凯一边骑一边瞥了一眼车筐里的篮球，在心里暗暗自语着。

"嘿，赵凯，你小子什么时候认识这么一位美女啊？赶紧给我介绍介绍啊。"这个时候，从后面追上来一个同样骑着车的男生，他一看到戴妍坐在赵凯的车上，马上就调侃了起来。

"哈，是你啊钱帆。你也说是美女了，美女是能随便介绍的吗？"赵凯当即卖起了关子。

"哟，看来我们的'篮球王子'马上就要告别篮球场，陷入爱情不能自拔了！"那个叫钱帆的笑着嚷嚷道，随后就识相地骑走了。

纠结的情感

一束束金色的光芒穿透梧桐树的叶子，调皮地打落在你我的双肩，带着一份青涩、一份微妙和一份未知。

赵凯慢慢地骑着，享受着这场偶遇，这场幻想中的偶遇……

清脆的自行车铃声"叮铃铛铛"地在耳边响起，恰似那一场沸腾的青春。赵凯一个拐弯骑进了学校的大门，他突然发现，这个午后真的特别美。他载着戴妍穿梭在校园里，从图书馆到教学楼，那一路上都留下了他们的痕迹。

"呲"一个刹车，赵凯停在了二号楼阶梯教室的门口。

"谢谢你哦。"戴妍很礼貌地说。

"不用客气，能载美女我求之不得呢。"赵凯嘴角斜扬地笑了笑。

他，和他完全不同不是吗？

他的脸上永远挂着灿烂的微笑，身上永远散发着一股蓬勃的朝气。

而他，总是令人难以琢磨……

哦，我的天！我为什么又想到了那个人？突然，戴妍被自己吓了一跳。她顿时沉着脸，紧握着背包朝里走。

"戴妍……"赵凯把自行车一扔就追了过去。

"你……你几点下课？"赵凯收起了先前那张调皮的嘴脸，变得严肃而忐忑。

"四点。"戴妍很自然地回了句，便又转身走了。

赵凯一直目送她的背影消失在楼梯上才离开。

而这个时候，走廊有一个人站在那儿很久了，那个人是姚梓陌。他目睹了戴妍从赵凯的自行车上下来，更看出了赵凯的心思。

是的，一份本该浮现的心思。

他，想追她！

那很好不是吗？他们有着同样的青春，洋溢的青春……

只是，姚梓陌的内心远不如他的表情那般平静。

姚梓陌微皱了下眉头，单手插在裤袋里往校长室走去。这个大楼和学校的行政楼相通。他是来找雷华的，雷华离婚的时候女儿才十八个月，他强行要来了抚养权。可是这一年多来，彤彤一直生病，他的前妻来找他了。

事情似乎有些麻烦。

"小孩子生病是很正常的事！你用不着拿这个跟我吼！我告诉你，我不会把彤彤交给你的！"雷华的办公室在五楼，姚梓陌刚到五楼走廊就听见里面传出来的声音。像是在打电话，谈得很不愉快。

"我是彤彤的父亲，我有她的监护权！当初白纸黑字你签了字的！什么都别说了！这件事谈也别谈！"话音一落，就听见了一记狠拍桌子的声音。

雷华，很生气地挂断了电话。

姚梓陌隔着那扇门听得清清楚楚，他沉着脸翻眨了下眼皮，提手敲门。

"进来！"里面顿时传来了一个不太愉快的口气。

"郭琳回国了吗？"姚梓陌淡淡地问。

"当初是她要事业不要孩子不要丈夫！现在觉得女强人做腻了就回来要女儿？她做梦！"雷华愤怒地说着，当初的心碎又再次令他抓狂。

"不管怎样，她也是孩子的母亲。"

"她不配！"雷华当即蹦出这三个字，火冒三丈地瞪着眼睛。

"如果她肯改过……"

"改过？你觉得她这种强势的女人会甘心放弃她现在所拥有的地位？全心全意去照顾彤彤？"雷华当即反问。

"你对郭琳真的没有爱了吗？"姚梓陌这句话一出，让雷华不禁打了一个冷战。

"你并没有把她从你心底彻底删除，对吗？"姚梓陌看着他的表情就知道了答案。

"雷华，在你和郭琳之间最受伤的是彤彤，你有想过吗？一出生，她就活在你们的战争里。之后，她在很不明白的情况下没有了妈妈。可是她最需要的，是一个家，一个完整的家！"

对于雷华的过去姚梓陌也很清楚。雷华很爱郭琳的，只不过两个人都一样重事业，一样倔强，一样不肯让步。

当时，郭琳抛下还不会走路的彤彤，毅然选择去日本当 CEO，彻底伤了雷华的心。

于是，他提出了离婚！

他以为，他用离婚可以威胁郭琳放弃她的事业。但是，郭琳不但没有留下，反而还觉得他是一个无理取闹的男人！就这样，两颗同样尖锐的石子，终于将彼此划伤了……

蓝雨话剧社

不知不觉指针已经落到四点。抽完最后一根烟，姚梓陌拍了拍雷华的肩膀，离开了。

作为一个局外人，他要说的也已经都说了。

当棕色的门合上，当齿轮卡进了锁里，姚梓陌的心也不禁一揪。他眉头紧蹙着站在走廊上看风景，脸上又再次布满惆怅和复杂。

回首来时路，自己还不是一样受过伤……

"戴妍……戴妍……"此时，窗外忽然响起了一声声呼喊。

是那个赵凯来找戴妍。确切地说，他应该一直在等她下课。

"咦？戴妍，他是谁啊？"叶菲和戴妍走在一块儿，她打量着赵凯，好奇地问。

"我叫赵凯。"赵凯抢先介绍起自己。

"你找我有事吗？"戴妍看着他问。

"是这样的，其实我是'蓝雨'话剧社的社长，我想请你参演我们新一季的话剧。"赵凯一本正经地说着，心怦怦直跳。因为，他好担心好害怕戴妍会拒绝。

"啊？你就是论坛上，我们学校很有名的'蓝雨'社的社长哦！"叶菲当即睁大眼睛嚷嚷了起来，似乎很有兴趣。

"呵呵，也不算有名啦，只是有那么一点成绩而已。"赵凯马上谦逊起来。

"我没兴趣。"戴妍冷冷地落下这句话就走了。

"呃……戴妍，这个剧本的女主角真的很适合你的气质，而且还有机会演出，你就当帮个忙友情参演一下。"赵凯急得连忙追了过去。

"话剧不错啊，你为什么要拒绝？"这时，姚梓陌突然从后面走了上来，微侧着脑袋看着她。

事实上，他在看到赵凯来找戴妍的刹那就下楼来了。

"姚老师。"叶菲看到姚梓陌马上热情地打起了招呼。

"姚老师？你就是那个传说中的老师？"赵凯顿时惊讶地看着姚梓陌。

"传说中？"姚梓陌当即挑眉重复了道。

"姚老师，你不知道哦，你可是女生心目中的校园第一美男！俗称传说中，哈哈。"叶菲顿时大笑了起来。

"呵呵。"姚梓陌嘴角斜扬地笑了笑，没说话。

而不知不觉中，戴妍也不知道从什么时候开始，只要是姚梓陌说的她都愿意去听。

"如果，你觉得话剧好，那么我就参加。"戴妍看着姚梓陌的眼睛，默然地表达了她的心绪。

"新一季的话剧是关于什么的？"姚梓陌转而问赵凯。

"哦，主题是'不是在冲动中爱过，就是在冲动中错过'。"赵凯当即介绍道。

姚梓陌听了，眉头微蹙了下，沉默。

"你们话剧社排练一般放在几点？"叶菲也在一旁问起来。

"三点。"赵凯立马回答，而那阳光般的笑容也总是浮现在脸上。

"那我也想参加啊，再加一个人不介意吧。"叶菲顿时嘟起嘴，在一旁嚷嚷了起来。

"不介意不介意，你和戴妍一起来好了。"赵凯马上答应了叶菲的要求，况且闺蜜是最不能得罪的。

　　"真的哦，嘻嘻，我可喜欢话剧了。"叶菲当即眉飞色舞了起来。

　　"诶，沾了你的光，哈哈。"叶菲笑着又凑到戴妍的耳朵边小声地说，两只眼睛还在狂使眼色，示意那个赵凯喜欢她。

　　"你别无聊了。"戴妍马上眯着眼睛说她。

　　"那就说定了，每周一、三、五的下午三点到五号教学楼找我。"赵凯很开心地再一次确认。

　　"知道了，你放心吧赵大社长，我叶菲一定把戴妍给你押过来，嘀嘀嘀。"叶菲忍不住又调侃了起来。

　　"那最好了！呵呵。"赵凯笑着说道。

　　"你们聊，我先走了。"这个时候，姚梓陌听着心里酸溜溜的，就板着个脸转身走了。

　　"姚老师，到时候欢迎你来观摩指导。"赵凯很热情地邀请。

　　"有时间的话，我会去。"戴妍看着姚梓陌，心里也划过一丝莫名的开心。而两个人的眼神又在那份无言的交汇中，再次摩擦出了异样的火光。

又相亲

晚上，戴家。

戴妍和叶菲逛完街回家，可她一推门就看见了一个陌生的男人还有她的小阿姨。这明眼人一看就知道了，一定就是上次说过的，给她找对象的事儿。

"小妍啊，你总算回来了，你小阿姨等你半天了。"张萍顿时眉开眼笑地说着。

戴妍沉着脸，半天没说话。而后，她想了想，逃避也不是办法。干脆和小阿姨也和这个男人说个清楚明白。

"你爸爸说要加班，来，我们先吃饭吧。"张萍说着就去厨房里端菜。

"小妍啊，这是我们公司……"

"小阿姨我很谢谢你，不过我现在不想谈恋爱什么的。所以，你不要听我妈瞎扯。"小阿姨还来不及介绍身边这个男人的名字，就被戴妍一句话给呛住了。

跟着，那个男人当然也觉得不爽，便顿时开口说："张经理，我还是先走了。"

"哎……"

"小妍，你多大的人了，说话怎么也不分场合。就算你不喜欢相亲，你也不用当着人家面说！你妈让我给你物色，也是为你好啊。"小阿姨也顿时气得脸红脖子粗。

"不当面说行吗？不当面说你们还不是给我一次又一次地介绍！"

"小妍，你太过分了！你眼里还有没有长辈，怎么可以这么跟你小阿姨说话！"这时，张萍正端着一大锅热气腾腾的汤出来，见到这个情形当即开口呵斥道。

"我说二姐，你的宝贝女儿我可吃不消，这饭我也是吃不下了。"说着，小阿姨拿起包就气呼呼地走了。

张萍见小阿姨被气走了，火冒三丈地瞪着戴妍。

"妈，我早就跟你说了让你别给我瞎操心了，这都是你搞出来的事！"戴妍根本不觉得自己有错，义正词严地说着。

"你……"

"我不听你骂我了，我走了。"戴妍嘟着嘴说了句，便很快地开门溜之大吉了。

从小，戴妍就是一个不怎么听话的孩子。或者说,她有自己的想法。张萍放下汤锅，除了叹息也只有叹息了……

天色渐暗，霓虹渐亮，人潮渐散……

那些步履匆匆的人们都回家了，回家吃晚饭去了，一家人和和气气地边吃边聊天，多开心，多温情？戴妍不由得叹了一口气，失落地、漫无目的地闲逛。她的肚子，也已经饿得咕咕叫了。

此时，一声声喇叭声在她身后响了起来。可她正沉浸在自己的思绪里，没有听见。

"怎么一个人在这里游荡？还不回家？"车开到了她身边，车里的人摇下车窗大声说了句。而那个人，正是姚梓陌。

"姚老师？"戴妍本能地转头看，很是诧异。

"是又要去什么地方兼职吗？"姚梓陌调侃着。

"才没有！"戴妍立马回了句。

"那干吗不回家？"姚梓陌再问。

"我不想回去！"戴妍没好气地回道。

姚梓陌看她似乎不太高兴的样子也就不问了，便好意提醒道："别太晚回去。"说完，他就准备走了。

"呃，姚老师，我爷爷住的医院就在前面不远，搭个顺风车行吗？"戴妍忽然笑着说了句。

"好啊，那上车吧。"姚梓陌很自然地答应了。

"上次真是谢谢你，我爷爷现在恢复得很好，医生说下周就可以出院了。"戴妍坐上车，就开口说道。

"不客气，没事就好。"姚梓陌礼节性地说道。

而后，当车路过一个广场的时候，忽然看到广场中央有一群人围着。仔细看，应该是广场一楼的一家西餐厅开张，请来了一个乐队演出。

"咦，那个主唱好像是我们学校的那个！"戴妍看到了站在舞台中央背着吉他演唱的歌手，远远望去那个人很像是赵凯。

"是吗？"姚梓陌不禁把车速放慢，也朝那边望去。

"真的是他！就是那个什么话剧社的！我们过去看看吧！"戴妍突然很兴奋地嚷嚷着。

姚梓陌也没什么事，本来是打算去健身的。不过，晚点去健身房也没关系。于是，他就把车开进了那个广场。

暖色的灯光点亮了夜的绚烂，也点亮了那一份梦幻般的十字星光。这家西餐厅是西餐加 PUB 的形式，外面放着许多卡位。赵凯表演的舞台就在卡位的中央，很有乡间艺人的味道。

坐在卡位里的客人都一边用餐一边欣赏表演，聆听音乐，非常惬意和浪漫。

而在赵凯身边和音的男人，刚好就是那次他自行车载戴妍去学校的时候遇见的那个叫钱帆的同学。

"到中间一点去看啊。"戴妍跟姚梓陌说着，就往中间走去，她丝毫没有察觉姚梓陌脸上的那一丝不快。

赵凯这时终于看见了他们俩，他本来看到戴妍很高兴，可是一看到站在她身边的人是姚梓陌的时候，他顿时收起了微笑。

姚梓陌和戴妍朝他们点了点头，微笑示意。可是，当赵凯的目光和姚梓陌交汇的时候，那一刹似乎迸发了一些东西，那些只能意会而不能言传的东西。

套用一个最简单的理论，他们都是男人，是同类，他们可以获悉彼此的一些讯息。

表　白

一个人遇到另一个人的概率到底有多少？而遇到的那个人与自己产生纠葛的概率又有多大？生活，永远带着无数的问号和感叹号。

赵凯唱完了一首歌之后，底下响起了一片掌声。只见他微笑着向众人示意，凑近麦克风说："各位晚上好，今天我很高兴，因为有一位让我心动了很久的女孩今天也在这里，所以我想把接下来的歌曲献给她。"说着，赵凯就把目光对准了戴妍。

"HOHO……"底下的一些年轻人吹起了口哨，也一同看向了戴妍。而这突如其来的状况，也着实让戴妍大吃一惊！

戴妍瞬间成了众人注视的对象，成为整个餐厅和广场的焦点。

而姚梓陌也被赵凯的话惊到了。

其实，对于赵凯他应该早就有心理准备了不是吗？他早就看出来赵凯喜欢戴妍，他应该不会感到意外才对！可是，面对这一幕他的心却很不好受。

姚梓陌默然地看着舞台上无限锋芒的赵凯，赵凯的那份冲劲和浓烈是他所无法拥有的，这些东西早已不会出现在他的身上。

因为，那些东西在许多年前就不存在了……

可他知道，这些东西是最能打动女孩的东西……

他，已经不战而败了。不，应该是根本就没有这场仗！

姚梓陌一脸肃然地低下头，微微上扬的嘴角泛起了同样苦涩的微笑。

当赵凯硬朗的手指划过吉他的琴弦，当他专注地直视戴妍，当那些文字通过旋律飘洒在广场上。不得不说，在那一刻确实很令人动容。而那首歌的歌词，又是如此贴切而牵动着戴妍的心：

初次见面就占据我心中

部署星空只为了你等候

每个角落 擦肩而过 被缘分捉弄

突然相遇在转角的街头

抬头感动我只想对你说

我会很爱很爱你 一百个世纪

很爱很爱你 没人能代替

……

"HOHO！"听到这里，周围的客人都开始鼓掌起哄。有尖叫、有口哨、有议论，一片骚动。

第一段唱完，赵凯就边弹边唱从舞台上走下来，之后穿过人群走到了戴妍的面前。他礼节性地朝姚梓陌微笑了下，便转而深情地对戴妍说："做我的女朋友，好吗？"

"哇……"戴妍周围的客人当即激动地叫了起来，觉得这真的是太浪漫了。

"好浪漫啊！"

"要是我一定答应啊！"

围在旁边的女生更是都纷纷尖叫了起来。

这一刻，姚梓陌的表情是僵直的。他看着戴妍，暗想着，想必这样的场景她一定会答应的吧……

戴妍一时间有些呆呆傻傻的，不过很快她就缓过神来对赵凯说："我赶着去医院看我爷爷，不好意思。"说着，她就连忙拽着姚梓陌的手腕，急匆匆地逃离了人群。

车上，一片寂静。

姚梓陌其实很想知道戴妍的想法，不过他还是没有开口去问。不过这样一个优秀的人，是没有多少女孩子会选择拒绝的吧……

而对戴妍而言，心里难免会晃过一丝晕眩和心动。不过，那份感觉只是因为场面太过浪漫和华丽而令她失神而已。令她真正心动的，是现在这个在她身边的人呐……

很快，朝阳再次升起来了……

当天际显露旭日的光芒，那意味着新的一天又开始了。今天一早就有课，戴妍已经坐公交车来到了学校，她独自走在校园的路上，有些漫不经心。

"戴妍！"突然，一声叫喊遏制住了戴妍的脚步。

"下午三点来话剧社不要忘了。"昨天的告白似乎很不成功，可赵凯是不会放弃对戴妍的追求的。当然，他还很识趣地不去提昨天的事。

"我还是不参加了。"戴妍想了一晚上，还是觉得不要参加会比较好，以免日后纠缠不清。

"别这样戴妍，一件事归一件事。你可以拒绝我对你的感情，但请你不要把所有跟我有关的一切都拒绝了好吗！"赵凯异常认真地看着她，而后紧接着又说："我等你！"说完，他就不再缠着她，转身走了。

第二卷 / 百转千回的爱

话剧社

带着对赵凯的思量和感怀，戴妍这一整天都变得异常深邃，她像一个思想家般一直默然地翻眨着眼皮，不怎么说话。即便，今天下午的最后一节课是姚梓陌的课，她也依然显得有些走神。

"别这样戴妍，一件事归一件事。你可以拒绝我对你的感情，但请你不要把所有跟我有关的一切都拒绝了好吗！"

要去吗？到底去还是不去？戴妍夹着一支笔，随意地转动着，有些纠结。姚梓陌站在讲台上，早就发现了她的异样。

很快，下课时间到了。

姚梓陌合上书本，再次看了一眼戴妍，捕捉着她的心事，然后提步离开。

"戴妍，去五号楼吧。"叶菲很是兴奋地叫她。

"去五号楼干吗？"戴妍随口回了句。

"咦，不是去'蓝雨'话剧社嘛，你忘了啊？"叶菲走到了她课桌前，睁大眼睛看着说。

戴妍翻眨着眼皮，没说话。

"走啦，我的大小姐！快点啊。"叶菲一把拽起戴妍的手臂就往外拖。

"叶菲……你别拉我啦！我还没考虑好！"

"考虑什么啊？你不是答应去了吗？"叶菲还是硬拽着她走。

"我还是不想去！"戴妍甩开了叶菲的手说道。

"你怎么了啊？"叶菲大大咧咧的，这才发现戴妍有些不对劲。

"哦，我知道了，该不会是那个赵凯已经向你表白了吧？我就说嘛，他一定是对你有意思！他可是很多女生的梦中情人哎，你还考虑什么？"叶菲顿时眉峰高挑地说了起来。

"他是别人的梦中情人，又不是我的梦中情人啊！"戴妍当即叫嚷了起来。

"是是是，他不是你的梦中情人，可你却是他的梦中情人嘛！"

"哎呀，叶菲！"

"走吧，都答应人家了干吗不去啊！再说，就算你对他没意思，那也可以做个朋友不是吗？干吗要这么较真呢？"叶菲一边走一边说。

五号楼里。

"你还是去了……"姚梓陌靠在窗台，看到了那一抹白如雪的倩影在校园里穿梭，而五号楼就在他办公室的对面，他看得非常清楚！

"梓陌……"雷华到办公室来找他，可叫了他好几声都没反应。

"你在看什么看得那么出神？"雷华走近他，提起胳臂架在了他的肩膀上问。

"找我有事？"姚梓陌没有回答，转而问道。

"我想你帮我个忙呢。彤彤好得差不多了，她吵着出院，可是我今天还有个很重要的会议，所以想请你帮我去接一下彤彤。"雷华说道。

"我去接没问题啊，只怕彤彤看到我而不是她爸爸会失望吧。"姚梓陌调侃了句。

"我开完会马上就回去的。"雷华连忙说。

"嗯。那几点去接？"

"五点之前就行了。"

"好，那你去忙吧。"

交代完，雷华便离开了。

这些年来雷华一边忙工作一边照顾孩子很是辛苦。不过，人生的阶梯就像一座蜿蜒的山路，不论是谁都无法一马平川地走完！不论是有钱的、还是没钱的……

雷华走后，办公室里又变得寂静了。姚梓陌看了看时间，现在是三点半，既然要去医院接彤彤那不如干脆早点去好了。于是，他便下楼了。

然而，当一些东西已经一点一滴地注入心间的时候，你下意识地总会去多看两眼。例如，那幢有着戴妍和赵凯的五号教学楼。

"他们应该在排练了吧？"姚梓陌看着那幢楼自言自语着，脚步也放慢了。是的，要出学校，他不得不经过那幢楼！

那份暧昧犹如微风，不时在指尖落下。

好吧，他必须承认戴妍真的令他有些无措了，她在一点一点地侵占他的心。他仰头看着三楼的窗户，在顿了顿之后，他还是管不住自己的脚，往那里走去。

一步又一步，是的，就这样一步步走到了三楼，走到了"蓝雨话剧社"。

"戴妍，你记住台词了吗？记住的话就和赵凯演一次。"钱帆也是"蓝雨"的人，经过昨天的事情，他再次面对戴妍就不再调侃她和赵凯了。

而赵凯见戴妍准时来了，心里有着说不出的高兴。

戴妍默背了一下台词，便走到了赵凯面前。恰巧这个时候，姚梓陌通过长廊的玻璃窗看到了他们俩。

"OK，那就开始吧。"钱帆说完，就和叶菲站到了一边。

这样近距离的直视戴妍令赵凯的心律失常了。那是一种他从来也没有过的感觉。是慌忙、是紧张、是忐忑。听说，这种感觉只有在遇到自己真正喜欢的人时才会出现。

赵凯咽了口唾沫，让自己尽可能地缓和这种心绪。

"孙建，请你别再找我了！我喜欢的人是秦远，不是你！"只听戴妍先开口说了。

多么"对味"的台词啊。巧合在，他们就是剧本里的那两个人。真是人生如戏，戏如人生……

轮到赵凯说了，可他看着戴妍时远没有以往的风范，他只是凭借以往的经验在掩盖自己的慌乱。只见，他缓缓俯下身子，一把抓起戴妍的手腕，凑近她说："我有什么不好？有什么比不上他！你告诉我！"

"感情不是什么好不好，即便你比他好了千倍万倍，我还是只喜欢他一个！"

"不错啊，好入戏的感觉！"戴妍演得很自然，当即赢得了钱帆和叶菲的称赞。

"谢谢。"戴妍顿时微笑地说了句。

"你演得不错，不过他演得还不够。"

可就在这个时候，姚梓陌走了进来，他的眼光直视赵凯。似乎，掺杂了一丝挑衅。

也许，这是男人与男人之间的一种暗斗，也或许是大自然赋予的本能。万物生灵之中雄性生来就有追逐雌性的本能，雄性会迫不及待地在对手面前展示着自己。

"姚老师，您也来了。"钱帆见到姚梓陌立马礼貌地打了个招呼。

"刚好没事，就过来看看。"说着，姚梓陌就看了戴妍一眼。

"听校长说，姚老师读大学的时候也是话剧社的社长。"钱帆笑着说了句。

　　"真的啊，那姚老师不如你来演一遍，让我们学习一下啊。"叶菲很是热情地提议起来。可她却不知道，她的这个提议会让本波澜不惊的海面掀起狂澜……

对　戏

姚梓陌发现了赵凯眼眸里的不快，但在那一刻他也不知道自己怎么了，他完全没有推辞的意思，他似乎很有兴趣演绎一下。他嘴角斜扬，笑了笑，便走到赵凯面前说："你知道你演得哪里不够吗？"

"请指教。"赵凯眯着眼睛，貌似礼貌的言语中露着一丝挑衅。

"你演的那个人物缺乏张力和不服的霸气。"姚梓陌直视着他说。

"呃，我想赵凯没有表现好是因为他对戏的对象是戴妍啦！哈哈。"这个时候，钱帆顿时一脸贼笑地说了句。不过，他的判断可是完全正确的。

"嗯。那你的意思也就是说我会受人影响，说我不专业嘛，你明说就好了，不要推到戴妍身上。"赵凯立马回道。

"哈哈哈。"叶菲当即在一旁大笑了起来。

"我很期待姚老师和戴妍的表演。"赵凯一本正经地看着姚梓陌说，似乎别有用意。

这会儿可是轮到戴妍慌乱、紧张又忐忑了。她的心脏扑通扑通地乱跳着，犹如千万头小鹿在撞。可是，面对他们的一同要求她又不好拒绝。于是，她就任由姚梓陌走到自己的面前。

"哦，天呐，是要我对着他说刚才的那些话嘛！"戴妍睁着那双水汪汪的大眼睛，复杂而迷离地看着姚梓陌，心狂跳。

"开始吧！"叶菲等不及地催促起来。

当一双眼睛与另一双眼睛交汇，迸发出了不同寻常的讯息的时候，凡是稍有观察力的人都能够发现些什么。更何况，那个观察者是赵凯。

可能吗？他很想对自己说：赵凯，你太龌龊了！居然会把他们两个联想在一起，觉得他们之间有问题！可是，他们这暧昧的眼神，那份含情脉脉的样子真不得不让人往那方面想！

同样的台词，同样的故事背景，可这一次戴妍却发挥失常，神态是那样不自然。姚梓陌的那份气场，那份男人的成熟和眉宇间的凌然都在无形中形成了一道致命的魔力。

"我有什么不好？有什么比不上他！你告诉我！"

"……"

姚梓陌说完的时候，戴妍居然忘词了。不，她是惊慌失措地不知道自己该说什么。她真的没有办法招架！没有办法！

空气，凝结了……

电流，不断地划过、划过……

这个时候的赵凯看着他们的样子，脸色当即铁青了起来，他的手也不禁握成拳。他吃醋、他嫉妒、他愤怒！

"我看，我们还是不要耽误姚老师下班，都四点了。"赵凯强作淡定状上前插话道。

"四点了吗？我还答应了校长去医院，我先走了。"姚梓陌也为了避免尴尬，便顺着赵凯的话说道。

戴妍默看着姚梓陌离开的背影，这让赵凯心中的那把火直往上喷。

"口渴了吧，我去买点饮料上来。钱帆，你和叶菲先对。"说着，赵凯转头就跑了出去。而钱帆知道，他不是去买饮料的，他是去找姚梓陌的。

他了解他……

他也看出了一些端倪。

"姚老师！"赵凯在一楼半的楼梯上叫住了姚梓陌。

姚梓陌顿时停下脚步，转头看向他。

"姚老师觉得戴妍怎么样？"赵凯很直接地冒出这句话，挑眉看他。

"不太了解。"姚梓陌翻眨了下眼皮，随便打发了一句。

"我喜欢她。我从第一眼看到她就知道，她是我一直在等的天使。姚老师经历的人和事都比我多，可以帮我参谋一下，给点意见。"赵凯是个霸道的男人，他要的女人他不会放弃，而跟他争抢的人就是他绝对的敌人。不论对方是谁！

"我觉得她心里似乎有了别人，你要努力才行。"姚梓陌也不知道怎么了，他眉峰紧蹙地说了句。

"多谢姚老师的提醒，我一定会把她心里的那个人移除的！"赵凯很生气，眼神锋利地瞪着姚梓陌。

"我赶时间，我先走了。"姚梓陌冷厉地看了他一眼，快步离开了。

赵凯则怒目圆睁地看着姚梓陌，浑身上下的血液都在沸腾。

主　动

晃眼，到了周末，张萍带着戴妍去外婆家看外婆。

"哟，小妍来了啊。来来来，今天外婆包了虾肉馄饨，我给你去下啊。"一进门，戴妍的外婆就热情地说了起来。

"好啊，谢谢外婆。"戴妍的外婆虽然八十多岁了，但是身子骨还很健朗，她也不喜欢让人帮忙，能自己来的就自己来。

"小妍啊，新认识的同学都还谈得来吗？"外婆不禁询问了起来。

"嗯，挺好的。"戴妍笑着回答。

"哦，那男同学呢？"

"妈，你又来了。"张萍也顺势打听，可还没往下说呢，戴妍就发话了。

"我说小妍啊，这要是遇到好的男同学你可别傻兮兮地不理人家啊。"

"你说的'好'，是家里条件好还是人好？"戴妍嘟起了嘴，调侃道。

"要是能遇到一个有感觉又有钱的那就最好不过了，可是问题是啊，这世上啊没有什么两全其美的事儿。所以啊，只要真心对你，爱你才最重要。"张萍立马说道。

张萍的话让戴妍顿感温馨。

"不过，妈有一点想提醒你。其实吧，我觉得女孩子也不一定非得等着男人来追你，有时候遇到好的你又喜欢的，你也可以主动点儿啊。不然呐，就被别的女人给抢走啦。这世道不同了嘛，也没什么不好意思的。"张萍一边说一边去帮外婆端馄饨。

女孩子主动？张萍这句话倒是令戴妍触动了。

因为，她想到了姚梓陌。

下午四点，戴妍的父亲戴辰来接张萍回家了。戴妍看着父母一路走来，都是那样恩爱快乐，也不由得泛起了对未来婚姻生活的憧憬。

而即便相濡以沫的温情会让爱情淡出昔日的浪漫舞台，但是，那二十多年的飘摇风雨也足够为你们谱写下无法磨灭的情谊。

人生短促，晃眼即逝，又何必太过计较那已经不可往复的路途……

淡看吧、淡看，淡看一切散落在你身边的繁华……

当指针跨过十二点，子夜，便又悄然而至了……

戴妍一个人躺在床上翻来覆去睡不着，她在想姚梓陌。是啊，她总是管不住自己去想姚梓陌！其实，她的心早就已经朝他飞去了……

"其实吧，我觉得这女孩子也不一定非得等着男人来追你，有时候遇到好的你又喜欢的，你也可以主动点儿啊。不然呐，就被别的女人给抢走啦。这世道不同了嘛，也没什么不好意思的。"

可以吗？我真的可以主动一点么？

张萍的话一直令她心潮涌动，她也真的无法隐藏自己对他的感情了，她做不到！她每晚都在想他，尤其是那次"对戏"之后，她甚至幻想着可以和姚梓陌再次偶遇，再次并肩。

"你根本不知道他的过去，你根本就不曾了解他，而他看起来是那么的非比寻常。他比你大好几岁，他也许根本就有女朋友……"

心中，突然有另一个自己窜出来质问自己。可是她真的顾不得那么多了！就算这是一局必输的棋局，她也要走一盘！

她要告诉他，她爱上了他……

漫漫长夜，缕缕情丝。我的爱，犹如那漫漫细雨，一点一点为你流淌成河。抑或，当丘比特之箭射向我的时候，就已经为你埋下了那爱情的毒。

星期天，很多人都休息。

姚梓陌也是。

戴妍想了整整一晚，她的脑袋都快爆炸了，她还是决定去找姚梓陌。

天才蒙蒙亮，她就起床了。那么早起来，一是睡不着，二是她要准备点东西。好歹，也要为自己找一个上门的理由嘛，然后才可以切入正题啊。

戴妍秉承了张萍的贤惠和手艺，这也是女孩子与生俱来的一种特质。张萍烧得一手好菜，还会做各种各样的糕点，所以戴妍从小耳濡目染也学了一手。她比较喜欢做糕点，像蛋糕、饼干、蛋挞之类的东西。

以前一放假，她就在家里做各种各样的小蛋糕和曲奇饼干，总是把房间里弄得鲜香诱人，让人忍不住直淌口水。尤其是住在隔壁的那些小孩子，都被这香喷喷的奶香味给吸引了过来。她们一个个都叫着"戴妍姐姐"，争抢着要吃呢。

无法隐藏的爱恋

"诶，小妍啊，才六点不到哎，那么早起来干吗？"张萍还没起床，可看见厨房里的灯亮着，她就立马走出来问了。

"我起来做蛋糕给你们吃啊。"戴妍心情很好地回答。

"医生说上了年纪要少吃点甜食。"张萍眯着眼睛说道。

"那你们不吃，我就拿去给我同学吃咯。"戴妍坏笑地说了句。

"你总算是说实话了吧，妈就知道你不是做给我们吃的，鬼丫头！"张萍当即一本正经地说道。

戴妍笑着，没说话。

"你是不是在学校遇到什么你喜欢的人了？"张萍看戴妍那一副乐此不疲又幸福洋溢的样子，就知道她这个蛋糕要送的人一定不会是普通同学。

"没有啦，妈，你别瞎猜了。如果有啊，我一定第一个告诉你！"戴妍一边说一边开始往蛋糕上面放水蜜桃、草莓还有猕猴桃。

她这次做的是一个超缤纷的水果蛋糕，她不知道姚梓陌的口味，也不知道他喜欢吃什么水果，所以就只好来个水果大集合。

"看来，你一定很喜欢他。"

"妈……说了没有了。"

"妈可从来没有见你做蛋糕做得那么认真，那么仔细。"张萍一把戳穿了她。戴妍顿时眼神闪烁，低头不语。

"是你的同班同学？"

"不是。"

"那就是比你高几届的了？那好啊，男的比女的大点儿好。"戴妍拿着一颗草莓，尴尬地没有回答。

"就是还没毕业不知道将来工作稳不稳定，还有他的父母是做什么的？"张萍一直想给戴妍物色男朋友，一说起这个事，话匣子可就止不住了。

"哎呀，妈，你是起来上厕所的吧，别待在厨房了。"

"快跟妈说说嘛，你们是怎么认识的？读什么专业的？"

"哎呀妈，你先让我做好这个蛋糕再盘问我好不好？"戴妍皱起了眉头嘟囔道。

"哎呀，你这不是都弄得差不多了嘛。来来来，先告诉妈那个男的到底怎么样？"张萍兴奋地一把挽住了戴妍的胳臂。

"其实，八字都没一撇呢，我还不知道他喜不喜欢我！所以啊，你别太激动。"

"我女儿长那么漂亮，又聪明，怎么会不喜欢呢？除非那个男的比你更优秀？"张萍当即挑着眉说道。

戴妍忽然想起了之前在酒吧看见姚梓陌抱着一个女人跳舞，她本想说"他可是身边从来就不缺漂亮的女孩子"，幸好话到嘴边及时刹车没有说出口。

张萍见戴妍陷入了一种彷徨和不定的心绪里，她便一把把她拉到了卫生间的镜子前，说："傻孩子，担心什么？你看看你自己也很出色不是吗？我看呐，那个人是在想你会不会喜欢他而不敢开口追你呢。"

"会吗……"戴妍看着镜中的自己小声地说了句。

"我帮你放进冰箱去冰一冰，一会儿口感更好，保证你'收服'他成功！"张萍顿时笑嘻嘻地走进厨房，把蛋糕放进冰箱去了。

呵呵。戴妍看着张萍热情高涨的样子，不由得笑了起来。

十点，金灿灿的阳光铺洒在每一个角落，散落芬芳。天空是那样蔚蓝，云儿是那样洁白，风儿是如此轻盈。今天，真的是一个好天气，也希望今天会是美好的一天。

怀着忐忑、不安与紧张，戴妍缓慢地踩踏人行道，穿过梧桐的倒影，小心地提着蛋糕，走到了姚梓陌的小区门口。姚梓陌租的是校长雷华的那个小区，那是一个比较高档的小区，望着那高雅气派的大门和依稀可见的优雅园林，心里万般复杂。

也许，我只是一只丑小鸭，而你就像那遥不可及的星河。但是，丑小鸭依然有仰望星空的权利。即便只是仰望，我也一定要告诉你，星空下有一只丑小鸭会一直默默地看着你、守候你。她只会出现在，属于你的星空下……

当然，如果你不愿意再看到她，她一定会乖乖地离去。躲到一个你看不见的地方，继续仰望你……

深呼一口气，挥洒掉所有的慌乱，让自己尽可能保持镇定。

"四十七号楼。嗯，就是这一幢没错。"戴妍凭借着记忆，找到了姚梓陌住的那一幢楼。她再次深呼一口气，提手按门铃。铃声响了好几下，那"嘟嘟嘟"的铃声让戴妍心扑通扑通直跳。

然而，门铃响的都自动断了还是没有人来开门。戴妍顿时失落地沉下了脸，眉头紧蹙。

"不在家？是刚出去了吗？还是，根本就一夜都没有回来？"那些"可能"不停地在戴妍的脑海中跳了出来。更让她回想起了，那次在酒吧遇见他和一个漂亮的女人亲热地搂在一起的画面。

心里，顿时五味杂陈……

"算了，那就回去好了。"戴妍有些不快地轻声嘟囔起来。

"不行不行，你可是鼓了好大的勇气才来的，怎么能回去呢？回去了，说不定就没有勇气再来了！"可另一个自己，突然又窜出来阻止。

于是，她就走到了斜对面的躺椅上坐下来等。她看着那盒亲手制作的蛋糕，不由得又露出了微笑。

不知不觉，一个小时过去了……

姚梓陌，还是没有回来。

"都十一点半了，他一定不会回来了。"戴妍看着手机屏幕上的时间，暗暗自语。她漠然地盯着那盒她一早就爬起来，经过好几个小时制作出来的蛋糕，心中难免有些难过和失望。

举头望天，天还是那样蓝，云还是那样白，风还是那样和煦。只是她已经没有了来之前的心情。好不容易迈出的这一步，就这样被扼杀在了不巧的错失里。

也许，我不该来的……

想着，戴妍站起身准备离开。

可就当她决定迈步的时候又停住了。

"不行，我今天一定要等到他回来为止。不然就算回了家，我的心还是在这里！既然决定了的事，说什么都要完成！"说着，她又再次坐了下来。

有一种爱披着伪装

等待是很磨人的，尤其是等一个预备向他表白的人。

戴妍这一等，就又是一个小时。临近下午一点，就在她挣扎着走和不走的矛盾心情下，姚梓陌终于出现了。

姚梓陌停好雷华的车，看到了戴妍，他对她在这里感到非常意外。戴妍则在看到他的车子后显得又开心又慌乱，而之前的种种不快早就一下子不见了。

"你找我？"姚梓陌锁上车门便走了过去。

"嗯。"戴妍点了点头，不知道要说什么。

"刚来吗？"姚梓陌淡淡地问。

"刚来不久……"戴妍柔声接了一句。

"找我有事？"姚梓陌一脸肃然地看着她。

"上次在医院，你帮忙先垫付了医药费，我爷爷才康复得这么快。所以，所以我就做了一个蛋糕拿过来给你尝尝。"这个理由在戴妍的心里练习了无数遍，可是现在她还是一脸的忐忑。

"哦？你还会做蛋糕？"姚梓陌顿时睁大了眼睛看着她。

戴妍甜美地笑了笑，没说话。

"那先上楼吧。"说着，姚梓陌就拿出门卡刷开门禁进了楼。

电梯里，姚梓陌静默地不发一言，他的眉头还微微紧蹙了起来。戴妍看着，有些不安。心脏更是不规则地剧烈跳动起来。

打开房门，姚梓陌便礼节性地说："随便坐，我倒杯水给你。"

然而，这样的客套让戴妍越发紧张，她更察觉出他似乎跟以往有些不同。

　　"喝点水。"姚梓陌俯下身子递水杯给她。对视间，他看到了戴妍眼眸里所暗藏的一些讯息，一些令他不安的讯息。

　　你不该来的！不该来知道吗！

　　姚梓陌翻眨了下眼皮，坐在了一边，神情肃然地暗暗自语着。

　　"呃，我做了个水果蛋糕。"戴妍有些不自然地说。

　　"我刚吃完饭，现在不想吃别的，你放着好了。"姚梓陌很快回了句。

　　"哦，那，那我先帮你放冰箱去。"说着，戴妍就站了起来。

　　"不用，我来。"姚梓陌沉着脸从戴妍手上拿过了蛋糕，那冷淡的神情直让戴妍心怦怦跳。

　　厨房里，姚梓陌把装着蛋糕的盒子往冰箱里放，可那个盒子貌似高了点，放不进去。于是，姚梓陌便把盒子的盖子拿掉了。当打开盒子的刹那，他顿时愣住了。因为，这个蛋糕好漂亮、好精致。只不过，这不像是刚刚拿来的。水果上很显然泛起了一些湿气，应该是先前冷藏过却受到太阳光照太久的关系。

　　也就是说，她不是刚来的！

　　不由得，姚梓陌的脸色变得凝重了，心也有些沉重。

　　他，似乎一直在想什么……

　　"你一直在等我？等了好几个小时？"关上冰箱的门，姚梓陌就换了一个表情，用了一种调侃的语调，走向戴妍。

　　"我……"戴妍从来没有见过他这个样子，心里不免有些怕怕的。

　　"做这个蛋糕应该花了不少时间吧，还放了各种各样的水果，看来你真的很用心。不过我忘了告诉你，其实我不爱吃水果。"姚梓陌凑近她，很犀利地说了句。

戴妍听了，顿时涨红了脸，很是羞愤！

"我有点累了，应酬了一晚上，我想睡了。"姚梓陌继而就下起了逐客令。

此刻，戴妍的心里有一股又一股的怒火在燃烧，她狠狠地瞪看着他，说："那既然你不爱吃，我拿走了。"

"随便。"姚梓陌冷冷地蹦出那两个字。

火，有无数的火球在戴妍的心底狂窜。她不懂，她不明白，为什么突然之间姚梓陌会这么对她？她真不明白为什么他像是变了一个人！

"不要以为我跟你多交谈了几次，我们之间就走得近一些了。"在戴妍走到门口的间隙，姚梓陌忽然单手插在裤袋里，说了这么一句。

"你想说什么！"戴妍真的被惹火了，她很凶狠地瞪着他。

"你真的只是为了感谢我帮你垫付医药费而来的吗？"

"你什么意思！"戴妍当即大声吼道。

"这句话，应该我问你才对。做这个蛋糕从准备到制作到烘焙再到点缀，至少也要四个小时。然后，你又在外面等了我好几个小时。你说，你真的只是为了感谢我而来的吗？"姚梓陌俯下身子，挑眉看她。

"我……"戴妍一下子哑然了，她心里七上八下，脑子一片混乱，根本不知道要说什么。

姚梓陌嘴角斜扬地笑了笑，朝戴妍俯下身子凑近了几寸。两个人的脸近在咫尺，极度暧昧。只见，他低沉地说道："我想你应该不是来送蛋糕的，而是来送你自己的。"

"你太过分了！"

"男人通常对自动上门的东西是不会拒绝的……"姚梓陌说着，突然猛地一把搂住了她的腰，让她紧紧地贴着自己的身体。

"你想做什么！你放开我！"戴妍立马惊慌失措地叫嚷起来。

"我说过，出了校门我只是一个普通的成年人，你说你也是。既然我们都是成年人，那干吗还要绕圈子呢？不如，挑明了。以我的工资，足够满足你想要的……"

"啪！"姚梓陌话音还没落，戴妍就猛地朝他打了一巴掌。

"你就是个无耻的混蛋！混蛋！"戴妍怒火中烧地怒骂着，飞快地跑了出去，离开了这里。

当那扇房门被重重地合上，当他看见戴妍恼羞成怒的样子，姚梓陌的心也碎了……

他麻木不仁地走到冰箱前，拿了几罐啤酒，猛地朝嘴里灌下……

"对不起！对不起戴妍！我不想那么做的！因为，我根本看不清我的未来。你是那么纯洁、美好、率真，你不应该去喜欢一个已经'死过一次'的人。而我，也不应该去爱你。你的青春之花正刚刚盛开，你的美好人生才刚刚扬帆起航，你有一个优秀的叫赵凯的学长在爱你。我不可以这么自私地去接受你，你不应该属于我，不应该属于我这个混沌又狼狈的男人！你懂吗，戴妍！"

"所以，我必须让你对我彻底死心，我必须把我在你心里撕碎，我要你知道，在你眼前的这个人有多坏、多糟糕、多虚有其表！"

姚梓陌瘫软地靠在沙发上，大口大口地喝酒。他要醉，是的，他要醉！没有人会知道他在对戴妍说那些话的时候，他的心有多痛！没有人知道！

初次见面就占据我心中

部署星空只为了你等候

每个角落 擦肩而过 被缘分捉弄

突然相遇在转角的街头

抬头感动我只想对你说

我会很爱很爱你 一百个世纪

很爱很爱你 没人能代替

……

姚梓陌的眼前浮现了赵凯向戴妍告白的画面，不由得苦笑了笑。

"他才适合你戴妍，他才适合。我看得出来，他是真的喜欢你。"说着，他又举起啤酒罐往嘴里倒。

他阳光、优秀而年轻。

而我，有什么呢？

我有的只是一段惨白而被重创的过去……

喝尽啤酒罐里最后一滴酒，姚梓陌默然地翻眨了下眼皮，重重地把它给扔了出去！接着，再喝另一罐。他就这样，不知道喝了多少……

辞　职

指针总是在往前走的，滴答滴答地往前走。只不过，在你心情不好的时候，你总觉得它走得很慢，慢到恨不得你可以拨快一点。但是事实是，即便你拨快了，你仍然无法改变依旧天黑的事实。

不过，不管怎样，黑夜始终是会被朝阳取代的……

昨夜，不知道是怎么过的。姚梓陌昏昏沉沉地一直睡到了中午十二点，他晃晃悠悠地起身，一脸颓废和消沉。一夜之间，他似乎又沧桑了不少。

幸好，下午两点才有他的课，他还来得及把自己弄得正常一点。他更急着想去看看戴妍，他说了那么多又重又伤人的话，他很想知道她现在怎么样了。

而这一节课，也会是他的最后一节课。

他想了一晚上，决定向雷华辞职……

怀着复杂的心情，姚梓陌去了学校，来到教室。

"姚老师好。"叶菲刚好走了进来。

"叶菲，戴妍今天怎么没来。"姚梓陌立马叫住她问。

"我不知道啊。"叶菲耸了耸肩，睁大眼睛看着他。

"嗯。"姚梓陌很是落寞地低下了头。

三点，校长室。

"雷华……"姚梓陌脸色不太好地推门进去。

"怎么了？不舒服吗？"雷华一抬头就眉头一皱地问道。

"没有，我只是想向你请辞。"姚梓陌一脸肃然地看着雷华。

"为什么呀？才没几天不是吗？同学们都很喜欢听你的课啊。"雷华非常诧异地说道。

"总之，你重新找人替我吧。"姚梓陌不作任何解释，转身就走了。

"哎……"雷华想追出去问个清楚，可刚好电话来了。

指针又绕了一圈又一圈，一天又结束了。

这一夜对姚梓陌来说，比昨天更加难眠。凌晨三点了，他还站在阳台上抽烟。他漫无目的地遥望某处，眉头一直紧锁着。

"你一定很恨我对不对？恨到不想见到我了。"四年来，这是席妍走后，他第一次为一个女人彻夜不眠。

第二天一大早，雷华就跑来敲他的门了。

过了很久，姚梓陌才出来开门。

"你到底怎么了？怎么说不干就不干了？一开始你不是答应要帮我一起搞好这个学校的吗？这才几天就变卦了！"言语中，雷华非常不悦。

而这，也不是他所认识的姚梓陌！

"我连我自己都不能解读，我实在无力教他们……"姚梓陌淡淡地说了句。

"那么久了，你还忘不了那个席妍！"

"别提这两个字！"

姚梓陌一声怒吼！

他忘不了她，不是因为他爱她，而是他恨她！对他来说，在她嫁给富商的那一天起，他爱的"席妍"早就已经不复存在了。

他爱的席妍绝对不是一个腐朽的女人！如果，她是腐朽的，那么就不值得他再爱……

"那你是有什么打算？"雷华知道姚梓陌是一个偏执的人，他决定的事不会改变，他不想解释的事也没有人可以让他对你解释。所以，他叹了口气，不再追问。

"我爸在国内的公司出了状况……"想了很久，姚梓陌说了这一句。而这，也确实是他这几天也在考虑的事。

或许，他真的该回去了……

"你是要回公司去做事？那我就放心了，也不强留你在学校帮我。"听姚梓陌这么一说，雷华顿时顺畅了许多。

姚梓陌沉默着，没有再说话。

"看你一晚没睡的样子，你赶紧去休息吧，晚上到我这儿来吃饭。"雷华说着，也就离开了。

晃眼，就又过了两天。

连着三天，姚梓陌都没睡着过，他一直在想戴妍。他根本没有办法阻止自己放下她，不去想她。

"老天，为什么，为什么你要让我遇见她！为什么要这样子安排！现在的我可以去爱吗？可以给人幸福吗？"姚梓陌看着那天际厚重的黑色长叹一口气，继而拿起外套走了出去。

很久，他就这样一个人就这样漫无目的地闲逛，他以为出去走走就可以让他安静得不去想任何人、任何事。可是他心里对戴妍的牵挂却一丝一毫都没有减弱。反而，不停地加剧。

他终于发现了一个他一直都不愿去承认的问题。

那就是，他从遇见她的那一天起就不知不觉地爱上了这个女孩……

她让他无法抗拒！是的，无法抗拒！

四年了，他都不曾那么渴望和迷恋过一个女人！自从席妍抛弃他之后，自从她伤了他以后，他就再没有对任何一个女人正视过！因为，他无法再相信爱情。确切地说，是他无法面对掺杂了腐朽灵魂的爱情。

在他心里，爱情不是玫瑰，爱情就是那姹紫嫣红的花海中并不是最美，但却最纯粹和忠诚的那一朵……

可席妍，扭曲了这一切，践踏了这一切。

然而，戴妍却帮他慢慢地找回、拼凑了爱情在他心中本来的样子。她的眼睛是那样清澈、她的性情是那样直白而执着。

她，和他很像不是吗？

都有一种倔强的执拗……

她，还帮他找回了他以为这辈子都不会再重拾的东西！那像年少轻狂一样一去不再复返的东西——心动。

是的，心动！就是那种一跟头就会栽进去的鬼东西！

姚梓陌停步在了公交站台，浓眉紧蹙地靠在长椅上，重重地闭上眼睛……

管不住自己的心

夜，在寂静中完成了属于它的时间。

朝阳，初出云端。

姚梓陌没有回家，他一直在游荡，游荡到了戴妍住的那条街。他无法管住自己的心，只好往这个方向来了。

他在挣扎着，该不该进去。

一支烟很快就抽完了，他一脸肃然，还有那一丝憔悴与茫然。这个时候的他，终于可以体会戴妍那天在他家门口等他的心情了。他也才知道，他那天伤她有多重。

"呀，这不是姚老师吗？"突然，从左边传来了一个声音。

姚梓陌很自然地转头一看，那个人竟然是戴妍的妈妈张萍。

"早。"姚梓陌有些不自然地叫了声。

"遇到你真好啊，我们家就住对面。要是姚老师没什么急事，帮我个忙行吗？"张萍是出来打车的，戴妍她发烧得厉害根本走不了路，她心急地出来打车进去接她。

"怎么了？"姚梓陌问道。

"唉，小妍她发烧了，吃了几天药都不见好，我正要带她去医院呢。估计，不挂水不行了。可是她现在烧到40多度那么高，浑身都没力气，他爸爸又到乡下去办事儿了，我一个人根本扶不住她。这不，我正打算叫出租车跟我进小区呢。"张萍忧心地说着。

"那我去吧，你在这儿拦车。"说着，姚梓陌就一脸紧张地穿过了马路，飞奔进了小区。

"唉，我还没告诉门牌号呢！"张萍望着姚梓陌飞快的身影不禁纳闷，看着熟门熟路的，难不成是来过这里？

不过，这个时候张萍也来不及想那么多，她东张西望地赶紧拦出租车。

戴妍的家算是一个旧式的小区，戴妍家住在四楼，姚梓陌三步并两步地冲了上去。

那晚他送她回来，看着她进了东面的第一间屋子。

房里，戴妍已经强撑着穿戴整齐，昏昏沉沉地躺在客厅的沙发里等张萍来。她浑身瘫软无力，就连坐都觉得吃力。

"戴妍，你在里面吗？戴妍，开开门！"姚梓陌一边敲门一边喊。

这声音是……

爱情的力量有时候很神奇，戴妍一听到姚梓陌的声音就好像是打了一针强心针一样，整个人忽然就有了十二分的精神。

她疑惑、惊诧、恍惚，甚至以为是自己发烧烧傻了，出现了幻听。可是，她还是情不自禁地想要去开门，想要看看发出这个声音的究竟是谁。

当门打开的那一刹那，当戴妍看见是姚梓陌的时候，她惊诧的脸上泛起了阵阵波澜。不过，因为她太过虚弱，顿时晕倒在了姚梓陌的怀里。

姚梓陌当即感觉到了戴妍的体温，浑身都很烫。担忧之余，他立马一把抱起她直冲了出去。可在门口拦车的张萍到现在也没有拦到车，她是急得快跑到前面一条街去拦了。

"阿姨，你别去了，这会儿上班高峰根本拦不到车，我打个电话。"说着，姚梓陌就把戴妍放在了公交车候车站上，拨起了号码。

只听，姚梓陌快捷地吩咐着让人赶紧开一辆车过来。

“真是不好意思，麻烦你朋友了。”姚梓陌挂了电话后张萍立马说道。

姚梓陌没说话，只是紧蹙眉头看着戴妍。

大概十五分钟左右，就看见一辆奔驰豪车从十字路口开到了姚梓陌的跟前。车里顿时下来了一个西装革履的中年人，那个人就是之前找过姚梓陌的那一个。

“阿姨，快上车吧。”张萍有些发愣地站在那里，因为她所知道的姚梓陌不过是一个高校的老师，没想过他有这么阔绰的朋友。

“梓陌，我已经打电话告诉董事长了，他知道你肯回来帮他，他很高兴。”中年人叫钟建华，是姚梓陌父亲的好友，从十八岁开始就跟着他创业，也看着梓陌出生。

“先不急说这些，好好开车吧。”姚梓陌一脸冷漠地说了句。

这时，车上的戴妍有些醒了，她迷迷糊糊地听着他们的谈话，只是虚弱得没法直起身子，她眯着眼睛看着坐在副驾驶座上的姚梓陌，只觉得他有太多不为人知的秘密。

失恋惹的病

医院里。

灿烂阳光初出云端，铺洒一抹金黄划过姚梓陌的眉梢，那份深邃而泛着桀骜的气质总是叫人不知不觉地沉醉。

一到医院，姚梓陌就沉着脸让钟建华把车开走了，连句"谢谢"也没有说。旁人不难发现，他们之间的关系似乎是姚梓陌的排场更大一些。因为，不管姚梓陌是什么态度，那个叫钟建华的人始终是笑脸相迎，一脸客气。

发热急诊部有很多发热的病人，护士小姐安排戴妍先量体温。

"姚老师，这次又麻烦你了，真是太感谢了，您赶紧去学校上班吧，戴妍我一个人看着就行了。"张萍很是过意不去地说道。

"没事，我已经辞职了。"姚梓陌当即说道。

张萍听了有些诧异，不过她也不好多问。而人总是往上走的，想必是找到了一份更好的工作，张萍心中暗想着。

戴妍虚弱地躺在长椅上，心中一堆话和那没有消停的怒火也没有办法爆发，但那句"辞职了"她听得清清楚楚。

辞职？你就那么讨厌我吗？还是怕我是一个死缠烂打的女人？姚梓陌，你太过分了！戴妍很是生气地瞪看着姚梓陌。

体温表显示戴妍发着41度的高烧，医生立马给她打了一针退热针并安排了输液治疗。

"阿姨，你赶紧去付钱，我带戴妍去输液室排队。"

"好。"

张萍走后，姚梓陌就去搀扶戴妍，神情是那样温柔，可是他的温柔却撞上了戴妍的痛恨。只见，她倔强地一把推开姚梓陌的手，自己扶着墙面站起来走。

姚梓陌知道她在生他的气，可现在不是自己跟自己过不去的时候，不是吗？于是，他再一次走近戴妍，想去搀扶她。

"我不要你管！你走！"戴妍唇齿发白地低吼道，又再一次地推开他的手。而这一次，她显然已经没有什么力气，反而一个用力，使自己倒在了姚梓陌的怀里。

那是一具纤弱的身子，姚梓陌刹那间倍感疼惜与自责。而戴妍望着近在咫尺的姚梓陌，心中翻腾起了各种滋味……

"为什么要那么不听话？你以为你能自己走去输液室吗？如果你不想看到我，也需要退了烧才有力气躲开我。"姚梓陌没有习惯哄女孩子，他爱人的方式总是那么尖锐却又可以直刺女人的心扉。

戴妍看着他又爱又恨，有莫名有感动。她不明白他为什么要这么关心自己，他只是一个视女人为衣服的腐朽男人，不是吗？

还没等戴妍回过神，就感到一个强有力的臂膀把自己给抱了起来。姚梓陌完全无视她抗议的眼神，一口气把她抱到了二楼的输液室。跟着，给她找了一个通风的位置坐下。

不一会儿，张萍也拿着药上来，交给了护士。

戴妍人很虚，再加上之前跟姚梓陌较劲，这会儿不知不觉睡着了。

"她这次发烧呀，我看多半都是'失恋'整的。"张萍不禁叹息着说道。

"失恋？"姚梓陌随口附和了一句。

"不瞒你说，我们家戴妍啊喜欢上了学校的一个男孩子，那天她还早早起来做蛋糕给人家吃呢。可惜，这个蛋糕啊又被她带回来了。很显然，是被人家拒绝了。跟着就关在房里一直没出来，那晚又冷，她还开着窗。唉……"张萍说着就又叹了一口气。

姚梓陌听着，心一揪。

而后，张萍的手机响了，是戴妍的大妈李梅打来的。说是今晚他们有应酬，让张萍给爷爷做饭送过去。口气，是没有商量余地的。

"我们家小妍生病了我走不开啊……唉……喂喂……"还没说完呢，对方就挂了。

"阿姨你有事就去吧，我看着戴妍你放心，等挂完水我把她送回去。"姚梓陌当即说道。

"这怎么好啊，这实在是……"

"我要下星期才上班，这周都没事，你不用过意不去。"

"那……那就麻烦姚老师啦。"

张萍心里有说不尽的感谢，不过公公那边没人照看也不行。所以，她也只好拜托姚梓陌照顾戴妍了。

而依照她过来人的身份来看，姚梓陌和戴妍之间似乎有种说不清道不明的感觉。但是这会儿，她也来不及多想，就急忙忙地走了。

花在盛开

一个小时后，戴妍醒了过来。

当输液室里只剩下他和戴妍独处的时候，那一刹那的气流是如此静止而压抑。戴妍凝看着姚梓陌一言不发。那沉入死寂的静默和足以把他杀死的目光都令姚梓陌不禁一颤。

这些日子，他也意识到错了。他根本不应该推开她，他根本就没有这个能力去推开她！

"你为什么会那么巧来我家！"半晌，戴妍终于忍不住开口了。

"我也不知道……"姚梓陌低沉地说。

"我知道，你是想再来羞辱我一次的！姓姚的，你自己肤浅就够了，别把别人也想得那么肤浅和不堪！"戴妍挂了水退了烧，终于有力气开骂了。

"有时候，我真希望我是肤浅的，那么我就可以想明白很多事……"姚梓陌眉头微蹙地说。

"如果你是想来数落我的话你尽管说，说完了请你马上离开！我不想再看见你！"戴妍凶巴巴地厉声赶他走。

"我答应了你妈妈要送你回去。"姚梓陌侧着头说。

"我没同意让你送！你走！"戴妍再一次喊道。

"那天的事，我很抱歉。"看着姚梓陌炙热的眼神，戴妍有些混乱了。那天的他完全不是那个样子，这个人太奇怪，太让人无法理解了！他究竟是个什么样的人！

"真的很对不起。"姚梓陌很郑重地再一次道歉。

看着这样的姚梓陌，戴妍一肚子的怒火也在减弱。

"当我看见你出现在我楼下，当你说你为我亲手做了蛋糕，当你在我面前显得那么紧张和慌乱的时候，我已然明白了一切。"姚梓陌突然认真地看着戴妍。

这些话，顿时令戴妍泛起了羞涩。可是，她紧接着便又质问道："所以你就用那么难听的话来拒绝我！"

"不！不是那样的！"姚梓陌立马回道。跟着，他咽了一口唾沫，说道："因为我曾经深爱过一个人……而你让我凌乱了、迷失了、茫然了。我一直以为我的心早就死了，我以为我不会再爱了你知道吗？"姚梓陌双手合十地扣在了自己额头，一脸的惆怅。

戴妍看得出来，他对那个女孩子用情很深。不由得，有一阵酸楚从心底划过。不过，她很快就释然了。因为，就像他说的，他曾经深爱过一个人，是曾经……

那，又何必去追究呢？

姚梓陌现在的这些话让戴妍的心充满了温暖和感动。

"这几天，我想明白了。"姚梓陌突然蹲下子，凑近戴妍。

"明白什么？"戴妍柔声地问。

"明白我浪费了一个水果蛋糕真的是太可惜了……"姚梓陌嘴角斜扬地说道。

戴妍顿时眯着眼睛笑了笑，而这些天的悲伤也在这一刻烟消云散，春暖花开了。

"你真的辞职了？"戴妍随而问道。

"嗯，我要回我父亲的企业去做事了。"说到这个，姚梓陌又拉长了脸。

"你父亲的企业？"戴妍很好奇地看着姚梓陌。

"从小我就不喜欢踏足商界，所以一个人留在这儿，上学，工作。可是现在我父亲年纪大了，公司的业务又越做越多，我必须回去处理了。"姚梓陌一脸肃然地说着。

　　之后，两个人心照不宣地接受彼此的心意，戴妍撒娇地依偎在了姚梓陌的怀里。就算不说话，就这样静静地依靠着，她都觉得很美。

　　晃眼，过了一周。

　　两个人都品尝过了一段不是滋味的磨人日子。现在，总算两情相悦，春暖花开了。这在爱情的道路上是最美、最好的旅程不是吗？

　　戴妍每天都心情很好地去上学，姚梓陌也去了分公司上任。一进公司有很多事情处理，他忙得不可开交。到了晚上，便是两个人最甜蜜的时候，戴妍一放学就去姚梓陌租的房里给她准备晚餐，等他回来吃饭。俨然一个幸福小女人的样子。

　　大约七点，姚梓陌走在回家的路上。

　　"姚老师转身一变，就成了自由人了。"突然，有一个很刺耳的声音从姚梓陌身后传来，打破了原本的美好心情。姚梓陌当即皱起了眉头，看着他。

　　他，是赵凯。

　　"很诧异我为什么在这儿？因为我跟踪了戴妍。"赵凯冷冷地说。

　　姚梓陌没说话，看着他，他也知道他的来意。

　　"你根本就是个花花公子，是一个不负责任、专门哄骗女人的男人！"赵凯当即嚷嚷了起来。

　　"戴妍可以喜欢任何一个人，但是那个人绝对不应该是你！你不能够这么无耻地和戴妍在一起！你要是还有点良知，就请你离开戴妍！"赵凯无法承受戴妍即将成为他臂弯里的另一个牺牲品！

　　"你说够了吗？！"这个时候，姚梓陌终于发话了。

"发火了吗？没有办法再掩饰自己了是不是？我告诉你，我就要撕下你的面具！"

"你错了，我从来没有要掩饰过自己，也没有带过面具，更没有要否认我的过去！"

姚梓陌眉头紧蹙，继续说："我承认，我的人生被落下过太多的笔墨，可这并不是我想要的初衷，而我，也绝不是一个专门哄骗女人的男人。对于戴妍，我是真心的，是小心翼翼的，我也不会对她做出任何无耻的事。还有，我希望你记住，我已经辞职了！"

"辞职了就可以更方便地欺骗戴妍了，对吧？"

"赵凯！我的事不需要你来管。"

这时，戴妍疾跑到他们两人的面前。她一直在窗口边看姚梓陌回来了没有，所以她立马从楼上跑了下来。

"戴妍，他根本就是个骗子，一个虚伪的人！仗着家里有钱就为所欲为。"赵凯当即急切地控诉道。

"我们走。"戴妍完全无视赵凯，拉着姚梓陌转身就走。

"戴妍——"

赵凯心碎地呐喊着，万般心痛。

之后，这顿饭并没有愉快地进行，姚梓陌还说自己累了，让戴妍早点回家。

沉重的心门

大约快十二点了，姚梓陌居然听见有人叩门。

雷华？

猫眼里望去，居然是他。

"那么晚来找我？"姚梓陌一开门就问，颇感诧异。

雷华看着姚梓陌，一脸凝重地说："你辞职是为了叫一个戴妍的女生？"

姚梓陌顿时一愣，不过他很快明白过来，一定是赵凯去找的雷华。

"是不是我还坚持说，是为了我爸，你觉得我这是在骗你？"姚梓陌不禁诙谐地反问。

"她才是个刚上大一的女生！她对你根本没有抵抗力！出于道德、责任、良心，你都不应该和一个孩子纠缠不清。"

雷华是带着强烈的批判和呵斥的。

"雷华，为什么你们都要这样看我？我是一个没有道德、责任、良心的人吗？如果是，我为什么会为爱受苦那么多年？"

"正因为这样，所以你根本没有忘记过席妍，那么对那个叫戴妍的孩子公平吗？"雷华厉声反问。

"你错了，雷华。我是没忘了席妍，可不代表我还爱她！"姚梓陌一脸肃然地看着雷华。

"梓陌，听我的劝告，别急着恋爱。"雷华叹息地提手按住他的肩膀。

"你为什么不信我？我没有在找席妍的替代品，你听清楚了吗！四年了，我在爱情的泥潭里好不容易爬起来，你非要我继续沉下去，才算对吗？"姚梓陌一把甩开他的手，恼怒地说道。

雷华看着他，不再说话。

姚梓陌从烟盒里抽出一根烟，点燃了。

今夜，注定了是漫长而痛苦的。

雷华也就沉着脸，无奈地离开了。

一转眼，晨曦踏来。

校长室。

雷华把戴妍叫到了办公室。

他想了一晚上，姚梓陌太固执，他只能从戴妍这里做工作。希望，戴妍可以理智一点，冷静一些。

"戴妍，我虽然是校长，但也是一个普通人，我知道在你们这个年纪，爱情是最炙热也是最美好的。但是，姚梓陌他已经过了那段年少轻狂的日子了，你懂吗？当然，他也曾像你一样年轻过，爱过。可也正因他不听劝，所以他受伤了，还伤得很重。直到现在，他都没有复原。所以现在的他根本不具备爱一个人的资格。"雷华语重心长地说了很多。

戴妍明白雷华的意思，沉默了片刻后，说："我知道你们是好朋友，可雷校长，你真的知道他心里有多苦吗？"

这句话让雷华不禁一惊，他倍感愕然。是的，他愕然！这个二十岁的女生确实很特别，她很柔美，但却并不柔弱。

"打从第一次看到他起，我就觉得他的心上似乎有一个枷锁。我知道他伤得很深，还没有复原，可我不介意等他慢慢恢复。"

是我太小看她了？是我太自以为是了吗？哦，不，她根本不是一个孩子。她的心智是那么健康而成熟，她更细腻得像是一只停泊在湖面的飞鸟，默看着一切……

"她是一个幸福的女人……"

"什么？"雷华不解地看着她。

"那个他爱的女人是幸福的，不是吗？"戴妍翻眨着眼皮，看着前方。

"可是他不幸福！她给他带来的只有痛苦。"雷华立马气愤地说道。

"所以，你让我陪着他吧……"

雷华蹙着眉，沉默。

很快，又过了一个星期了。

戴妍家。

戴妍心情好好地回到家，还没进门就听见屋里传来了叽叽喳喳的声音，像是有客人来了。会是谁呢？戴妍好奇的嘟起了嘴巴，敲门进去。

"呀，戴妍总算回来了。看看，谁来了。"一进门张萍就笑盈盈地叫嚷了起来。

"表姐！姨妈！你们怎么来了。"戴妍一见，顿时又惊又喜。

"哇，小妍，一年不见你又长漂亮了呀。"

"嘉旻姐姐才漂亮呢。又漂亮又能干。"

陈嘉旻是戴妍的表姐，性格外向，从小就很聪明，很讨大人喜欢，也很会察言观色。张萍也一直拿嘉旻来跟她比，说她表姐怎么怎么好，怎么怎么有出息，什么都要向她看齐。

"你嘉旻姐姐现在可是记者，到处跑，见多识广，可厉害了。"张萍立马夸赞起来。

"是嘛，原来做大记者了，恭喜你啊。"戴妍笑着说。

"恭喜什么呀，别提了。你呢？怎么样？大学是不是很好玩？是不是很多人追你啊？"

"呵呵，哪有。"

"你少谦虚了，长这么漂亮，追你的人呐，一定是排起长龙了吧？"嘉旻顿时调侃起来。

"她呀，光有一张脸根本没有脑子。就知道什么感觉啊，根本行不通。"张萍当即数落起来。戴妍撇了撇嘴，笑笑不说话。

"哎呀小阿姨啊，戴妍还小嘛，这个年龄段都这样的。以后大了就明白了。"嘉旻马上帮着圆场了。

"我说姐啊，我们家小妍要是像嘉旻那样我就不用操心啦。"

"哎哟，你们家戴妍不是挺好的。我看她文文静静、稳稳当当的不错呀。我们嘉旻好什么，就是一个工作狂，满脑子就知道工作，现在都二十七八了连个男朋友都没带回来给我见过一个，我才真操心呢。"这两人你一句我一句的寒暄起来了。

"小妍啊，走，我们出去逛逛。"说着，两个人就出去了。

"嘉旻姐姐，你最近常在外面跑吗？"

"是啊，本来是不用跑的。不过啊，被一个人摆了一道，以前的公司就做不下去了，只好重新换了家，就辛苦点咯。"戴妍听着，点了点头。

"唉，一踏上社会才知道这学校里那些纸上谈兵的玩意儿行不通。"嘉旻不禁感叹地说道，脸上也划过一丝世故与惆怅。

"好了，不说这个了，说了你也不懂。来，我们姐妹俩说说悄悄话。说，谈恋爱了没？"嘉旻挑着眉，笑着问。

戴妍低着头，没有说话。

"呀，看你这个样子我就知道一定谈了。"嘉旻当即嚷嚷了起来。戴妍甜甜地笑了笑，依旧沉默。

"来，告诉姐姐那人姓甚名谁，我一定把他的第一手资料交给你。嘀嘀嘀。"嘉旻不禁开起了玩笑。

"嘉旻姐姐有男朋友了吗？"戴妍转而问她。

"没有。"

"是没遇上喜欢的？"

"不知道，也许遇上过吧。"嘉旻突然沉下脸。

"什么叫也许遇上过？"戴妍睁大眼睛不解地问。

"我也说不上来。"嘉旻淡淡地笑了笑。

"那他是个什么样的人？"

"我只能说，我们本该是一对，可惜却错过了……"

嘉旻叹了口气，不想多说。

而戴妍不会知道，她口中的那个男人就是姚梓陌！

在往事中错过的缘分

"嘉旻姐姐这次来是出差？"

"是啊，来找个人谈个专访。"嘉旻眼睛发亮地说着。

"看来，要专访的那个人应该很不错。"戴妍看出了嘉旻的神采飞扬，便笑着说。

"嗯，是很不错。"嘉旻目露锋芒地眺看远方。

戴妍根本没有在意嘉旻的话，更没有在意她口中的那个他……

"我会多待几天，我妈明天就回去了，她是蹭了我的机票过来这儿看看你们的。我住酒店，你下课就来找我，我请你吃东西去。"嘉旻很是热情地说。

"好啊。"

嘉旻难得来，她和他们不住在一个城市，一年到头也就过年的时候一起聚一聚，戴妍马上就答应了。

深夜十一点，嘉旻身穿雪纺的连衣裙，踩着七厘米的高跟鞋出现在了某高档住宅区的门口。她微侧着脑袋，眼神中满是扯不清的蛛丝。

她，是来找姚梓陌的。

不过，她不是为自己找，而是为她的杂志社找。因为，她们正在搞一个富二代的专题，而姚梓陌就是富二代公子哥里最低调、最专情的那个。总编知道她跟姚梓陌的前女友是同学，所以才派她来找他，希望能拥有他的独家报道。

从而，也承诺说可以给嘉旻升职加薪，副主编这个位子可是很有吸引力的。她不用再当跑腿的记者了，她可以舒舒服服地坐在办公室里，动动嘴皮子就行了。

只是，她真的是为了工作为了升职才来的吗？

之前，她就收到消息说姚梓陌来了这里。于是，她花了一个星期的时间去搜集资料，才知道他落脚的地方。还听说，他去了一所大学任教了一个月。

"叮咚。"嘉旻走出电梯，便提手轻按了一下姚梓陌的门铃。

很快，姚梓陌就来开门了。

"我就知道你不会睡的，十一点对你来说还很早。"姚梓陌对于嘉旻的出现倍感意外，一脸的诧异。

"你重新振作了，该庆祝啊，我带了酒请你喝。"嘉旻说着就自顾自地走了进去。

"记者就是记者，消息总是最快的。"姚梓陌调侃道。

"你这次比以往招摇嘛，自然好找了，居然去当老师了。"

姚梓陌笑了笑，没说话。

"喝杯酒吧。"嘉旻倒了一杯酒给姚梓陌。

"我不想喝。"姚梓陌板着脸说。

"这几年，我为了能跟你有所交集才考记者的。"嘉旻一脸深情地看着姚梓陌。

"可我并不想跟你有交集。"姚梓陌犀利地看着她，万般冷酷。

"梓陌，当年是我先认识你的，因为席妍跟我是好朋友我才把她介绍给你认识，可我却不知道你居然会疯了一样地爱上她。如果没有席妍，当年我跟你才是一对，也许我们都结婚了……"

"当年我们只是朋友，没有席妍我们之间也不可能。"姚梓陌冷冷地说。

嘉旻仰头看他，看着这张令无数女人毁灭的脸。不，确切地说并不是这张脸，而是这个人！是的，就是这样一个张狂、霸道、沉稳、看似花心但骨子里却无比专一的男人！

走近他的人都知道，他的心始终爱着一个女人！

也正因为这个女人，让所有的女人嫉妒、发狂、愤恨。她们都试着打败她，试着取代她，更想杀死她！可是，她们一个个都输了……

"梓陌，我们都忘了过去，就当你重新认识我好不好？"

"嘉旻，你要是找我做关于我们企业的访问，我可以答应你，但是私事的话请你不要再提了。"姚梓陌肃然地说。

女人的直觉告诉嘉旻，姚梓陌和四年前不一样了。

"很晚了，没事的话你走吧。"

"你是不是遇到喜欢的人了？"

"我说过，我不想跟你谈我的私事。"

"我会查到的。"

嘉旻说完，就气愤地走了。

姚梓陌会爱上别人了吗？不可能的，不可能有人能够拔除席妍在姚梓陌心中的地位，我也不允许有人再来跟我竞争！

第二天，嘉旻起了一个大早。她想了一个晚上，她决定用一个比较笨但却是最好的方法，那就是——跟踪。

她租了一辆车，给自己戴上太阳帽和太阳眼镜，守在姚梓陌的小区门口，开始了侦察。不过可惜的是，姚梓陌一整天都没有出去。即便是中午也没出来，或许是叫的外卖。

就在这个时候，她忽然看到一个熟悉的身影。是的，很熟悉。她眯着眼睛仔细一看，竟然发现这个人是戴妍！

现在是一点半，她不是说下午有课吗？来这里干吗？嘉旻的目光随着戴妍移动，很是好奇。

她进了这个小区，她有同学住这里吗？想着，嘉旻下了车，偷偷地跟了上去。戴妍没有防备，她根本不知道有人在跟着她。她一边走，一边还不时洋溢着微笑。这，让嘉旻更觉得不对劲了。

如果，她是谈朋友了干吗不告诉小姨妈呢？住在这里的人肯定不是穷人呐，小姨妈怎么会反对呢？

四十七号楼！这是姚梓陌住的那幢楼啊！嘉旻在戴妍进了电梯之后，就在那儿看电梯显示的楼层数字。

不！不可能的，为什么是和姚梓陌一个楼层？

而后，她也坐电梯上去了，还躲在消防楼道旁给戴妍打电话。

戴妍正在给姚梓陌做今天晚上的晚餐，她买了沙拉，还有牛排。

嘉旻姐打来的？

"戴妍，我有点不舒服你能到酒店来吗？"

"啊，好的，我马上过来哦。"

"嗯。"说着，嘉旻就挂断了。

挂上电话之后，嘉旻就从楼道里看见戴妍从姚梓陌的房里开门出来……

他不会爱你

某四星级酒店商务套房。

戴妍拦了辆出租车赶到酒店，在 1007 号房门前敲门。可是，房内没有人，戴妍顿时焦急地拨打了嘉旻的电话。

"长大了，学会说谎了？"嘉旻一接听就冷冷地回了句。

电话那头的戴妍当即一愣，心怦怦地跳。

"我在等电梯，马上到。"嘉旻说着，挂了电话。

几分钟后，碎花地毯尽头出现了嘉旻的身影。

"你和他什么时候开始的？"还没等戴妍质问嘉旻，她却先发制人地问了起来。

"什么？"戴妍费解地看着嘉旻。

"你知道我问什么。"

"你没生病？"戴妍挑着眉看着她。

"我刚好去你学校附近找个朋友，看到你下课了，然后你去了一个地方。"

"你跟踪我。"

"不算吧，只是出于关心跟好奇。"嘉旻冷厉地看着她。

"姚氏企业的独生子，今年二十七岁，资产过五亿。"嘉旻一边刷房卡，一边说。

戴妍很诧异地看着她，诧异她对姚梓陌的了解。

"不用惊讶，做记者的对一些名人的资料都很清楚。"嘉旻嘴角斜扬地说了句。

"你，你一直跟着我上了楼？"戴妍很是生气地问。

"姚梓陌的母亲钱沛芬是一位舞蹈家，策划和参演过不少舞台剧，父亲姚宗岚成立姚氏房产，投资的第一个项目在新加坡，后来主做商住用房，逐渐占领市场。"嘉旻很流利地向她汇报了一些姚家的事。

戴妍肃然地听着，颇为震撼。

"我告诉你这些，是希望你别做梦了，你跟他根本不是一个世界。"嘉旻想压住戴妍，希望她可以知难而退。

"如果你没有不舒服，我就先走了。"戴妍不想谈这件事，她需要冷静。

"戴妍，离开他。"嘉旻一把拉住戴妍。

"嘉旻姐姐，你说的这些跟我没有关系，我跟他究竟是不是一个世界也不需要你来告诉我，他比你清楚。"戴妍深呼一口气，毅然说道。

"他根本不会爱你的，他只是看你年轻。"

"嘉旻姐姐，如果你都调查过了，你应该知道他有过怎样一段过去。而一个受过伤的人，是不忍心见另一个人受伤的。我不是孩子了，我有自己的想法和权利，我也不管他是出于怎样的目的跟我交往，我都接受。所以，我谢谢你的好意和关心。"戴妍推开嘉旻的手，沉着脸说道。

"我会把这件事告诉小姨妈的。你不要怪我，我只是不想看你往火坑里跳。"嘉旻见劝说不成，就恐吓道。

戴妍翻眨了下眼皮，头也不回地开门跑走了。

戴妍离开酒店之后也没有立刻回家，她也没有去找姚梓陌，只是一个人坐在公园里发呆。因为她的心很乱，因为那些对姚梓陌的言论令她很乱。雷华曾劝她离开姚梓陌，嘉旻也劝她离开。

而他的过去，她确实知道得太少了。

临近九点她才回家。一回家，她就见到了那可怕的阵势。戴妍知道，如嘉旻所说，她都告诉了母亲。

"是不是刚从姓姚的那里回来！"张萍很是凶狠地问道。

这个时候，戴妍能说什么，她只能选择沉默。

"你怎么那么不学好！难怪他之前对我们家那么热心，又是付钱又是送我回家的，原来他是看上你了！你说，你跟他是不是做了什么见不得人的事了！"

张萍早就气得火冒三丈了，她顿时对着戴妍开火了。

"妈，你不要说那么难听好吗？我跟他，只是在谈恋爱。我们之间没有你们想的那么猥琐和不堪，我们什么也没有做过。"

"你怎么那么不学好，人家都辞职了，你还偷偷地跑去他家找他！你还知不知道什么是羞耻！"怒吼中，张萍扇了戴妍一耳光。

这也是张萍第一次出手打她，还是狠狠地扇了一记耳光，长长的手指印一道一道立马显现了出来。

"他是个富二代，有的是钱。他随手一招就有一堆女人送上门，你怎么还会相信他是跟你谈恋爱！说了不好听，他就是看你年轻漂亮图个新鲜！"张萍很是痛心地说。

"你根本就不了解，你怎么可以随便乱说呢？"戴妍捂着脸吼道，然后冲进了自己的房间，把门关了起来。

"小妍，妈打你是不对。可是你要知道，妈是担心你啊。妈最希望的，还不是你过得好，过得幸福？总之，妈坚决不同意你和那个姓姚的来往。从现在开始，你不许离开家！"张萍走到房门前，说道。

"不！妈，你不能关着我。如果你想我幸福，你就让我跟他在一起，我真的很喜欢他。"

“你表姐说得对，那个男人是个魔鬼，你已经着魔了！我不会再让你见他的！从明天起，不许出去！除非你把妈妈给杀了，才能走出去。”

“妈啊……”

偏执的爱

一连两天戴妍都没有去找姚梓陌，打她电话也是关机，这让姚梓陌很担心。

于是，他想了半天还是跑到学校去了。

姚梓陌虽然离职了，不过那些流言还在飞，那些个同学一看到姚梓陌就又交头接耳了起来。他们也一直觉得，姚梓陌的辞职是为了戴妍，为了避免这个尴尬的"师生恋"。

"叶菲！"姚梓陌能找的人也只有叶菲了。除了他，他还真不知道要找谁。

"呀，姚老师？哦不不不，你已经不是我们老师了。"

"戴妍两天没来，我还以为你把她拐走了呢。"一旁的同学，顿时你一句我一句地嘲讽道。

姚梓陌听了眉头紧蹙，随而转身。

"看吧，他们两个真有一腿。"

"你们觉得他真的是喜欢戴妍吗？"

"当然不是了，这种人有一个字眼叫'文化流氓'，假斯文，真禽兽，一天到晚骗女人。"

"好了好了，去上课吧。"

姚梓陌走后，大家又议论起来。

单手架在车窗上，姚梓陌锋利地直视前方。飞快地变道、加速，他的目标是戴妍家，而他的心情是难以言喻的。对于先前学校里对他的那些嘲讽，他已然了解了在他离开学校之后戴妍所受到的冲击。

他也才发现，自己真的很自私，很不是个男人！一直以来，他只知道甩袖走人，他从来没有考虑过依旧生活在那个城市的人。正如他所认为的，不管这个世界如何改变，女人永远处于弱势地位。舆论，也永远都只会说是男人抛弃了她们，不要她们。

我的态度必须明确！一定是你的父母也听到了什么。所以，所以他们不让你来上课了！

这样想着，姚梓陌的神情异常的严肃，他更加大了油门往戴妍家开去。

"呲"一记急刹车，他到了戴妍家门口，摔门下车，直往里冲。他一脸冷厉、漠然而坚定。当他走到戴妍家门前的时候，他已经听到了张萍的责骂声。

"你不吃就不吃，我看你能不吃多少天！死丫头我告诉你，我不会让你去找那个姓姚的！就算你恨死我，我也不会放你出去的。妈是为你好！"张萍火气很大地在里面吼叫。

"咚咚咚。"这个时候，姚梓陌提手敲门了。

张萍很自然地去开门，一开门就一愣。

"阿姨。"

"你！你竟然还有脸找上门来啊！你给我滚！滚出去！"张萍当即破口大骂。

"阿姨，我是真心喜欢戴妍的，你给我一次机会好不好？"姚梓陌立马急切地说。

"姚梓陌！是你吗？姚梓陌！"戴妍依稀听到了他的声音，顿时在房间里叫嚷了起来。

"戴妍，是我，我来找你了。"

"你，你不走是吧！"张萍说着就从一旁拿起了把扫帚。"伯母……""走啊！"张萍猛地举起扫帚对准他。

"我知道我的过去已经让你们无法再相信我，但是伯母，我只请求你给我一次机会，让我证明给你看，我确实真的很爱你的女儿。我不是要带走她，我更不是要占有她，我只想要一个机会！"

"我不会给你机会去伤害我女儿的！姚先生，你有的是钱，想找什么样的女人没有？我请求你放过我女儿，她是一个好孩子，我求你高抬贵手。"张萍恳求地说着。

"伯母……"姚梓陌没法对张萍动粗，他只好不停地往后退。"伯母！你别这样好不好伯母，你听我说！""走，给我走啊！"张萍吼道。"好好好，我走，我走！但，你能不能让我见一见戴妍，只要看一下就好！""你这个人是不是非要我打你才走啊！"张萍两眼一横，一把举起扫帚，作势要敲上去。

姚梓陌深呼一口气，只好妥协了。

他，转身下楼了。

戴妍在房间里听着干着急，她就像是一只被困在笼子里的飞鸟，光有翅膀却无法飞出牢笼。她听见了姚梓陌的话，他说的每一个字她都听见了！

姚梓陌往下走，眉头紧锁着，很是落魄。不过，他走着走着忽然停在了楼道上。他沉着脸，站了一会儿后就又折了回去。

"咚咚咚。"他对着戴妍家的门一顿敲。他没有了原有的风度，他无法再保有风度！"伯母，我今天见不到戴妍是不会走的！"他站在门外大声说。"你！"张萍顿时猛一开门，凶神恶煞地瞪着他。

"伯母，我爱戴妍，我爱她！你要怎么才能相信我！"

"你爱过太多人了！"张萍当即讽刺了他一句。

"不，我只爱过一个人，以前很爱过一个人。但是我们没能在一起，因为她选择了别人。我无法接受，无法接受这个打击。所以，所以我变得很糟糕，我更用一个糟糕的我走了一段又一段糟糕的路途。直到我遇到戴妍，她拯救了那个糟糕的我！"姚梓陌的一席话着实让张萍怔了怔。

"伯母，你在围城中走了很久。我想，你应该能明白，一个空壳的婚姻终将会走向毁灭，因为脱离了爱这个字，它没法走远。当然，有人愿意将就，有人愿意为金钱将就，但是伯母，幸福是不能将就的。而当你的出发点是向钱看齐的话，那么最后你得到的也只是钱，可是你赔上的却是一生的幸福。我想，戴妍她要的一定不是金钱，她要的只是幸福！"姚梓陌看着张萍，一脸的认真。

"我不要听你说，我也说不过你，你走。"张萍眉头一皱，再次赶人。"伯母，我知道要你相信我很难，我更知道一个母亲爱护子女的心。但请你给我一个机会，仅仅只是一次机会。我愿意等戴妍大学毕业，在没毕业之前我绝对不会对她做任何越界的事情。"姚梓陌信誓旦旦地保证。

就在这个时候，嘉旻正站在戴家门外。她躲在楼梯后面，完完全全听到了姚梓陌这一番发自肺腑的话。这些话，就像是千万支箭朝她胸口射去！恨，是的，嫉恨！姚梓陌，你真的爱上她了！爱上她了！你从来，从来没有这么认真、坦白地剖析过你自己，更没有对任何人说过这些话！没有！

嘉旻整个人都在发颤，那不是害怕的颤抖，那是愤怒的颤抖。她的十指紧紧地握在一起，那份力量足以把一个人给掐死。

她太了解他了，她更看到他走过的那所谓的糟糕的路途！在来时的路上，他从没有对那些女人的父母做出过任何承诺。是的，承诺。他是在承诺，承诺他会给她们的女儿幸福！

不，姚梓陌！你怎么可能会再爱？怎么会再爱！不！嘉旻一时间情绪失控地疾跑下了楼，她无法面对，无法接受。

而这时候的戴妍，正在屋里病急乱投医。她一直在往下看，因为她家虽然在二楼，但是一楼的人家有个小院子，他们把那个院子给封了，搭建了一个额外的房间。所以，刚好给了戴妍一个翻墙潜逃的机会。

　　"你在干吗！你这孩子！算我怕了你了！为了这个男人，你是要翻墙爬下去是吗！"张萍真是被她吓得半死。张萍说着转头看姚梓陌，又接着说："要是我发现你欺骗戴妍，我一定跟你拼命！还有，你最好给我牢牢记住你刚才说的话！"张萍拉长着脸很不客气地说。

撒　娇

风雨后，回归了原有的平静……

那，一时的平静……

因为，平静过后风雨依旧会来袭……

张萍不再阻止戴妍去找姚梓陌了，但是她设定了一系列的条条框框。第一，下课了必须回家。第二，双休日只有一天可以出去，但只限白天，还必须回家吃晚饭。

她，还是不相信姚梓陌，她更害怕戴妍受伤。这给他们的交往带来了很多不便，不过，姚梓陌还是欣然接受了。

谁说一切的浪漫只属于灯火烂漫的时节，白昼的喧哗和透亮依旧可以勾勒出爱情的斑斓华衣。姚梓陌很久没有去看电影了，确切地说，是自从席妍走后他就再也没有这个心情。是的，他没有心情去陪女人做这个做那个，因为那些都会让他的心滴血。

然而，他为了戴妍愿意试着重新开始……

他要重走一遍，本因属于恋爱中的程序。

只是，他忽然发现一个星期真的是好漫长、好漫长。好不容易等到星期六，他一早便开车来戴家接戴妍了。他大明大方地进去，大明大方地在张萍和戴辰的眼皮底下接走了戴妍。他更用最虔诚的眼神，让张萍放心。

那双黝黑的瞳孔里传达的，是一个男人信守承诺的坚定。他要他们知道，他不会食言，不会乱来，他只会好好地去爱戴妍。

"记得回来吃晚饭。"张萍依旧担忧地嘱咐。"知道了。"戴妍一看到姚梓陌就像一只飞舞的彩蝶，她只想朝他飞去。那笑容，是那么甜美和幸福。

银色的沃尔沃穿梭在车水马龙的十字街头，带着点点张狂和浓浓的温情，驶向了恋爱中的情侣都会去的第一站——电影院。

没办法，姚梓陌为了抓紧时间，只好买了九点五十五最早的那一场。这可是他有生以来看过的最早的一场电影。不过还好，虽然时间上不太浪漫，但所幸的是这情侣专座还是很浪漫的。

而这个时候，后排的位子上有个戴着墨镜的女人正直勾勾地注视着他们。那个人是嘉旻，是的，她是嘉旻。她一直在暗中监视着姚梓陌，她更在那天目睹了那一场郎情妾意，为爱折腾的闹剧中爆发了无数的怒火。

她要拆散他们！她要拆撤他们！

戴妍！你有什么资格！为什么他会爱你？为什么！一阵阵的怒吼在心中回荡，那份心中的波澜更如惊涛拍岸。可是，你越气却越是看，越看就越气。

"听说，这个片子还不错。"姚梓陌笑着说道。

也就在此时，后座上的嘉旻脸色铁青地起身离开了。

二个小时后，电影散场了。

刚走出影院，戴妍的手机响了。

"妈？这样啊，那好吧，我马上回来。"

"又要等一个星期了。"姚梓陌皱着眉头，调侃道。

"我妈说隔壁的陈阿婆摔伤了腿，家里没人，她要陪她去趟医院。然后，然后我妈说表姐打电话来说她吃坏了肚子，让我送点粥去给她。"

"行了，我送你。"姚梓陌抿了抿嘴，虽然他很是不快，但是也只好这样了。

　　一个半小时后，戴妍带着张萍特意煮好的皮蛋粥来到了嘉旻下榻的酒店。嘉旻是张萍的侄女，她这个做小阿姨的总不能不关心啊。所以，当她知道嘉旻吃坏了肚子之后，她就马上让她不要再吃外面的东西了，还马上给她做了她爱吃的粥，让戴妍送来。

　　还是那间 1007 房间，戴妍站在门外敲门。

　　"你来啦。"嘉旻灿烂地笑着说。戴妍见嘉旻画着精致的妆容，一副明艳照人的样子疑云顿生。

　　这，哪像是生病了？

　　"小阿姨真好啊，真的给我做了粥了。呀，还是皮蛋瘦肉粥呢。"嘉旻一把接过戴妍手里的保温桶，立马打开了。

　　"我妈说，你跟她说吃坏肚子了。"

　　"嗯，真好吃。"嘉旻根本无视她的话，自顾自地喝粥。

　　"你根本没有吃坏肚子！"戴妍当即气愤地说。

　　"对，我没吃坏肚子。"嘉旻一个转身，嬉皮笑脸地看着她。

　　"你……"

　　"那个电影好看吗？"嘉旻缓缓地走到她面前，冷冷地问。

　　"你一直在跟踪我！"戴妍顿时大声嚷嚷了起来。

无法控制的嫉恨

那一张散发着青春的脸庞是多么让人嫉妒，那吹弹可破的肌肤更是最美年华里永不复还的东西！二十七了，是的，我已经二十七了！嘉旻盯看着戴妍，掀起一阵又一阵的波澜。

男人，总是喜欢年纪小的！

男人，就是那样的迂腐！

"戴妍，他不会爱你的，他只是骗你的，你别傻了。"嘉旻再一次劝说道。

"既然你没有吃坏肚子，那我先走了。"戴妍不想听更不想跟她纠缠这个问题，所以，她只想离开。

"就这么急着去找他吗？"嘉旻走到她面前，拦住了她。

戴妍突然发现，她的眼神好可怕，真的只是出于一个姐姐对妹妹的关心吗？

"我走了。"戴妍再次转身，她不要去搞清楚那些话的意思，她不要！

"你对他其实根本一无所知。"嘉旻大声喊道。

"你跟他到底什么关系！"戴妍终于忍不住发问了。

"戴妍，他真的是一个很可怕的男人，他的心早已经死了。所以，他是不会爱任何一个人的。戴妍，回头吧，离开他。"嘉旻忽然又变得很认真、很感伤，她是在想尽办法要她离开姚梓陌。

"我说过，我要的不是他的过去，我要的是他的未来！"戴妍依然坚持着。

"他没有未来！他早就死在过去了！"嘉旻顿时大吼起来。

"你认识他？你爱过他是吗？或许，是你爱过他，可他却没选你！"戴妍突然挑眉直视她。

这句话，令嘉旻恼怒之极，她立马嘶吼起来："他也不会爱你的！戴妍！不会爱你！他爱的人叫席妍！叫席妍你知道吗！她是我的同学，我的大学同学。而姚梓陌是我的校友，我们早就认识。"

戴妍没说话，转身离开了。

嘉旻瘫坐在床上，望着镜子中的自己。她突然发现，她就像是一只被狂风卷落的花蕊，只剩下了一地破碎。

戴妍，我知道他为什么会爱上你了，我知道了……

你确实很不一样。你不怕打击，你更不会嫉妒，你只是淡然地接受他的一切。你的爱不是狭隘的，不是自私的，你的爱凝聚了太多的宽容和美好，驱赶了他的邪恶。

是的，当魔鬼遭遇天使，他才会深刻认识到他的错误，获得重生。

所以，他珍视你，爱惜你，呵护你……

回到家，戴妍的心情非常沉重，那份表面的淡漠也只能维持在表面。再大度，她也不愿意听到有人说姚梓陌的心里一直爱着另一个女人……

吃完饭，她就把自己关在了房里，聆听风吟。

抑或是自己的心声。

夜，怎么样都不成眠。

那错位又诙谐的爱

另一头嘉旻入住的房间。

"咚咚咚。"有一个男人在外敲门。那个人在外面敲了很久，可嘉旻都没来开。

难道出去了？刚好，一个推车的服务生走了过来。于是，他便问："请问，这间房的客人今天出去过吗？"

"没有看到她出去啊，今天上午我们去打扫，她都说不用。""谢谢。"说着，那个服务生走了。

"嘉旻！嘉旻！"那个男人重重地敲了几下门，还大声叫喊起来。这下，倒是有动静了，他只听房里传来了踉跄的脚步声。

嘉旻一脸惺忪地开门，拉长着脸瞪着他。"嘉旻你怎么把自己弄成这样子！"一开门，那个人见嘉旻头发凌乱，一脸醉醺醺的便数落起来。"我哪个样子了？我就是这个样子！"嘉旻虎着脸说。

"我就知道你不是为了专访来的，你就是来找那个姓姚的！"

"秋寒！你少装出一副关心我的样子，我告诉你我不会喜欢你的！"嘉旻顿时厉声吼了起来。

"我不是装的，我确实很关心你。我也知道你不喜欢我，但你没法阻止我不喜欢你。"那个叫秋寒的一脸认真地说。

"你们男人会真的喜欢我这种女人吗？整天除了工作就是工作？如此无趣。"嘉旻自嘲地大笑起来，很是悲情。

"你醉了，你的酒还没醒。"秋寒翻眨了下眼皮，上前搀扶她。

"嘉旻，我知道我没有钱，我知道我没有能力给你想要的生活，我知道你不会爱我。但是，但是我可以等……"秋寒神情肃然地说着，很是认真。

"你以为我十八岁啊？收起你那些个鬼话，留给那些年少无知的女孩去听吧！"嘉旻狠狠地瞪了他一眼。

也许，爱情在很多时候就是如此的错位和可笑……

你和你爱的人似乎总不在一条线……

金灿灿的阳光再次探出头来，那漆黑的夜幕再次回归蔚蓝。可我们总是感慨于昨日的无法回归。是的，时光倒流永远只存在梦境与回忆中。而心境更是随着思绪沉淀、变化、起伏。

戴妍一晚没睡好，脸色也显得不太好。

拿着手机，呆看着屏幕，戴妍万般失落和不定。

就在这个时候，忽然有一条短信提示音响了起来。姚梓陌，一定是你！你也在想我对不对？我们真是心有灵犀。戴妍当即就展露了笑颜，立马又拿起了手机。

可是，很多时候都是事与愿违的，很多东西往往都跟你想的不一样。甚至，还差了很多。当戴妍看到屏幕上显示的号码时，她就顿时没了笑容，眉头还越加紧蹙了。

是嘉旻姐姐？诧异之余，她马上看了这条短信。内容是：戴妍，我要走了，十点五十的飞机。我有些话想当面对你说，我在酒店等你。

看完短信，戴妍默然地想了想，便起床去找她了。

带着揣测和猜忌，戴妍再次来到了这家酒店的大堂，大堂的沙发座上嘉旻早就坐在那儿等她了，而她的边上还坐着一个男人。

"你非要喝咖啡的话就多加点奶。"那个男人截住了嘉旻正往嘴里送的清咖啡，浅笑着看着她。那份关心代表什么，应该不言而喻了。

该学会遗忘

"嘉旻姐姐。"戴妍一脸严肃地走上前，叫了她一声。

"戴妍，你来了。"嘉旻站了起来。

"他是我同事。"嘉旻很自然地介绍秋寒。秋寒也就和戴妍礼节性地打了个招呼，然后说："我去外面抽根烟，你们聊。"

嘉旻朝秋寒微微一笑，那份笑容里掺杂着一份谢意和一个机会。

"那么快走了？你已经做完专访了吗？"戴妍不知道该说什么，便问起了她工作上的事。

"我觉得这个专访已经没有意义了……"嘉旻似笑非笑，皱眉看着那扇通透的落地窗。气氛显得有些冷，戴妍翻眨了下眼皮，坐在了沙发上等她说。

"替我好好关心他，他真的伤得很重……"嘉旻微侧过身，有些苦涩却也不得不认输。

"他？我会的……"

"其实，我这次来找的那个做专访的人就是姚梓陌。"嘉旻自嘲地笑了笑，也怀着阵阵惆怅。戴妍看着她，没有说话。"我找过他，不过找他之前我不知道你和他的事。但是，我见到他的时候，已经就从他身上看到了一个与以往不同的姚梓陌。原来他的不同以往，是因为你。"嘉旻说着，朝她浅浅一笑。

"嘉旻姐姐……"

"我该去机场了。"嘉旻忽然觉得眼眶里泛起了一种叫泪花的东西，她顿时站了起来，故作坚强。而那份坚强更是她决定忘掉姚梓陌的第一步。

是的，她要忘了他。

"嘉旻，车来了。"秋寒走了进来，提手拿行李。

"诶，你觉得这个人怎么样？"嘉旻用胳膊肘顶了顶一旁的戴妍，俏皮地问。

"挺好的。"戴妍笑了笑。

"唉，一把年纪了，还是不要挑剔了。呵呵。我走了。"说着，嘉旻笑嘻嘻地坐上了车。嘉旻走了，带着感伤和挥别，她要向昔日的自己挥别。

姚梓陌，从今天起我要把这几个字从我的世界里驱逐。是的，我不是小孩子了，我游荡很久了，我不应该再对那虚无缥缈又迷途的爱情执着了，我应该是时候找一个安定的栖息地了。

而那个人，也许就是秋寒吧。

一阵风吹过梧桐树，抖落了枝丫，发出了沙沙的声响。

戴妍独自徘徊在十字街头，拨了姚梓陌的手机号。

"对不起，您拨打的手机已关机。"电话里竟然传来了这样的语音提示。关机？怎么关机了呢？她等了他一晚上的电话，是的，她以为他应该会打电话给她。可是他没有！现在，他又关机。

是没电了吗？嗯，一定是没电了。戴妍想着也就不再打了。十点了，算了，还是先上课。于是，她便坐车去了学校。可是，她到了学校又怎样呢？她的心根本不在这里。

十一点半，终于等到下课了，她又赶紧拿出手机拨了过去。可是不管她打几次，传来的结果都是一样，还是关机！

为什么关机！想着，戴妍拿起包就往外冲。她要去找他，去他家找他。

然而，当她来到姚梓陌住的地方的时候，她才发现他也不在家，她按了半天的门铃就是没有反应。他不在，是的，他不在！车也不在！

　　到哪儿去了？你到哪儿去了姚梓陌！

　　戴妍也忽然发现，自己真的很不了解他，她甚至不知道可以去哪里找他！

失踪了

姚梓陌失踪了，至少对戴妍而言他失踪了……

一天、两天，一个星期、两个星期。她，都不见他出现。那幢烟灰色的楼宇下，戴妍去了一次又一次，等了一天又一天。

本来就纤弱的身姿变得更纤弱了，那张原本鹅蛋形的轮廓消瘦得都快成瓜子脸了。她想不明白，想不明白姚梓陌的突然消失。

他竟然一个字都没有留下！为什么，为什么又离开？姚梓陌，这是为什么！

"他不要你了吗？"叶菲侧着脑袋，嘲讽地说。

"你能不要随便总结吗？"戴妍生气地回了句。

"我说戴妍，姚梓陌是很帅，是很有魅力，可是往往这种男人是最不可靠的。欣赏观瞻一下也就算了，你怎么真的跟他谈恋爱了？你知不知道人家都在议论你，你真的可以上头条了！"叶菲对于戴妍和姚梓陌在一起的事很不赞成。

戴妍不想说话，转身就走。

"怎么了？脸色那么差？"这时，刚好遇见了赵凯。

"我没事……"戴妍淡淡地回了句，继续走。

"是因为姚老师吗？这几天也没看到他来找你，你们之间发生了不愉快吗？"赵凯追上去，关切地问。

"没有，我只是联系不上他而已……"

"他不是到新单位去工作了吗？可能出差了……"赵凯试图安慰

戴妍。

之后，又过了一星期。

姚梓陌，还是没有回来。

不过，有了赵凯的关心和陪伴，戴妍觉得好一些了。至少，他时常陪着她，让她不再感到无助和孤单。但是，她还是很不快乐。

"你知道雷校长家住哪儿么？"戴妍不禁问道。

"不就在学校附近嘛，那个二十四层楼的小区。怎么？你要找雷校长？"

"嗯。他跟姚梓陌是朋友，我想他应该知道他去哪儿了。"

"那好吧，我陪你去找他。"

雷华家离学校很近，走路也就五六分钟。

而雷华住的地方也离姚梓陌住的那个小区很近，就隔了一条斜马路，转个弯就是了。可是要去雷华家，姚梓陌住的小区是必经之路。当自行车从姚梓陌小区门口经过的时候，戴妍不禁黯然神伤地盯看着。

赵凯也感觉到了那份伤感，他赶紧加速度骑了起来。忽然，有一辆银色的沃尔沃正要驶进这个小区，戴妍当即大叫了起来："姚梓陌！那是姚梓陌的车！"赵凯顿时停了下来，戴妍就猛地冲跑了过去。

刚好，有好几辆车都在排队等着刷电子门禁，那辆车也就刚好停在了入口处。

"姚梓陌！姚梓陌！"戴妍冲着那辆银色的车子狂喊，可是里面的人根本没有反应。"姚梓陌！姚梓陌！"隔着车窗贴膜，里面的人根本看不大清楚。而且那个人还戴了墨镜，只能大概感觉到他是个男的。

"小姐，你认错人了吧？"那个人摇下车窗，摘掉墨镜淡淡地说了句。

"戴妍，走吧。"赵凯见她一脸惆怅，马上过来挽住了她的肩膀。

都柏林

爱上了一个历经风雨的男人，也许就注定了那风雨般的人生。

也正因那些风雨，造就了一个不同寻常的人和一段不同寻常的路……

暗红结合烟灰的拼色墙面，尖尖的三角形屋顶，黑色的铁栏杆门，勾勒出了一种古典的欧陆风情。院子里，还摆放了一些花卉、植物，还有一个小小的鱼塘。

雷华家在一楼，布置得很漂亮。

赵凯停好自行车，便按了雷华家的门铃。

"我刚到家，你们就来了。"雷华拿了两个水杯，倒了两杯水给他们。

戴妍咽了口唾沫，便说："姚梓陌不见了，您知道他去哪儿了吗？"

"他不见了吗？"雷华当即怔色反问。

"校长，您就别卖关子了，戴妍找了他很久了，你就快告诉她吧。"赵凯在一旁忙接话。

"我怎么知道他会去哪儿？他去哪儿可从来不向我汇报。"雷华当即板着脸说。

"可你是他的好朋友，你一定知道的！我求求你告诉我吧！"戴妍顿时一脸祈求地看着雷华，而她一脸的憔悴和焦急，让人也不免有些心酸。

"戴妍,这阵子我一直很忙,我根本没找过他也没有跟他见过面。说实话,你说他不见了我一下子还很诧异呢,我完全不知道。"雷华神情严肃地说,不像是在说谎。

姚梓陌的突然离开,似乎成了一个谜……

同一时间,爱尔兰,都柏林。爱尔兰西临大西洋,东靠爱尔兰海,与英国隔海相望。爱尔兰和中国的时差约七个小时,那边现在是早上八点。

而姚梓陌的失踪,其实是因为他来了这里。确切地说,是他来这里之后被人绑架并软禁了。他被关在都柏林某处的一间厂房里,与罗凯一起,还被没收了手机并切断了一切与外界通信的渠道。

姚梓陌突然会来爱尔兰,是因为他接到一个紧急的电话。那个电话是姚梓陌任副董事长时的助理打的。事实上,他之前曾多次打过电话给姚梓陌让他回姚氏企业。但是,姚梓陌执意不肯。

那个人叫余莫,他对姚氏一直忠心耿耿。所以,他一直希望姚梓陌可以早日回到公司做事。

姚宗岚年纪大了,他的心其实已经不完全在事业上了。所谓无心从政,自然给了旁人做手脚和中饱私囊的机会。而姚梓陌执意不肯回来,更是为那些贪钱的小人敞开了方便之门。

而那个小人并不是别人,就是姚宗岚的亲弟弟,姚梓陌的亲叔叔——姚宗伟。

不得不叹息,为什么一个家里总有败家子,总有那么一个人心术不正。在姚宗岚创业的时候,姚宗伟根本没有出过力。也或者说,他根本没有这个能力、没有那个脑子。几十年的苦心经营,姚氏终于一步一步戴上了大企业的头衔。而他,也就坐享其成地分了一杯羹。

表面的光鲜

常言道：一人得道，鸡犬升天。

姚宗岚为姚家开创了致富之路，跻身上流社会，家里的一些亲戚也都跟着沾光了。而对于自己的亲弟弟，自然更是沾足了光。

然而，不是每个人都会做生意的，也不是每一个人都能学会的。姚宗岚对于姚宗伟的经商能力，实在不敢恭维。所以，他也就不再指望他能帮他些什么。可是，他自己竟然不识趣，常常自视甚高，还动不动就去向他们的母亲丁惠告状。说什么哥哥赚了那么多钱，开了那么大个公司居然只给他当个小小的部门组长。心里很是不爽。

姚宗岚的母亲丁惠向来也是比较疼姚宗伟，因为姚宗伟很会哄她开心，说白了就是会拍马屁。而姚宗岚因为工作忙了，在对母亲的体贴和关怀上必然也少了。所以，丁惠对姚宗岚很有意见。

于是，在母亲的压力下，姚宗岚只好妥协了。姚宗伟从组长升到了副总经理的位子，可谓是十分风光。而那一阵子他倒是很用心地学习，这也让姚宗岚有些安慰。

但是，好景不长。丁惠去世以后，他就变得吊儿郎当了。没有了母亲的督促，他的本性就再也无法掩盖了。而他的本性除了贪婪、挥霍之外，他还很会攻于心计。尤其是，懂得适时地见缝插针、毛遂自荐。

他见姚梓陌被赶走了，心里一直偷着乐。他还常常带着自己的孙子去他面前炫耀，那一声声大爷爷和那张圆嘟嘟的小脸蛋，着实刺痛了姚宗岚的心。

人老了，最大的心愿莫过于子孙满堂，膝下承欢。可是，姚梓陌的忤逆真的伤了他老人家的心。所以，姚宗岚才来到了爱尔兰，为的就是想找个新的地方，忘却一切令他烦恼的事情。可是，他到那儿没多久就生病了，经常尿血。他的病是多方面引发的，有他多年来的操劳，也有对姚梓陌婚姻的心寒。

医生嘱咐他，不能再过度劳累，要保持心情愉快。

然而，他的心情能愉快吗？

他的漠视并不代表他真的不在乎姚梓陌了，可他的倔强却没有办法让自己退让。以至于，他就连生病的事情都不肯告诉姚梓陌，他还不允许任何人说，包括他的妻子。

而姚梓陌的母亲钱沛芬一来不想令姚宗岚不高兴，影响他的情绪，二来也不想令姚梓陌操心，也就没说。可就在这个时候，姚宗伟乘虚而入了。他经常假装好心地来探望他们，实际上是想要姚氏的管理权。姚宗岚怎么会看不出来呢？不过他也一把年纪了，现在身体也不好，儿子又不争气，这姚氏交给外人打理也不放心。所以，他考虑了很久，也就把实权放给了姚宗伟。

自己，也就在爱尔兰过起了退休的日子。

他，完全不知道姚氏已经被他的亲弟弟弄得一团糟了。

这个时候，余莫看不下去了。因为那个姚宗伟竟然要把姚氏旗下的皓宇房产卖给另一家企业，从而套现。而套现，是为了要去投资一家大型的海滨游乐园。私底下，他一直很不服气。而姚宗岚，对于他要投资建造大型游乐园的事也很反对。因为姚氏一直以房产建筑为主，突然转投旅游业有风险，而且投资这个还需要大量的资金和人才引进。

俗话说，做生不如做熟，何必多此一举。

可是姚宗伟对姚宗岚的否决非常不满，甚至怀恨在心。所以，他见他老了、病了，儿子又走了，便开始暗中谋划了。姚宗岚虽然放权给了他，但是要挪用那么一大笔资金，财务部门还是需要上报姚宗岚审批的。于是，他便利用职权在握，偷偷地去和一家企业商谈买卖公司股份，从而笼络资金。

幸好，这件事被余莫发现了。他本想告诉姚宗岚，可是哪知道恰逢姚宗岚尿血严重，住进了医院，他不敢告诉他，怕他一激动加重病情。余莫很感谢姚宗岚的知遇之恩与栽培之情，他在再一次证实了这件事情之后就打电话告诉姚梓陌，希望他快点回来处理。

于是，便有了姚梓陌匆忙离开的一幕。

被胁迫

姚梓陌担心父亲的身体，更担心姚宗伟把姚氏企业毁于一旦，他一挂上电话便叫了罗凯跟他一起直奔机场。那一瞬间，他根本顾不上跟戴妍说。经过十八个小时的长途飞行，姚梓陌终于来到了都柏林。可他一出机场，就被一帮戴着墨镜的男人给抓上了车。

车上，他们被人五花大绑，还被蒙上了黑布。直到来到一家偏远的厂房，他才重见天日。那些人个个都人高马大，彪悍非常，姚梓陌和罗凯就被他们关在一间狭小的屋子里，叫天天不应叫地地不灵。

会发生这样的情况，是因为余莫在打电话给姚梓陌的时候被姚宗伟的心腹看见了。他们马上把他抓了起来，痛扁了一顿。为了保命，他只好告诉了姚宗伟姚梓陌的航班号。姚宗伟就派人在机场埋伏，一看到他们出来就把他们给抓了起来。

离签订转让合约协议还有一个星期的时间，姚宗伟怎么可能让姚梓陌坏了他的好事。他一定要等白纸黑字，公章敲下去的那一刻才能放了姚梓陌。到时候木已成舟，即便姚梓陌再想阻止也已经没有用了。

"喂，你们两个，吃东西了！"厂房里有十几个贼眉鼠眼的保镖看着姚梓陌和罗凯，他们只是按时给他们送一日三餐。

"给我打个电话好不好！我不是要报警，更不是要打给我父亲，我只是想打给我女朋友，你们关了我这么长时间，拿了我的电话，她会很担心的！"姚梓陌眉头紧皱着哀求他们。

"你以为我们是三岁小孩子嘛？给你打电话！想也别想！"那个

送饭的男人立马厉声吼了句。

"我求求你们了，给我打个电话，不然发个短信也行，我口述你们帮我发总可以吧！"姚梓陌再次恳求。

"砰"的一声，那个男人狠狠地摔门走了，根本就没有商量的余地。

"姚先生，你管管你自己吧，天知道你叔叔会不会没有人性地把我们给杀了。"罗凯靠在墙上，睁大眼睛说。

"不会的！他志在转让皓宇，等他签完协议自然就会放了我们。我只是担心戴妍，我突然失踪了那么多天她一定急死了。"

同一片星空下，即便交错了时差与日月的光辉。

但，心仍相通。因为，有爱。

"戴妍……戴妍……不！你不能跟他结婚！戴妍！"

"喂！喂喂！"爱尔兰现在才凌晨四点。姚梓陌正在说梦话，罗凯都快崩溃了。

"醒一醒啊大哥！你烦不烦呐！天天晚上说梦话，还一次比一次响，到底让不让人睡了？"罗凯很是用力地推姚梓陌。

"戴妍——"猛地，姚梓陌坐了起来，两眼狰狞。

"姚先生，我都快被你吓出心脏病了。"罗凯顿时眯着眼睛说。

"原来是梦。"姚梓陌额头上满是汗珠，似乎做了一个很不好的梦。

可我总觉得不太对，有种很不好的预感。

之后的几个小时，姚梓陌怎么都睡不着了。他就这样傻呆呆地坐到天明，一直回想着这个梦。难道是我想太多了吗？哦，老天，我什么时候才能回去！

指针又往前走了几个小时，定格在了九点。

姚梓陌依稀听见了脚步声。

好你个姚宗伟，你终于出现了！姚梓陌气得浓眉倒竖，双手紧握成拳。

"把门打开。"姚宗伟淡淡地命令。随后，铁门便被打开了。

"怎么样？住得还习惯吗？"姚宗伟冷笑地看着姚梓陌。"我爸爸对你不薄，你竟然这么对他，这么对姚氏！"姚梓陌青筋暴起，怒吼起来。

"他年纪大了，思路不对了，我这是在帮他，帮姚氏。"姚宗伟一副无所谓的样子在那儿不冷不热地说。

姚宗伟比姚宗岚小了十二岁，所以，他还正值盛年。

"我想你的合同一定签完了，我们应该可以走了吧？"

"当然，随时可以。"姚宗伟双手一摊，一脸得意。

姚梓陌的脸紧绷，火气很大地快速往外走。"我劝你最好先不要告诉你父亲这件事，免得他有什么三长两短。"

"可以。不过，有一件事我想我应该提醒你，不管过去我有多么反感我爸给我安排的人生，但我始终是他儿子，姚氏企业的第一把交椅，怎么样都不会轮到你！而你，也仅仅只可以拿掉'皓宇'这一样东西，而且仅仅就这一次机会！"姚梓陌转过身凑近他，目光犀利。

"你！"姚宗伟气得顿时脸色煞白。

"如果你想暗中对付我，我一定会拉你陪葬，你想清楚。"姚梓陌本来就憋了一肚子火，他在这里被关了一个多月，他这口气怎么都咽不下。

"给余莫打个电话，问问他怎么样。"

"你忘了我们的手机都被那帮人给拿了。"罗凯顿时大声嚷嚷起来。

"算了，先离开这儿吧，再买就是了。"姚梓陌急着离开这里，他还有很多事情要做。

不过首先，他还是要先去看下他的父亲。

久违的亲情

坐了几个小时的火车，他终于来到了姚宗岚住的那家医院。他根据余莫在电话里头跟他说的病房号，找了过去。

"妈……"透过玻璃窗，姚梓陌一眼就认出了自己的母亲钱沛芬。

她，消瘦了。

"梓陌！真的是你吗？！你总算回来了，梓陌！"钱沛芬看到姚梓陌都不敢认了，一时间她都分不清这是真的还是在做梦。

"妈，对不起，我太对不起你们了。"姚梓陌立马低着头向钱沛芬道歉，很是内疚。

"你怎么会来的？怎么知道你爸住院了？"

"余莫告诉我的。"姚梓陌只是说余莫告诉他的，而姚宗伟那件事他略过不说。

"哦，余莫这孩子还真不错。"钱沛芬很是欣慰。

"爸呢？他怎么样了？"姚梓陌环顾了整个房间，发现姚宗岚不在这里。

"他去做检查了，下周要手术。"

"手术？爸到底怎么了？"姚梓陌顿时急切地问。

"医生给他做了双肾B超，说是有一个瘤子要切掉。"

"严重吗？"

"其实以前在另一家医院做过一次B超，可没查出来，这次倒是查出来了。原来他经常尿血不单单是因为太累了，是因为里面长了个瘤子啊，不过医生说不大，是小手术而已。"钱沛芬立马解释。

姚梓陌神色凝重地点了点头，放心些了。

"董事长。"罗凯见姚宗岚走了过来，立马笑着打个了招呼。

"宗岚啊，你看看谁来了。"

"不认识。"姚宗岚在见到姚梓陌背影的刹那，这心里可激动了。可是，当他与他面对面的时候，他又变了一张脸。

"爸……"

"我没有儿子。"姚宗岚一脸冷漠。

"哎呀，我说你这是干什么呀？儿子不在的时候天天唠叨儿子，想儿子。好了，现在他主动回来看你了，说这种话干吗呢？你呀，就是死要面子活受罪！"钱沛芬当即数落开了。姚宗岚撇了撇嘴，依旧不肯承认他想姚梓陌了。

"爸，我很对不起。"姚梓陌郑重地道歉。

"哎呀，过去的事情别说了。好了好了，回来就好，一家人开开心心地在一起多好啊。"钱沛芬可是乐得眉开眼笑的。

姚宗岚表面上看起来还在生姚梓陌的气，可实际上早就不气了。他就这么一个儿子，他可宝贝着呢。

"我想回公司上班，只怕爸还在生我的气，不同意。"姚梓陌继而笑着调侃。姚宗岚看着他，很是开心。那打心底里流露出的笑容，总是最甜的。

即便没有任何言语，但，能感受。

"那你过阵子就回去上班吧。"姚宗岚故作冷淡地说。

"谢谢爸。"姚梓陌走过去搀扶姚宗岚，充满感恩。看着这对父子再次和好如初，钱沛芬真的太高兴太激动了。

"不着急回去上班，我还要好好看看我儿子呢，不准那么快让他去上班。"

"妈……"姚梓陌笑着看着钱沛芬，充满了幸福。

今晚，姚家欢聚一堂，无限温情。

十点，姚宗岚才不舍地躺下休息。而钱沛芬也就跟姚梓陌到外面的走廊上闲话家常了。

"你没睡好吗？你瞧这黑眼圈。"母亲总是很关心儿子的。

"飞机上……没睡好。"姚梓陌只能这么说，他不想令钱沛芬担心。

"嗯，这个倒时差呀是挺折腾人的，那你先去睡吧。"

"时差？对了，现在几点？"

"十点了呀。"钱沛芬很诧异地看着他。

"晚上十点？那那边应该是清晨五点左右。"姚梓陌想起了戴妍，显得一惊一乍的。

"怎么了？"

"没什么，想打个电话给一个朋友。"

"这儿跟中国差了有七个小时，你睡一觉起来再打吧。"姚梓陌点了点头。

一觉醒来已是中午十二点，姚梓陌太累了，这一段时间他都没好好睡过。他还叫罗凯早点叫醒他的，可是罗凯自个儿也是睡得像死猪似的。这不，姚梓陌一起床就发飙了。

"十二点了！罗凯！睡睡睡！让你睡！"姚梓陌一看时钟已经是中午了，他气得提起一只鞋就朝睡隔壁床的罗凯扔了过去。可是罗凯睡得太死了，砸都砸不醒。确实，他这一段时间也是提心吊胆的，一直没好好睡，生怕被姚宗伟给灭了口，这会儿自然也是想睡个好觉了。

"妈，都十二点了，你怎么不叫我？"姚梓陌捋了捋头发，走进了病房。

　　"你爸说让你多睡会儿。"姚梓陌只好尴尬地笑了笑。十二点，那现在那边该是晚上七点了？不行，我得赶紧打个电话。

　　"妈，我出去下。"说着，姚梓陌就神色慌张地疾走了出去。他来到了医院安放着的公用电话前，拨了一长串号码。

　　"对不起，您拨打的电话已关机。"

　　关机了？戴妍，是没电了还是你生气地关了机？

　　姚梓陌只觉得心里七上八下的，很是不安。

回　来

　　当飞机穿过厚厚的云层，姚梓陌再次来到了 C 市。那一道紧蹙的眉，那一双深邃的眼，那一份默然外表下隐匿的翻腾，都在无形中散发出了一股焦灼之气。

　　他，什么都没有拿，就连行礼都搁在爱尔兰了。

　　他，是如此着急。

　　那晚，他打电话给雷华，雷华告诉他戴妍情绪很不好，时不时还会晕倒。他很担心，连夜买了机票回来。

　　停放在机场的车因为太久没有发动，出现了故障，姚梓陌只好去坐出租车。经过半个小时的排队，他才坐上了车。一上车，他就让司机以最快的速度赶去戴妍家。

　　"戴妍，伯母，你们听我解释。我没有要走，更没有不要戴妍，我只是来不及告诉她我去了哪里。因为，我家里发生了些急事，我走得太匆忙。本来，我一下飞机就准备打电话的，哪知道，哪知道一出安检就被一帮人拽走了，他们还没收了我的手机。所以，所以我没法通知你！这一个月来，我一直在想你戴妍。"姚梓陌满脸焦急地解释。

　　"我真搞不懂你怎么就那么会编故事呢？这故事还一套一套的，说得跟真的似的。以前还说什么很爱过一个人，她跟了别人你很伤心。现在看来，也是你瞎编的。你真是太可怕太老到了！先来个爱情片博得我们的同情，现在又来个警匪片糊弄我们。我告诉你姓姚的，我们不会再相信你的！"张萍当即恼火地嚷嚷起来。

"戴妍……我真的没有骗过你。"姚梓陌看着戴妍眼里的纠结，郑重地说了句。

"伯母，我从爱尔兰连夜坐十八个小时的飞机直奔这里！你让我见见戴妍好不好。"姚梓陌眉头紧皱着，很是认真地说。

"妈……"戴妍哽咽着叫了一声，那声线是那么虚弱而无力。

"小妍，他的话就像是毒药，你听了你就中毒！"张萍摇了摇头。

看着毫无血色的戴妍和那连日来的闷闷不乐与伤心哭泣，做妈的看了怎么样都会心疼的。她实在狠不下心再赶姚梓陌走了。好吧，他既然肯来找她，那就再给他一次机会。

想着，张萍便狠狠地瞪了姚梓陌一眼，转而关切地对戴妍说："赶紧躺床上去，有什么话到里面去说。"戴妍看着姚梓陌，仍然痴情不改。姚梓陌也看着她，万般内疚。而后，他把自己公司乱套的事情跟戴妍解释了一遍，当然戴妍根本不懂生意上的竞争，听得云里雾里的。

"我们结婚吧，好吗？我们结婚。我被他们关起来的时候，我才知道我真的爱上你了，我真的好怕你突然不见了……"姚梓陌握住戴妍冰凉的手说。

"结婚？"张萍一脸诧异地看着他，那表情比戴妍显得更惊讶。

"满二十就可以结婚的，不是吗？"姚梓陌异常认真地看着戴妍。戴妍一时间有些晕了。她不敢相信，她真的不敢相信姚梓陌对她说的。

他是在说，他要我做他的新娘？

他是在求婚？

"不行！你们不能结婚！至少现在不行！"

这个时候，张萍的话，突然阻遏了这一份美好。

"为什么？"姚梓陌当即皱眉问了起来。

"结婚是大事，怎么说结就结啊，你爸妈知道我们戴妍吗？你提过吗？"张萍言语很是嘲讽。

这，也让戴妍的热情瞬间降到了冰点。

也让姚梓陌陷入了沉默。

那满目疮痍的来时路

姚梓陌走了，张萍不让他多待。

说是戴妍需要休息。

而戴妍也在姚梓陌回来之后，情绪波动很大，她也确实需要好好地整理一下自己。这些天来，她似乎尝遍了生活的各种滋味。她也才明白，爱一个人真的不是那么简单。尤其是，那比死还痛苦的等待、矛盾与想念。

戴妍躺在床上，无神地盯看着天花板，不由得泛起一丝微笑。那微笑是释然的、开心的。因为眼前、耳边，一直浮现的、回响的是姚梓陌说要跟她结婚的那一幕。

尽管有些突然，尽管不那么浪漫，尽管张萍反对。

但，她是幸福的……

从戴妍家出来，已是十点。姚梓陌没有拦出租车，他只是一个人走在街上。单手插在裤袋里，满脸的疲倦与深邃。

宛若，一个历经沧桑的人。

下颚的胡茬越发明显了，那一头蓬乱的黑发松散地斜跨过额头，带来了一种不羁、颓废、消沉但又成熟的气质。

他，就是那样的与众不同。

根本，无须任何雕琢。

只因，他与生俱来的气质和那百转千回的路途……

面对张萍的不同意，姚梓陌有些失落。不过，他能够了解，了解张萍的担忧和对自己的质疑。可他并不担心，因为他清楚自己是多么想和戴妍在一起。

过去的事，已经翻页……

"姓姚的！"突然，有一声极为恼怒的吼叫声从对面传来。姚梓陌顿时沉着脸转头看去，那个人是赵凯。赵凯那个恨不得杀死他，把他千刀万剐的眼神着实令他一震。

但，他也能了解，了解他的爱与痛。

所以，他就这样眼看着他朝他如饿虎般冲来，没有闪躲，默然承受了那极具暴力的一拳头。他当场被打倒在了地上，左边的牙龈顿时就开裂流血了。

殷红的血，瞬间溢出嘴角，泛着浓浓血腥。

"你就爱折磨女人是吗，看到女人一个个为你发疯，为你伤心你很快乐是吗！你这个变态狂！"赵凯一看到他就再也无法抑制自己的情绪，他恨他，恨他恨到想要打死他。紧接着，他就又一把揪住姚梓陌的衣领，又是重重的一拳上去。

"噗——"姚梓陌当即吐了一口血，再次倒地。赵凯极为恼火，他根本没有停手的意思，他再次弯下腰一把拽住了姚梓陌，恶狠狠地瞪着他，那气势就像是要把他给生吞活剥了。

"如果没有我，她一定会爱你。可，这个世界没有如果。"

"你！"

"赵凯，其实我们是彼此最可怕的敌人；但，却意念相通。因为，我们爱的是同一个女人。我们，都想给她幸福。"姚梓陌神情复杂地看着他，无奈于爱情的纠结。

"你根本给不了她幸福！"赵凯凑近他，一阵咆哮。

"先不谈我能不能给她幸福，可你要给的幸福，却不是她想要的。"姚梓陌一改那份淡漠和欣然，犀利地说了一句。

赵凯看着他，无言。

可你要给的幸福，却不是她想要的……

姚梓陌的这几句话一直在他的脑海中重复。赵凯咽了口唾沫，情绪有些平静了下来。因为事实是，戴妍爱的人是他，不是自己！不管他多么努力地想要给她幸福，可在她眼里那些根本就不是幸福。

她的幸福，就是这个男人。即便她为他流干了泪，伤透了心，她也许依然觉得幸福……

这，就是他的悲哀。

"你到底想怎么办？"良久，赵凯突然冒出来这一句话。

"结婚。"姚梓陌也立马冒出这两个字。赵凯沉默着，没再开口。对于姚梓陌的为什么离开已经不重要了，因为他回来了。而他的回来也已经很好地说明了一件事，那就是他并没有要离开。而其中的缘由，赵凯并不想知道。他只想知道他的打算。

结婚、结婚……

我想，这应该是戴妍最期望的吧。

叹息之后，赵凯苦涩地笑了笑，便说："还是那句话，要是你敢对戴妍不好，要是你再让她这么伤心，我一定不会放过你！我，一定会带她走！就算，她不爱我，我也要把她从你身边带走！"说完，他就走了。

姚梓陌盯看着他的背影，感怀于他对戴妍的深情。

他的爱，完全不亚于我……

姚梓陌按了按嘴角，忽然觉得这些疼痛根本不算什么。相比赵凯那无伤外表下的那颗滴血的心，他的痛真的不算什么！而赵凯的痛，他已然感同身受。

因为，他也曾经历。

不过所幸的是，那已经过去。

谈婚论嫁

两个月后……

日历很快就翻到了次年一月，寒冬正式来临了，而春天也应该不太远了。十二月的圣诞，姚梓陌是在戴妍家过的。

姚梓陌一早就带了一些礼物，登门了。

"伯母，这是特意为你买的一品血燕。"姚梓陌拿着一个精美的礼盒递给张萍。

"我们这种人呐，只适合吃粗茶淡饭，这么高级的东西我吃不来。"张萍对姚梓陌一直板着个臭脸。

"哦，这样啊……我还买了几套香奈儿的最新款套装呢，我看你也一定不喜欢了。那算了，我就不拿出来了。"姚梓陌故意一本正经地说着。

"咳咳……那个，你既然买了那就拿出来看看嘛……"女人对衣服总是特别喜欢。张萍一听是套装还是香奈儿的，当即就心动了，这态度也马上不一样了。姚梓陌暗笑了下，便把纸袋给了张萍。

"呀，真漂亮啊，不知道合不合适啊，我去换上看看。"张萍一拿出来就马上心花怒放地嚷嚷起来了。姚梓陌则在一旁对戴妍做了个OK的手势，一脸坏笑。

在张萍转身进房里之后，姚梓陌眼明手快地一把搂住了戴妍，顿时扣住了她的唇。老天，要知道，现在要吻一下戴妍都变成了一件很困难的事情，他真的是备受煎熬。

"我妈一会儿就出来了啦。"戴妍极小声地说。

"那个衣服上有很多纽扣，没那么快。"姚梓陌紧搂着她，疯狂地吻。

戴妍羞红了脸，低下了头。

听到钥匙转动的声音，是戴妍的爸爸回来了。

"呀，戴辰，你回来啦，你快看看好不好看？"这个时候张萍走了出来，她满心欢喜地说着。看样子，她应该很满意这套衣服。

"都老太婆了，什么好不好看。"戴辰很是煞风景地说了一句，然后就进厨房了。

"妈，很好看啊，还很合身呢。"戴妍立马上前称赞。

"是呀是呀，刚刚好。"张萍笑得跟花儿似的，可开心了。

"哟，忘了买葱了。"戴辰忽然叫了起来。"我去买我去买，嗬嗬嗬。"张萍立马笑嘻嘻地走出去了。

"你穿这样子去菜场啊！"戴辰立马探出头说了一句。

"对啊，不行啊。"张萍说着就眉开眼笑地出去了。她呀，是迫不及待地要去显摆的。

这，也是人之常情嘛。

姚梓陌看着不禁笑了起来，他也发现了这对夫妻其实很有趣也很恩爱。而张萍的刀子嘴豆腐心，他更看在眼里。有时候，那份温情并不是用金钱可以换取的。

至少，姚宗岚和钱沛芬不会这样。

他们，令人有些压抑。

想着，姚梓陌再次拥戴妍入怀，闻着那一头发香……

转眼，又过了半月。

张萍虽然表面上还是对姚梓陌很不友善，但实际上她早已有所松动了，只是在等姚梓陌给自己搭个台阶，让自己好下台。说实话，这些天的相处让她发现姚梓陌在谈吐、人品、学识等方面，确实都很出色。要不是因为他太有钱让人觉得不太可靠之外，她当然很乐意有这样一位女婿。

但，她真放心把戴妍交给他吗？

她不知道，真的不知道。

晚上，姚梓陌又在戴妍家吃饭。

"伯母，如果你还是对我爱戴妍，要娶戴妍，以及婚后对她好不好持怀疑态度的话，你大可以婚后跟我们一起住嘛！我让你随时监督。"姚梓陌一直跟在张萍身边，很认真地说。

"我们家虽然穷，但不贪钱，也不是不讲理。只要你是真心爱我们家戴妍，真的对她好，我们什么聘礼都不要。但是，你父母那边到底怎么样？真的同意你娶我们家戴妍吗？不觉得我们门不当户不对？"张萍顿时笑着说。

"我……"姚梓陌确实没有告诉姚宗岚和钱沛芬。一来，父亲病情才好转，二来，站在他们的角度一定不会同意他娶戴妍的。

所谓门不当户不对，如此根深蒂固的观念，他是无法说服的。

所以，他根本不想说。

"姚梓陌，你这算什么？要我们家戴妍偷偷摸摸地嫁给你嘛？连未来公公婆婆都不能见？"张萍当即火了。

"不，我会给她一个隆重的婚礼，尽我所能。但，我不能保证我父母会出席。"姚梓陌尽可能地在解释。

"这算什么话？我不能让我的女儿就这样嫁给你！"张萍很是生气。

"伯母，这一点我只有恳请你谅解。上次在爱尔兰，我不顾我父亲过两天就要手术就这样毅然回来找戴妍，他们已经很不高兴了。倘若，再让他们知道我会娶一个和我们家背景如此悬殊的女孩，他们只会更生气，更反对。而且，我认为最关键的是我姚梓陌娶了戴妍，她就是姚氏企业未来的少奶奶，是法律上认可的妻子。"

张萍虽然生气，但是对于姚梓陌的坦诚她也觉得可以谅解，谅解这种门第间的封建思想。

"妈，你不要为难梓陌了，只要你能同意让我嫁给他，我就很开心了。即便没有婚礼，没有见证，我都无所谓，我只想做他的新娘。"戴妍的这一席话，着实令姚梓陌感动得无以复加。

他只觉得，自己欠她的实在太多、太多了……

请　柬

冬日，尽管严寒，却因心底的幸福而变得温暖。

梅花，总是在冷冽中绽放，她的傲然盛开是对生命无尽的追求和在困境中的坚强。

正如，你我应有的人生态度……

姚梓陌和戴妍的婚期定在了二月的情人节，寓意有情人终成眷属。他们会是最相爱的恋人，一辈子的情人。

张萍虽说还是对姚梓陌很有成见，但女儿要出嫁了这做母亲的总是格外开心。她这几天，总是笑容满面，喜上眉梢。买衣服、订酒席、张罗各种喜庆的用品，张萍可是乐此不疲。

某复合别墅群姚梓陌和戴妍的婚房里。

"你看看，这喜帖还真好看啊。"张萍拿着酒店送的喜帖，乐呵呵地说。"嗯，姚梓陌，你来写。"戴妍接过喜帖，递给姚梓陌，一脸的甜蜜。"你写就好啦。"姚梓陌亲昵地挽着戴妍的肩膀，柔声说。

"不要，你写嘛，你的字好看。"戴妍看着姚梓陌，一脸的欢喜。

"好。"姚梓陌说着，便拿起黑色的水笔写了起来。从黑色的笔尖落下的字迹，很悠扬、很飘逸，姚梓陌的草体确实写得很棒。

戴妍紧挨着他，欣赏着他写字时的样子，浓情无限。

"对了，明天要去拍婚纱照。"戴妍依偎着他，娇媚地说。"九点，我知道。"姚梓陌微微侧头，笑着说。"这同心结都挂好了，我就先回去了，你们两个就慢慢写吧。"张萍环顾了下四周，满意地点了点头。

这张萍一走啊，姚梓陌马上就放下了笔。他一把横抱起了戴妍，一脸的不怀好意，戴妍顿时羞涩地靠在了他怀里。姚梓陌抱着戴妍，急步上了二楼的主卧。那粉色的床品，碎花的落地窗帘，就像那浪漫的伊甸园。

这都是按照戴妍的喜好来布置的。

她毕竟只是一个二十岁的女孩。

仍带着梦幻与童真。

戴妍小鸟依人般地靠在姚梓陌宽厚的胸膛上，深情地凝看他，还提手拨弄他的胡茬。

"戴妍……"姚梓陌很是温柔地叫她。戴妍看着他，好不迷恋。

"你还记不得赵凯给你唱歌告白的事。"姚梓陌突然问。

"干吗？"戴妍嘟着嘴问。

"你知不知道，我当时真的好害怕，好害怕你答应做他的女朋友。"姚梓陌紧皱着眉头，一脸肃然。

"呀，就是啊，我怎么会没有答应他呢。其实，他也不错嘛！"戴妍转悠着黝黑的眸子，故意惹他。

第二天，一早八点。

"走吧，去影楼。"姚梓陌淡淡地说。

"嗯。"戴妍也就跟着出去了。一路上，姚梓陌都不怎么说话，因为戴妍昨晚一直在说婚纱，不停地让姚梓陌给他选。

这似乎激活了曾经的一个画面：

"席妍，我们结婚好不好？"

"不好，你又没有钱。"

画面中，是一个长发披肩的女孩，她有一张绝美的脸，精致的五官，但是那种美是冷艳而高傲的。她的眼睛犹如一潭深不见底的湖水，神秘而深邃，还泛着对世俗的嫉恨。

她时而愤然，就像是一个背负着沉重十字架的囚徒，让你不禁肃然起敬。时而却又像是一个刁蛮任性的小公主，万恶不用其极地把你弄得没有方向。总之，在她的身上潜藏了太多太多个不一样的她。

姚梓陌，就是被这样一个变化万千又捉摸不定的女人给吸引了。

"如果有钱呢？如果我可以给你想要的生活呢？"

"那等你有钱了再说吧。"席妍一把甩掉了姚梓陌的手，冷漠地朝前走。

"席妍，你真那么爱钱？"姚梓陌再次抓住她的手，问。"对，我爱钱。"席妍就是这样子对姚梓陌的，她根本看不起他。因为，那个时候，姚梓陌并没有告诉他自己的身份，他只是一个人低调地在这里念书。

不过，席妍还是为姚梓陌的才华和执着所打动过。

所以，他们交往过。

姚梓陌不信，不信她就那么贪钱！他要得到她的爱，抛开金钱的爱！所以，他就是不告诉他，他是姚氏企业的独子。他一意孤行地以一个普通家庭的孩子去追求她，他要证明爱是不需要金钱的！

那个时候的他，正如戴妍一般执拗。

是的，执拗。

所以他就失去了她……

她，刚毕业就嫁给了一个富商，从此消失了。就连，一个招呼一个喜讯都没有留下。她，就这样走掉了。而极度讽刺的是，在姚梓陌打听到这个所谓的富商的时候，他的身家还不及自己的五分之一！很可笑不是吗？

从此，姚梓陌陷入了他所谓的抑郁和糟糕……

没有男主角的婚纱

当车轮停在了摆放着美丽婚纱的橱窗前，姚梓陌的思绪才从那段惨痛的记忆中回来。他看着橱窗里的那款白色拖尾婚纱陷入了一份惆怅，在那个年代，他曾幻想过无数次席妍穿上它的样子。

她，一定很美……

但，她竟为别人穿上了……

该死！你想这些干什么？那些都已经过去了！过去了！她，也早已经从我的心底里渐渐淡忘了。她只是成了一座祭奠自己荒谬而可笑的里程碑。而她，才是我爱的女人。姚梓陌转头看着戴妍，牵握住了她的手。

而他的牵握，着实令戴妍不安的心，踏实了……

"欢迎光临。"一下车，门市的接待小姐就马上热情地开门迎接了。这是一家比较高档的婚纱影楼，有独立的会客室、休息室，以及室外影棚。

"请问是姚先生和戴小姐吗？"接待小姐泛着微笑，亲切地问。姚梓陌点了点头，深情地看着戴妍，继而挽住了她的肩膀。"那请跟我上二楼，挑选下贵宾区的礼服。"说着，接待小姐就引领他们上了二楼的服装区。

"这些都是我们新到的 VIP 礼服，这几套都是法国著名婚纱设计师设计的。两位请随便看一下，挑两套主婚纱和两套礼服。"接待小姐一边说，一边伸手比画。

"好的，谢谢。"戴妍一脸灿烂地笑着，很是开心。

之后，姚梓陌便陪着戴妍在这里转悠一圈，戴妍从来没有看到过这么多漂亮的婚纱，她真的有些眼花缭乱了。看看这件也好，那件也好，真不知道该选什么了。

"梓陌，你觉得这件怎么样？"戴妍拿出一款窄肩的吊带宽白婚纱给姚梓陌看。姚梓陌刚要开口，只听手机铃响了。姚梓陌拿出手机示意他先接个电话，让她去换上试试。戴妍也就满心欢喜地拿去更衣室了。

"喂……"

"姚先生，你现在说话方便吗？"

电话里突然传来了罗凯的声音，而那声线是低沉而紧张的。"什么事你说吧。"姚梓陌当即拉长了脸，感觉不太对劲。姚梓陌的神情随着电话那头的话语变得越来越深沉和诧异，他的脸色更是一阵红一阵白的。

"你在哪儿？我马上过来。"姚梓陌眉头紧皱，急促地问。说完，他就猛地跑下楼了。俨然忘了戴妍。

二楼，戴妍穿着洁白的婚纱一脸灿烂地走了出来，可那笑容很快就凝结了。因为，姚梓陌不见了。

"梓陌……梓陌……"她四处找了起来。

"戴小姐，姚先生他刚出去了，是去买东西吗？"

"买东西？"戴妍说着，赶紧去包里拿手机，快速地拨打姚梓陌的号码。

"戴妍，有件很急的事我要去处理一下，你在那儿等我，我很快回来。"戴妍都来不及说一个字，姚梓陌匆忙地说完就挂了。

"戴小姐……"接待小姐想说着什么。

"他说他很快回来的，不好意思，麻烦你让摄影师等一下。"戴妍应了一声，尴尬地笑了笑。

"好的。"

有件急事？是什么事呢？戴妍心中随之而来的慌乱与不安让她整个人都变得很不好。

可这一等，就等了两个多小时！

十一点半了，姚梓陌还是没有回来。期间，她打了很多电话给他，一开始还是通的，但到后来就变成关机了。

心，越发沉重了……

"戴小姐，姚先生到底还来不来？"接待小姐又跑到休息室里去问她了。丝毫不顾及她的感受。

"他说他会来的。"戴妍都快哭了，她强忍住眼泪挤出这几个字。

"戴小姐，如果他十二点还不来，我还是建议你改期吧，因为下一位约定好的客人都已经来了。"

戴妍穿着那件婚纱，尴尬地点了点头。

指针再次跨过了下午一点，姚梓陌还是没有出现。戴妍木然地走进更衣室换掉了那件白纱。随后，便面无表情地下了楼。她是在一片羞辱和议论的眼神中走出去的。一出影楼，她只觉得浑身无力，就连走两步都有种摇摇欲坠的感觉。

她打了辆车，回到了那套婚房里，继续等姚梓陌。

她，更是默默地不知道哭了多少次……

下午四点，家里的电话响了。戴妍立马去接，她以为是姚梓陌。可，那不是。

"小妍啊，今天拍婚纱怎么样？累不累？什么时候可以拿？"电话里传来了张萍喜悦的询问。戴妍咽了口唾沫，随而强颜欢笑地说："还好啦，不累，礼服都好漂亮。大概，大概一个月就可以拿了。"

"哦，那你们要不要过来一起吃饭？"张萍随而笑着问。

"不用了。"戴妍立马拒绝。

"那好吧，不过你们别老是在外面吃，再高档的餐厅啊也不如家里的卫生。"

"知道了，妈。"说着，这个痛苦的电话终于结束了。

再一次离开

指针还是无情地在朝前走，转眼到了晚上十点。

戴妍也不知道是等累了，还是哭累了，昏沉沉地躺倒在床上。而此时，大厅的门锁终于发出了齿轮转动的声音。

姚梓陌回来了。

他的脸色，也如纸一样惨白，还满脸的消沉与纠结。

似乎，经历了一场心灵的磨难。

他一回来也没有马上上楼，瘫软地坐在了沙发上，重重地闭上了眼睛。他真的希望自己可以不要再睁开眼睛。

"你回来了……"戴妍勉强按捺住心里的不快，保有着那份平静与温柔。姚梓陌转头看她，沉默不语。因为，他真的不知道要怎么说。

"你去哪儿了？"戴妍坐到他身边，小心翼翼地问。姚梓陌的眉头紧蹙，很是焦虑与烦心。"你到底去哪儿了！"戴妍终于发火了，她冲着他大吼一声。

"戴妍，你听我说。"姚梓陌一脸憔悴地看着她，深呼一口气，便说："你问过我，以前是不是爱过一个人。她叫席妍，当时她读研，我才刚大二。"戴妍听了，当即呆住了。

"她来找你了？你今天就是去见她的？"戴妍顿时一阵吼。

"不，我没有去见她，我是去见她的好朋友。"姚梓陌低着头，咽了口唾沫，"她结婚后一直被她的丈夫虐待，他时常打她，都把她打疯了。所以，所以她朋友来找我……"姚梓陌说着，再次长叹一口气。

戴妍听了，心扑通扑通地跳跃着……

"她还告诉我，在三个月前，她终于成功离婚了。不过，她的精神状态还是不太好。"

"她在哪儿？"戴妍一脸肃然地问。

"现在在文莱。"

"你想去看她？"戴妍再问。

姚梓陌沉默地点了点头。

"那我跟你一起去。"戴妍表情僵硬地说。

"不！你不能去！"姚梓陌当即反对。

"为什么？"戴妍大声问。

"我说了，她精神状态不好。你去了，会刺激她。因为，因为她到现在仍以为，我在爱她。所以，她叫她朋友来找我，她说我一定会去看她。"姚梓陌提手揉了揉太阳穴，万般沉重。

戴妍不知道还能说什么，想必再激烈的话也改变不了姚梓陌离开的决定，因为她从他的眼中看到了这个坚定的讯息。所以，她沉默地上了楼。

一夜，未眠。

黎明之前，那隐匿在黑云身后的朝阳正在悄然升起。

然而，我却依旧看不见那道曙光。

戴妍独自站在阳台上发呆，神情恍惚。姚梓陌走了，他只是回来跟她说一声而已。根本不理会她的感受。她看到了他心中的焦急，看到了他仍然保留着对她浓烈的爱。

是的，他仍爱她。

否则，他怎会这样急着离开？

她是他的准新娘，可他竟然把新娘抛下去看那个前女友！

即便，她生了病。

即便，她过得很不好。

但，那又跟他有什么关系呢？

过去的都过去了，那是他自己说过的……

想着，戴妍眼角的泪滴又不禁悄然滑落，散落的黑发在晨曦中随风飘摇，那张本青春洋溢的脸庞早已被世俗的纷扰磨尽了青春。取而代之的，只是超越年龄的心灵枷锁。

爱，真的很累人。

提步转身，硕大的房间里空无一人，那张圆形的粉色大床在此刻是多么刺痛人心。床垫上的被子如此整齐地铺着，毫无褶皱。

"我去几天就回来，我只是以一个朋友的身份去看看她，别无其他。"姚梓陌临走前是这么说的。

可，怎能不令人揪心呢？

你不会回来了！不会的！

戴妍喃喃自语着，踉跄地靠在了衣柜上，气色很差。

第三卷 / 看不见的曙光

前女友的消息

地球的另一端，文莱斯里巴加湾市。

文莱达鲁萨兰国位于加里曼丹岛北部，北濒南中国海，东南西三面与马来西亚的沙捞越州接壤。文莱比中国时间晚了一个小时，现在是早上九点。

文莱很热，热浪一阵阵扑面而来。姚梓陌坐在机场咖啡店里，凝看着玻璃窗外那泛着热气的日光。而他的心，也一如那炙热的阳光。

"可惠什么时候才来？"姚梓陌等不及地问。

"说是在机场接我们的嘛，我也不知道啊，打她电话她没接。"罗凯在一旁说。姚梓陌耸了耸肩，拿起咖啡杯浅抿了一口，看得出来他很着急。

"姚梓陌……罗凯……"突然，有一个女人推门进来，叫了一声。

"可惠！"姚梓陌顿时从椅子上站起来，走了过去。他左右张望了一下，一脸的诧异和失落。

"你不用看了，席妍她没有来。"那个叫可惠的女人皱着眉头说。

"她的病很严重吗？"姚梓陌顿时追问。

"我们坐下说吧。"可惠叹了口气，往里走。

多年不见，可惠倒是成熟漂亮了不少。那个时候，她胖乎乎的又不懂打扮。姚梓陌看着她，不禁泛起了昔日的记忆。

"姚梓陌，我不让你直接去见席妍是因为，我想要先给你打个预防针。因为席妍她，已经不是以前的那个席妍了。她，不美了……"可惠一脸沉痛地说。姚梓陌听着，不禁拉长了脸，神情肃然。

"她的精神有些不稳定，因为之前一直遭到她丈夫的殴打，我好不容易托人在她家里偷偷地安装了摄像头，这才让她顺利地离了婚。"

"他不是很爱席妍的吗？在她嫁给他的那两年我还曾特意派人打听过，他一直对她很好。"姚梓陌很好奇地问。

"是，一开始，是很好。可是，可是直到三年前，一切就变了……"说着，可惠的神情越发凝重了。

"到底发生了什么事？"姚梓陌急着问。

"姚梓陌，在我说之前，我希望你有个心理准备。"可惠的眉头一直紧锁，一副难以开口的样子。

"姚梓陌，其实那个时候，席妍的突然离开和不告而别并不是她无情无义，更不是她不爱你。正是她太爱你，她才希望你恨她，忘了她。因为，因为她当初真的不知道你是姚氏企业的独子。如果，如果她知道，她一定一定不会离开的……"说到这里，可惠不禁扼腕而叹息。

"那她是爱钱，而不是爱我！"姚梓陌当即说了一句，依旧泛着恨意与寒心。

"不，她并不是爱钱，她只是为生活所迫。她妈妈也是个很苦命的女人，她爸爸也经常打她，他好赌又爱喝酒，一旦输了钱就拿她妈妈来出气。她妈妈经常在夜里，抱着她哭。也正因为这样，她潜移默化地对男人产生了抵触的情绪。她妈妈一直想跟她爸爸离婚，可是他爸爸就是不肯。除非，除非她们能拿出五十万给他。"可惠说到这里，再次长叹一口气。

而这些，姚梓陌从来都不知道。

可惠还告诉他，在席妍考上大学以后，他爸爸就赌得更厉害，打也打得更重了。她妈妈真的受不了了，她一直对着席妍诉苦。席妍看在眼里，也很可怜她的母亲。所以，她就下定决心要帮她妈妈脱离苦海。她也知道，自己长得还不错。这，就是女人最简单，也是最好的筹码。只要能够找个有钱人，这一切都可以解决了。她妈妈不用再受苦，再挨打，她也不用再待在这样的家庭里惶惶不安……

"她为什么不说呢？为什么不跟我说呢！五十万，只不过是五十万！"姚梓陌听到这里，激动地叫了起来。

"姚梓陌，你当时并没有告诉她你有钱，不是吗？你住在学校的宿舍楼里，整天骑着辆自行车，有谁会知道你是一个家产数亿的豪门阔少？"可惠言语中很是责备。

姚梓陌听了，不语。

"她爱你，她跟我说过。可惜的是，你的爱无法令她摆脱这番困境。所以，她只好选择离开你，就让你以为她是一个贪钱又爱慕虚荣的女人。"

此时此刻，姚梓陌的情绪很不好。他提手揉了揉自己的眉头，陷入了一种难以言喻的纠结。

"临走前，她其实曾找过你，你记得吗？"可惠轻柔地问。姚梓陌双手合十，撑在茶几上，重重地闭上了眼睛，回想。

"姚梓陌，别看了……"席妍从背后圈住姚梓陌的脖子，亲昵地搂着他。

"我明天要考……"姚梓陌还没说，席妍就很炙热地吻了上来。

那一夜的缠绵，他永远都记得。

她，对他极度温柔。

而那一夜，也是他们的最后一夜……

可惠唤起了姚梓陌的记忆，接着告诉他，席妍会遭到她丈夫的殴打，其实就是因为她怀了他的孩子。

　　"你说什么？"姚梓陌顿时眼珠子凸起，紧盯看着她。

　　"她生的那个孩子，是你的。"可惠再一次强调。

　　"不！不可能的！"姚梓陌顿时反驳。

　　"她说，她好想要一个和你的孩子，最好是一个男孩。这样，她看着他就等于看着你。没想到，她真怀上了。"

　　"不！你不要再说了！"姚梓陌一时间无法接受，他当即情绪失控地叫嚷了起来。

　　一切，来得太突然了！

　　"姚梓陌，席妍能够一直忍受着屈辱和折磨，就是想着一定会有离婚的那一天。而她更相信，你是爱她的。"

　　姚梓陌听了，真不知道该说什么。

　　"你知不知道你有多可恶，如果你早告诉她，她就不会变成这样了！而更残忍的是，她在婚后三个月就知道了这个令她差点昏厥的消息！你竟然公开恢复了姚氏企业副董事长的身份，恢复了你富二代的头衔！"可惠很是痛恨地说了起来。

　　"当时我恨她，所以我特意高调公开了我的身份。"姚梓陌直言不讳地承认他的故意。

　　"她也知道你恨他，但她更恨她自己，恨她的命不好。"

　　姚梓陌听了，只觉得心脏被压得好重好重，重到难以附加。

斯里巴加湾市的紫罗兰

斯里巴加湾市某公寓。

在一番压抑和沉思之后，可惠带着姚梓陌来到了席妍现在住的地方。而对于可惠所说的一切，姚梓陌依旧将信将疑。现在，更没有任何一个词语可以来形容他的心情，他一路木然地看着窗外的风景。

树欲静，而风不止……

除了叹息，还是叹息……

"就是这里了。"可惠把车停在了一扇白色的门前。姚梓陌皱眉凝望，心中如惊涛翻滚。"你们在厅里等我一下，我先上去告诉她一声。"可惠拿出钥匙开门，急匆匆跑上楼去。

这幢寓所全部以白色为主，背面靠海，庭院里到处种满了紫罗兰。

"席妍，如果我们结婚，我一定要在海边买一套房子，全白色的房子。我爱白色的纯洁、素雅和空灵。"

"你呀，还是去买彩票吧！"席妍摇了摇头，笑他的不切实际。

"姚梓陌，我拜托你，不要再送这种东西给我！"席妍拿起一束紫色的花扔在了垃圾桶里，很是生气。

"玫瑰代表爱，但它不代表永恒。紫罗兰，它却寓意永恒的爱及忠诚。"姚梓陌沉着脸，心在隐隐作痛。

可他就是那么爱她。

不管她怎么对他。

"真的吗？姚梓陌来了吗？"

这时，楼上依稀传来了一个女人惊颤的声音。

"是的，他来看你了，他一听到你有事就马上来了。"可惠特意强调了一句。

"可惠，你快看看，快看看我的样子……还有，还有我的头发，都好吗？"席妍很紧张地看着自己。

"好，很好，你今天很漂亮，发型也很不错。"可惠心酸地看着她。

"糟糕，我忘了涂口红，姚梓陌最喜欢淡粉色了。"说着，席妍便急急忙忙地冲去化妆台。她手忙脚乱地把化妆包里的东西都给倒了出来，急切地找。

"你已经涂了，席妍，涂过了，很漂亮。"可惠走了过去，轻柔地说。

"不，我没有涂过！"席妍的十指都在颤抖，她拿起那支唇膏很紧张地对着镜子涂抹。

这个时候，姚梓陌已经上楼了，他静静地站在门口，看着那个他深爱过的女人……

他，愕然了！

那个是席妍吗？是吗？曾经的狂傲和自信哪去了？她的身形是干瘦干瘦的，瘦到只剩下了骨头。姚梓陌望着她的背影，愣住了。

"梓陌……"席妍从镜子里看到了姚梓陌，她顿时欣喜而慌乱地转身。表情是那么无措、紧张而自卑。

"你们聊聊吧，我先出去。"可惠的眼角有点湿润，她捂着嘴疾走了出去。

席妍低着头，不敢看他，心脏在急速地跳跃。

姚梓陌咽了口唾沫，缓缓地靠近她，不禁提手去触摸那张凹陷的脸庞。他的心，突然一阵阵的刺痛、刺痛。

"我……我很丑对不对？连你……连你都认不出了……"席妍眼神闪烁地瞥了他一眼，立马又低下了头。

"不，你很美，在我心里你永远都很美……"姚梓陌强忍着心中的痛惜，浅笑着说。

"我就知道，我就知道你还是爱我的，梓陌。"席妍顿时喜出望外地扑倒在了姚梓陌的怀里。而她的依靠，更是令姚梓陌的心一揪。

那是一具宛若骷髅般的身体，她骨瘦嶙峋，连一点肉都没有。姚梓陌提手环抱住她，感到不可思议！老天，他到底怎么对你了！怎么对你了！他怎么可以，怎么可以把你折磨成这个样子！

心底，猛地窜出了一声声愤怒的呐喊！

"梓陌……"席妍像一只受伤的小鹿，贪恋地依偎着他，她的声音依旧瑟瑟发颤。

"告诉我，这些年来你到底怎么了！"姚梓陌提手按住她的肩膀，那个只剩下骨头的肩膀，疼惜地问。

"是老天爷对我的惩罚，他惩罚我离开了你……"席妍抬头看他，看着她日思夜想的姚梓陌。

而他的脸，就跟几年前一样，没变。

席妍的脸色很苍白，有着深深的眼袋。但，那双黝黑瞳孔里承载着对姚梓陌的爱，依然如昔。

只是看在眼里，令人心酸。

"他在哪儿？"姚梓陌瞪着愤怒的眼睛，一脸怒然地问。

"都过去了……"一提到那个人，席妍的眼睛里顿时布满了恐惧。

"梓陌，你看见院子里的紫罗兰了吗？"席妍瞥见了一片幽紫色的花海，露出了一丝惨淡的微笑。

"嗯。"姚梓陌轻轻地应了声。

"你总是和别人不一样，人家送玫瑰，你就偏送紫罗兰。这个房子是白色的，它靠海，是你喜欢的对不对？"席妍的脸上，满是对过去的怀念。

姚梓陌，沉默地看着她。

"你记不记得我们第一次见面，你的自行车钢圈勾住了我的裙子，害我摔了一跤。后来，你就对我一见钟情了。第一个情人节，你在梧桐树的树叶上贴满了各种各样的便签，写上了'我爱你'，在宿舍的楼道里全都贴满了，害我一张一张地撕掉，撕得手都酸了。"席妍一脸幸福地说着。

"之后，你在外面租了房子叫我去玩。"

"席妍……那些……都已经过去了……"姚梓陌沉着脸说道。

"过去了？不，难道你都忘了？"席妍紧张地盯看着他。

"不，我没有忘。但，那却是过去的事了……"姚梓陌皱着眉说。

"我不懂……"

"席妍，我很抱歉。我来看你，只是出于一个朋友的关心。"

姚梓陌没有办法欺骗她。

"不可能的！你还爱我的，你还是爱我的！你也说了，那些你都没有忘！没有忘！"席妍很是激动地嚷嚷起来。

"是，我没有忘！可没有忘，只是因为人有记忆。"姚梓陌不得不让她正视这个事实。

席妍的身子不禁一晃，不由得后退了几步。

我该怎么做

"你骗我的，姚梓陌，你是在气我对不对？因为你恨我，你恨我离开你！可惠说了，我走了之后你就再也没有交过女朋友！梓陌，你是爱我的！你说这些，是在气我！"席妍大口大口地喘气，情绪很不稳定。

"席妍，很多东西失去了就是失去了……我已经有我爱的人了……我很抱歉。"姚梓陌一脸愁容地说着，他本不想说，可她这个样子他不得不说。不然，会毁了他跟戴妍的未来！

"不！你是骗我的！你说你是骗我的！"席妍顿时歇斯底里地叫了起来，还情绪失控地朝阳台那儿退。

"席妍，你别激动，你先过来。"姚梓陌看着她那个恍惚的样子，很是焦急。

席妍靠在了栏杆上，往下看了看，便说："你说你是骗我的，不然我就跳下去！"

"妈——"突然，底下传来了一个男孩的声音。

"浩天，浩天！梓陌，你快看，他是你的儿子，他是你的儿子。"席妍顿时兴奋地叫了起来。

之后，场面陷入了凌乱。

姚梓陌无法面对这一切，冲了出去。

日落，月升……

"姚先生……"罗凯第一次沉着脸，那么一本正经地叫他。姚梓陌一个人站在海边，静默地站着。

"涨潮了……"姚梓陌望着夕阳下殷红的海域，看着浪潮翻涌，细沙淹没。黄昏的岸边，几多寂寥，只有椰林仍随风摆动着，而它的漠然与寂静宛若那一双凄惘的眼睛，把一切悲欢离合都看尽了。

然而，我该如何？

惆然转身，来时路是如此的错综而茫然。

"姚先生，你打算怎么办？"罗凯看着眉宇深锁的姚梓陌，试探地问。

"我也很想知道该怎么办。"姚梓陌浓密的眉峰微微动了一下，朝前走。

先前的那一幕又再次浮现……

"浩天，他就是你爸爸！快，快叫爸爸。"席妍一把冲过去，拉住了急走上楼的浩天急切地嚷嚷起来。

"他就是我爸爸？就是你说的，可以带给我们幸福生活的人吗？"那个孩子有一双杏仁般的大眼睛，瞳孔清澈而炯炯有神。

那张脸，像极了姚梓陌。

不用任何语言，姚梓陌就有理由相信，这个孩子，是他的！

像，太像了……

"浩天，快叫啊。"席妍再一次催促。

"爸爸。"浩天很听话地叫了一声。

姚梓陌愣住了，是的，他愣住了。他无法回应！突然冒出来一个三岁大的孩子叫自己爸爸？开什么玩笑？姚梓陌看着他们，一动不动地呆住了。

"姚梓陌，他是你跟我的孩子啊，我们的孩子。"席妍见他愣在那儿，立马冲上前大声说。姚梓陌的脸僵直着，不发一言。

"席妍，你别这样，姚梓陌他刚来，他累了。"可惠连忙过来挽住了席妍，安慰着。

"他不爱我了！他更不爱我们的孩子！"席妍突然失控地大叫起来，眼睛里充满了慌乱、无助和偏激。

"不会的，席妍，姚梓陌爱你的，他一直都爱着你！"可惠一边说一边对姚梓陌狂使眼色。可是姚梓陌真的一个字都说不出来。

他的心，太乱了！

"真的吗？可惠，真的么？"席妍一再追问。

"真的，真的。"可惠一而再再而三地强调。

"姚梓陌，你说话呀，说你爱我，说你爱我啊，姚梓陌！"席妍很是激动地一把拉住姚梓陌的手，不停地让他说。

"我……"

"浩天，快，快让你爸爸抱抱你，让他好好看看你。"席妍急切地叫唤着浩天，她知道这是她最后的希望。那个孩子睁着懵懂的眼睛，看着姚梓陌，一步步地向他走去。

"爸爸……"那清脆的童音啊，那一张稚嫩的脸庞呀，叫人情何以堪？而那一声爸爸，让姚梓陌彻底崩溃了！

他猛地冲了出去！是的，他不顾一切地猛冲了出去！

"梓陌——"而席妍，也在那个刹那晕厥了过去。

房里，顿时一片混乱……

尖叫声、脚步声、药品散落的声音都一一接踵而来……

若人可以没有记忆

在一切回归平静之后，那个叫浩天的孩子出来找姚梓陌，他一直直勾勾地盯着他看，眼睛一眨都不眨。那眼神，就像一把冷厉的刺刀，无形地切割着姚梓陌的身躯。

"你好像不喜欢妈妈？"忽然，那个孩子走到姚梓陌的面前，冷不丁地冒出这句话，带着质问和愤慨的话。

"我……"姚梓陌哑然了，他不知道要怎么说，他不知道。

这一切，远远超过他的想象！超过他所能承受的！

"妈妈虽然有时候很古怪，可是她待我很好。她告诉我，我的爸爸叫姚梓陌，是一个非常好的人。"浩天歪着头看着姚梓陌。

"你叫浩天？"姚梓陌看着他，淡淡地问。

"对，因为我妈妈说在那浩瀚汪洋的另一端，有我的爸爸，一个爱我的爸爸。有一天，他会来接我们。所以，我叫浩天。可是，我觉得她说的不对，你好像根本不喜欢我！"浩天睁着大大的眼睛看着他。

每一个字，都是那么令人痛彻心扉。

姚梓陌咽了口唾沫，心中五味杂陈。

"浩天，先回去照顾妈妈好不好？干妈有点事想跟你爸爸说。"可惠来了，来找姚梓陌。

浩天点了点头，转身跑走了。

而后，可惠走到姚梓陌身边，说："对不起，我叫你来的时候没有告诉你这一切。只因为，我怕你知道后就不肯来了。你看见了，席妍很糟糕但更可怜。而浩天，也确实是你的儿子。你要是不信，你可以去做 DNA 鉴定。"

"可惠……我快结婚了……我已经有未婚妻了……"姚梓陌眯着眼睛说。

"你真的不爱席妍了？"可惠紧张地追问。

"我对席妍的爱早从她离开那天起就泯灭了，我们已经没法回到从前了。我很清楚，我现在爱的是我即将要娶的女人。"姚梓陌弹了弹烟灰，心情复杂。

"姚梓陌，席妍她吃了很多苦，她又为你生了孩子，你不觉得你这样太残忍了吗？"

"残忍？那么我就该对另一个女人残忍？残忍地请求她别爱我了，别嫁给我？"姚梓陌打断了可惠的话，厉声反问。

可惠，沉默了。

夕阳被沉重的夜幕吞没了，海面变得噬魂而寂寥。那一声声拍打礁石的浪涛，细数着岁月的伤痕和不知的前程。

人若可以没有记忆，或选择性地遗忘某些记忆该多好……

"姚梓陌，即便要离开，也请你尽可能治好她才离开，好吗？只有你，才有让席妍重新活过来的可能。她的病，是精神上的。只要你能带她从她自己的世界里走出来，她就会明白的，她更不会为难你的。不然，她一直浑浑噩噩地活在那份虚幻和挣扎里。她，真的太可怜了。还有浩天，他怎么说都是你儿子。"可惠说着，不禁又哽咽了。

姚梓陌听着，没有说话。

"你不知道，她精神状态好的时候，她会做很多东西给浩天吃，还会陪他看书讲故事。可是她一旦发病，她就会胆怯、恐惧地躲起来。嘴里不停地喊着不要打我，不要打我，把孩子都吓坏了。"

"那个混蛋！"姚梓陌当即青筋暴起，吼了起来。

"他其实一开始也是很爱席妍的。只是，浩天一点都不像他，也不像席妍。所以，所以他起了疑心……"

姚梓陌翻眨了下眼皮，继续抽烟。

"当他提议要给浩天做亲子鉴定的时候，席妍很害怕，她本能地去阻止。可是越阻止，他就越觉得可疑。最后，DNA的结果令他发了疯。"

可惠一边说一边拿出纸巾擦拭眼角的泪。

"姚梓陌，不管怎样，席妍都曾是你深深爱过的女人。我请求你，可怜可怜她。"可惠抽泣着再次恳求。

"可惠……让我静一静行吗？"姚梓陌掐掉了手里的烟，眉头紧皱。

海浪又再次拍岸，那澎湃的撞击声直刺耳膜。

姚梓陌遥望着，遥望着，目无交集……

那些年，她和他

第二天，依旧是一个艳阳天。

然而，姚梓陌的心依旧是灰色的。

"席妍，这才对嘛，你是该多吃一点。"可惠很开心，很开心见席妍吃了一顿美美的早餐。要知道，她好久都不怎么吃东西了。

"嗯，我是该多吃，我太瘦了，梓陌不喜欢太瘦的。"席妍使劲地吃着早餐。

姚梓陌肃然地看着他，有心疼、有难过、有无措。

而对于昨天的事，席妍早就忘了。或者，是她把它过滤了。她紧挨着姚梓陌，笑着说道："梓陌，我们一起去看海好不好？"

姚梓陌点了点头。

海滩边，白色的浪花朵朵，你我的脚印在这柔软的细沙里，再次驻足。

倘若，一切都没有发生……

倘若，我还是那个我……

姚梓陌默然地和席妍并肩漫步，遥望蔚蓝的天际，仿若穿越了时空。那个时候，他也常带她来海边，聆听潮涌、风吟。

"梓陌，你记得你第一次帮我过生日的时候吗？"席妍小鸟依人地挽着姚梓陌的手臂，甜美地回忆着。

姚梓陌没有回答，他只是继续向前走。

"我说，我想去高级餐厅吃烛光晚餐，有鲜花有音乐。可你却说，你要给我一个不一样的烛光晚餐，一个不用花多少钱就可以令我铭记一生的生日派对。"

席妍说着，停下了脚步，看着那一片海。

"你说，浪漫和幸福并不是靠金钱去堆砌的。你知道吗，我当时根本不认同你，我觉得你就像一个没有长大的孩子。可是那一天，你确实深深感动了我，你更做到了让我铭记一生……"

姚梓陌愁眉不展地看着远方，他是多么想要切断那份回忆，那份在现在看来令人揪心的回忆。

"那晚，你也是约我来海边。我本不想来，可是，我还是来了。因为我的心指引着我来。当我来到沙滩，我就很生气，看着那沉入死寂的海面真的很让人生气。而且，你还不在那儿。我一气之下，扭头就走了。可你不知道从哪儿突然窜了出来，一把抱住了我。"席妍说着，深情地凝看姚梓陌。

姚梓陌翻眨了下眼皮，也随着席妍的追忆返回了那个时候……

"你讨厌，你放开！今天是我生日哎！你没有钱请我吃烛光晚餐也就算了，干吗要我到这个死气沉沉的海边来啊！你会不会太无聊了！"席妍很是火大，嚷嚷着，奋力地挣扎。

"跟我来。"姚梓陌一把拉住席妍的手，往左边疾走。

"你干吗啦，搞什么鬼？"

"罗凯！"

只听，姚梓陌叫了一声，左边一个石壁后面突然出现了很多荧光棒。

席妍，顿时安静了下来。

"Happy birthday to you……Happy birthday to xiyan……"

罗凯和姚梓陌一起咧着嘴笑着为席妍唱生日歌。而那个石壁后的沙滩上，摆放着的是一个用紫罗兰花瓣拼起来的圆圈，里面放着席妍最爱吃的草莓芝士蛋糕。

"席妍，生日快乐！"姚梓陌一脸灿烂地说了句，还在席妍的脸上亲了一口。

席妍醉看着，心里好开心、好感动……

"我知道你不喜欢紫罗兰，可是紫罗兰代表了我对你的爱……"姚梓陌盯看着席妍，轻柔地解释。

而后，只见罗凯扔了一把吉他给姚梓陌。

"我不会弹什么世界名曲，我只会弹'我爱席妍'……"说完，姚梓陌就嘴角斜扬地自弹自唱了起来。

而罗凯，就在一旁为他搞笑地伴舞，惹得席妍当即笑痛了肚子。

"你知道吗，那一天你真的让我完完全全沦陷进去了，我才发现我是那么爱你……"席妍忽然仰起头看着姚梓陌，如此迷恋。

姚梓陌眉头紧蹙，抚摸她的脸庞，一脸的凝重和叹息。

可，他真的不想再活在过去的回忆里了……

他，好想戴妍……

爱已经烧尽了

来文莱两天了，他没有打过电话给戴妍。确切地说，是他明明都拨了号码却又掐掉了。因为他不知道要跟她说什么，又能说什么？这里的状况如此复杂和混乱，他要怎么说，怎么才能说明白呢？

而她，也没有打电话给他。

可她的漠视却很好地反映了一件事，那就是她伤心、她生气、她更在默默地等他回去！

回去！

是的，我要回去！

我不能失去戴妍，不能！

即便席妍的初衷令人同情和扼腕，但是我和她的爱情已经无法重生了，我对她的爱早就已经风化了、流干了、烧尽了……

想着，他便一脸肃然地对席妍说："席妍，忘了过去吧，好吗？我们之间已经没有办法回到过去了。你跟浩天我会负责的，我会定期打一笔抚养费给你们，保证你们的生活，也会抽空来看你们。"

"梓陌，你在说什么？"席妍一脸惶恐地看着姚梓陌。

"我是说……"

"姚梓陌！"可惠忽然叫住了他，示意他不要那么残忍和无情。

可是他也不能一直这样下去啊！

是一天、两天，还是一个月、两个月？

不，他不能这样就陪他们陷在过去的时光里，玩着追忆的游戏！

他要他的未来，他跟戴妍的未来！

"席妍，你一向都很坚强的对不对？曾经的你豁达、自信而成熟。你醒一醒好不好？我跟你之间的事，是四年前！四年了！那份爱随着我对你的恨和时间早已淡忘了……我没有办法像四年前那样爱你了，我不能骗你！"姚梓陌还是很残忍地说了出来。

"不……不会的……你说你永远爱我的！你说你永远爱我的！你说玫瑰只代表爱，却不代表永恒。可是紫罗兰，却代表永恒的爱及忠诚……"席妍一把拉住他的手，泪水决堤地吼叫着。

"席妍，那个时候我确实很爱你，我愿意用一辈子去爱你。可是天意弄人，那份爱已经逝去了，逝去了你明白吗！我不找女朋友并不是因为我还爱着你，而是因为我对女人的麻木和痛恨。只要有钱，她们唾手可得！直到……直到我遇到了另一个女人，是她唤回了我的爱。所以我希望你能明白，我希望你能从过去走出来……"

"不！我不信！我不信！我不信你会爱上别的女人！我不信不信不信！"席妍叫嚷着，情绪很激动。

"一定是我变丑了，变丑了……梓陌……我从今天起就好好打理自己。我去做美容、我去增肥、我去跳操、我……"

"席妍，你冷静点！"姚梓陌眉头紧蹙地看着她。

"梓陌……很快的，我很快就会变成原来的样子的！就像你当初，你当初遇见我的时候！很快的！很快的！"说着，席妍就精神恍惚地跑走了。

"席妍——"姚梓陌见她那个样子，赶紧去追。

"不要！不要追我！不要打我！不要！"席妍两眼惊恐地回头，她似乎看到了他的前夫拿着木棍在追她。

"席妍……别跑啊……"姚梓陌再次大喊起来。

"席妍，不要跑到坡上去啊，危险呐！"可惠也跟着跑去追了，她见她跑到了一个陡峭的斜坡顿时急得大叫起来。

"啊——"忽然，席妍一声惊呼，她不小心踩到了一块凸石，重心不稳，往后滚了下去。

姚梓陌立马疾奔了过去。席妍翻滚着撞到了石壁上，她的头流了很多血。

"我早就告诉过你，她精神不稳定，你为什么非要刺激她，那么着急地跟她说呢！"可惠冲着姚梓陌就是一顿骂，担心坏了。

"对不起……我……"

"快送医院！"

随后，姚梓陌就赶紧抱起席妍，去医院了。

病房外……

医生在里面替席妍处理伤口和包扎，姚梓陌和可惠就坐在了病房外的长椅上。

姚梓陌低着头，脸色很不好。

"姚梓陌，席妍真的不能再受刺激，她再受刺激的话真的会疯掉的！"可惠没好气地说。

姚梓陌提手摸了摸自己的脸颊，然后说："可惠，我要回去一趟。"

"什么？你要回去？你就这么对席妍？姚梓陌，你太没人性了吧？"可惠当即恼怒地责备道。

"你要我留下来照顾席妍，我就必须回去处理一些事情，至少也要交代一下吧？"姚梓陌一脸正色地看着可惠。

悲伤的序曲

两天后，机场。

姚梓陌坐在头等舱里，再一次的感受飞机滑轮缓缓移动，再一次感受加速后所带来的推背感，他的心亦如这份启动后产生的牵荡。是的，牵荡。他不知道，他能不能说服戴妍，他更不知道这样是不是有失偏颇。

但，他也确实无法置席妍不顾。

飞机终于离开了地平线，而他始终纠结地紧蹙着眉头。

经过了漫长的飞行后，他终于回来了。

这里，正是深夜两点……

那深沉的黑，加重了姚梓陌的苦涩。他望着那一幢他为自己和戴妍的未来所购置的房子，那幢刻画着幸福未来的房子，久久都不能平息那份翻滚的情绪。

二楼的灯还开着，戴妍还没有睡。姚梓陌咽了一口唾沫，朝前走。脚步是何其沉重，沉重到每迈一步都是那么艰难。

然而他必须要走下去……

当钥匙扣动齿轮，门，开了。

姚梓陌？是姚梓陌吗！他回来了！夜里，细微的声响都能迅捷地钻入人的耳朵里。况且，戴妍根本睡不着。那么明显的开门声，她怎么会听不见？只见，她猛地从床上跳起来，直冲下楼。

"梓陌？是你吗，梓陌？"她脚步极快地往下跑，都没有穿拖鞋。她就像是一个迷了路的孩子，发现有人来时，兴奋与激动。

"梓陌……"戴妍急切地叫唤着，扑倒在了他的怀里。那眼神有着绝处逢生般的喜悦和坦然，而她的脸却是消瘦得让人疼惜。可想而知，她这几天是怎么过的！

姚梓陌一言不发地紧搂着她，紧搂着。好似，一放开就会失去了一样。

"戴妍……"

"不要说……什么都不要说……我不会盘问你，你也什么都不要告诉我……"女人总是敏感的，而戴妍总觉得很不安，她只求他回来，回到她身边来。其他的，她统统都不要知道，不要去了解。

姚梓陌抱她更紧了，重重地闭上了眼睛。

但，他还是不能逃避，不是吗？

姚梓陌深呼一口气，把她扶正，让她看着自己。

"你气色好差。"戴妍轻柔地抚摸他的脸颊，深情地看着她。老天，她真的无法再忍受他的离开了！这几天，她就像是一个被掏空了灵魂的人，只剩下这具躯壳。

"我爱你梓陌，我好爱好爱你，我快疯了，我等你等得真的快疯了。"说着，戴妍一把圈住了他的脖子，浓烈地吻了上去。

姚梓陌同样激烈地回应着……

可，那份理智还是叫醒了他。

"戴妍，我有些事要跟你说。"

"我叫你不要说了！"戴妍吼叫着，这时她第一次疯狂地无法保持平静地叫喊。

该死！我到底该怎么办！

"你别胡思乱想，我要说的并不是你想得那么糟。我不是要离开，不是不跟你结婚了，我只是……只是想把婚期延后……"姚梓陌满脸愁容地看着她，尽量把事情简化。

"延后婚期？"戴妍这才恢复了一些平静。

姚梓陌深呼一口气，说："席妍的情绪很不好，应该是被她的丈夫长期殴打而形成了一些精神上的疾病。她现在变得很自卑、很恍惚，情况很糟糕。她真的很需要我帮她从黑暗里走出来……"

"那我呢？我就不需要你了吗？"戴妍当即生气地反问。

"戴妍，你至少是健康的、年轻的。而她，实在经历过太多折磨了，她再也经不起任何打击了。"姚梓陌一脸怅然。

"你的意思是，我就可以被打击，就该被打击吗？"戴妍睁大眼睛质问他。

"这个时候，我请你不要那么尖锐好吗？"

"尖锐？我竟然在你眼中变成一个尖锐的女人？而我对你的爱，也是尖锐到让你痛苦了吗？"戴妍很失望、很心寒，她满脸泪痕地看着他。

姚梓陌低着头，沉默。他知道，他现在不管说什么都会是一把刀，一把把彼此刺得血淋淋的刺刀。

"我只问你，你到底爱我还是爱她？"戴妍提手擦掉脸上的泪，瞪着他。

"我当然爱你！"

"那你就不要管她了！她也早就跟你无关了！"

倾覆一生的赌注

"戴妍，我只是想把婚期延后而已，只是需要时间去处理一些事。"姚梓陌一把按住戴妍的肩膀，恳求她的谅解。

"好，可以。不过，我要跟你一起去。"戴妍拉长着脸，挑眉看他。

"不……你不能去……"姚梓陌当即反对。

"为什么？为什么我不能去？"

"因为，因为你去了会更糟糕！你只会把事情复杂化。"

姚梓陌看着戴妍，不禁暗自在想：你会淡然地看着我跟她海边漫步？看着我跟她依偎着回忆过去？看着浩天叫我爸爸？不，戴妍，你承受不了的！而我，也更承受不了再多加一个你！我也不想因此失去你！

我，已经心力交瘁了！

"那你要去多久？"戴妍没办法，只好选择妥协。

"应该不用太久的……"姚梓陌双手撑着自己的脸，低沉地说。

"一个月，我等你一个月，你要是一个月还不回来……我们的婚礼就取消了。"戴妍的脸僵直着，给姚梓陌下最后通牒。

"戴妍！"姚梓陌顿时脸色苍白地看着她。

"我用一个月向你证明我有多么爱你，你也用一个月来证明你是爱我的！你别再说了！"戴妍含着泪，面无表情地说了一句。

姚梓陌重重地靠在了沙发背上，闭目凝思。

戴妍是在给自己下一个赌注，一个倾覆一生的赌注！她更是在找寻一个答案，一个她最想知道的答案——他，到底爱不爱她！

如果他爱，那么他一定会想尽办法回来的，不是吗？

不管情况有多么糟，他都应该要回来，回到她身边！

另一边，文莱。

"梓陌，梓陌……"

席妍一个人三更半夜地突然爬了起来，疯狂地叫喊着姚梓陌的名字。

可惠冲进了她的房间。

"可惠，梓陌呢？"席妍极度慌张地拉住可惠的手，焦急地问。

"你忘了，他公司有事，他要去处理一下，过两天就回来了。"可惠立马解释道。

"对，对。他是姚氏企业的负责人，他回去处理公事了。"席妍突然松了一口气，笑着说。

"别想太多了，姚梓陌很快就回来的。"可惠像哄孩子一样在哄她。席妍安心地躺下了。可是突然，她又神经质地坐了起来，大声嚷嚷起来说："你是骗我的，他走了！他不会回来了！你跟他联合起来骗我对不对？"

"我怎么会骗你呢……"席妍根本不听可惠说的，一把推开她，疯了一样地冲下楼。嘴里还不停地嘟囔着："我要去机场……我要去机场……护照……我的护照……"

"妈……妈你怎么了，妈？"这个时候，浩天也被她吵醒了，他睡眼惺忪地跑了出来。

"浩天，浩天你爸爸走了！他不要我们了！你快跟妈一起去找他！"席妍一把拉住浩天，神情紧张地说。

"他走了才好！我才不要这种爸爸！"浩天眯着眼睛说道。

"你说什么？你再说一句试试看！"顿时，席妍两眼凶狠地冲着浩天大吼。

　　"席妍，你干什么凶孩子呢！姚梓陌他只是回公司去处理一些事情，他马上就回来的。你不信，你不信的话可以打电话给他啊。"可惠一把抱住了浩天，安慰他不要害怕。

　　"电话……我去打电话……"说着，席妍就神叨叨地上楼去了。

　　"浩天，你别怪你妈妈，你妈妈是太爱你爸爸了，她其实很痛苦，很可怜的。"可惠的泪水又不禁滑落了下来。

　　"可是他不爱妈妈，所以他也不爱我。"浩天木然地说着，那神情叫人心酸不已。

　　可惠浅笑了下，牵起了他的小手，随而说："他还是爱你妈妈的，他也是爱你的。浩天，你还小，长大了你会明白的。"

和最爱的男人失之交臂

半月后，文莱。

不知不觉，姚梓陌在文莱已经待了半个多月，离戴妍所设定的一个月只剩下十来天了。他依靠在岸边的围栏，静默地看着海平面。

席妍的精神状态好了很多，她每天都把自己打扮得花枝招展，就像她说的，她把自己变回了初见姚梓陌时的样子。

但，姚梓陌的笑容却仍然是难以言喻的苦涩。

看着席妍一天比一天快乐，一天比一天健康，他本应该感到高兴的。可，他真的高兴不起来。不知道为什么会陷入这种进退两难的境地，不知道这么做究竟是在拯救还是在毁灭？

人非草木，孰能无情。

可，世上是没有什么事是可以两全的。

他，深知。

可在那看似平静的背后，隐匿的又该是一场怎么样的暴风雨？席妍，又会放他走吗？忽然有种很不好的预感，这件事会远远超于他所能掌控的。

"爸爸，我们玩扔飞盘好不好？"浩天皓齿裸露地笑着，那灿烂的笑颜打破了姚梓陌的沉思。而他每每听到他那"咯咯咯"的爽朗笑声，心底总是会泛起阵阵疼痛，那困顿与爱并存的疼痛。

"好。"姚梓陌接过浩天手里的橙色飞盘，淡淡地应了一声。

开始，慢慢地习惯他叫自己爸爸。

开始，慢慢地习惯自己有那么一个儿子。

可是那份错综与纠葛，究竟该怎么解？怎么解？

房间三楼的平台刚好对准了这对父子俩，席妍和可惠透过玻璃窗向下望，只觉得那份幸福溢满了心间。可惠和席妍从小就认识，她看着席妍和姚梓陌交往，看着她含着泪与不舍远嫁到了另一个国度。

那些经过，那些痛苦，她都看着、看着……

当席妍被打，只有她一个人来看她、关心她。她看到了太多可怕而疯狂的事。然而，她除了尽可能地求那个男人不要打席妍之外，她又能做些什么呢？

只怪，只怪老天爷你太捉弄人了！

在可惠的心里，她一直是向着席妍那一边的，她一直也在埋怨姚梓陌，她真的觉得席妍的遭遇太悲凉了。和最爱的男人失之交臂，这对一个女人而言，是多么痛苦的一件事？而这份痛苦还要再附加一个悔恨的罪名？

不，这对她太不公平了！如果姚梓陌当初可以告诉她，他真正的身份，这一切的一切都不会发生！作为她的好朋友，她真的很替席妍叫屈。她的不幸，难道姚梓陌就一点都没有责任吗？男人都是薄情的，当初那么浓烈的爱情竟然只换来了"逝去"这两个字。

她不懂，不懂什么叫"逝去"了！

而那份逝去，还不就是"喜新厌旧"？

可惠沉重地叹了一口气，转身。

她知道，离姚梓陌离开的日子应该不远了……

又逢夕阳斜下，一天又过去了。

好快，不是吗？

可惠看着浩天和姚梓陌追逐嬉闹的样子，心里除了沉重还是沉重。她衷心地希望，他们一家三口可以永远在一起，永远那么开心。

她深切地明白一个单亲家庭对孩子的打击，那份打击是惨烈的。因为，她也是从那样一个破碎的家庭里走出来的。

所以，她很明白浩天的心，她更希望浩天可以健康快乐地成长。上一代的痛苦，为什么总是要落在下一代人的身上？为什么那些痛苦，要他们跟着一起承受？

他们，太自私了！

想着，可惠沉着脸，走了过去。

"浩天，别玩了，你看你浑身都是汗，去房里洗个澡吧。"

"不要，我还想跟爸爸学打篮球。"浩天灿烂地笑着，笑得那么纯真而幸福。

"你还是去洗个澡休息一下吧，你的体力啊，不行。"姚梓陌摸了摸浩天的头，笑着调侃。

"谁说的，我还能跑得很快呢，不信你来追我啊！"说着，浩天就跑了起来。姚梓陌挑了挑眉，继而飞跑了过去。他一把抓住了他，还把他举得高高的，甩来甩去。

"哈哈哈……哈哈哈……"浩天被他甩荡着可开心了，笑声不断。

"好了，听话，去洗澡，等明天再教你打篮球。"

"真的哦，明天就教我打篮球。"浩天咧着嘴笑着，很是期待。

"君子一言快马一鞭。"姚梓陌放下他，提手刮了刮他的鼻子。

而后，浩天就一蹦一跳地跑进去了。

只剩下关心和同情

"即便回不到过去，但是可以重新开始的，不是吗？"可惠一脸肃然地看着姚梓陌。

姚梓陌当即皱起了眉头，沉下了脸。

"浩天很喜欢你，席妍也需要你，而你们也本该是一家人。这些天，你难道不觉得一切都很美好么？"可惠再次试图劝说姚梓陌回心转意。

"可惠，这个月底我一定要回去。我会找一天，平静地跟席妍说清楚。其实，她需要的并不是我，而是她自己。她这两天的精神状态一直很好，我想用不了多久她就会找回自己的。"

"那是因为你在她身边！如果你走了，她就会崩溃的。"

"我不能永远在她身边！不可能了，你明白吗可惠？我对席妍，只有关心和同情。"说着，姚梓陌提步转身。

他，不想再多说什么。

"我对席妍，只有关心跟同情……"

"只有关心跟同情……"

忽然，只听"扑通"一下，像是有人倒在了地上。

可惠转头一看，竟然在一棵树后面发现了席妍！哦，席妍！你怎么会在这里呢席妍！可惠顿时冲了过去，扶起了她。

"席妍……席妍……"可惠焦急地呼唤她。

"可惠……梓陌他……他真的不再爱我了……"席妍当即泪流满

面地哭了起来。

"你……你都听到了？"可惠满脸忧伤地问。

"他对我，只剩下了关心和同情，他是在可怜我，可怜我而已……"席妍这些天，确实好了很多，至少她不再动不动就疯了一样乱吼乱叫了。

"席妍，别哭，别难过。不管怎样，是爱你也好可怜你也好，至少他的心里还是有你的。那么，你就别放弃，别放弃知道吗？"可惠急切地宽慰着。

"可惠，我真的不想失去梓陌，我不想失去！你帮帮我好不好？你帮我想想办法把梓陌留下来。"席妍紧紧抓住可惠的手，乞求她。可惠对她而言，就是那一根漂浮着的稻草，是她唯一的希望。

"我当然会帮你了，只不过……"可惠该说的都说了，该做的也都做了。姚梓陌执意要走，她也没有办法。

就在这个时候，突然有一个皮球滚了过来。

"让你别往人那儿踢了嘛，要是砸到人多不好啊。"只见，一个老伯急走了过来，他是来捡皮球的。

"知道了爷爷，我下次会注意的。"说着，那个孩子抢过那个皮球就又去玩了。

可惠忽然盯看着那个老伯，盯看着……

似乎，想到了什么……

一周后……

姚梓陌已经订了后天返程的机票，他要回去找戴妍，回到她身边。天晓得他有多爱她，多在乎她。他也知道，她也是那么爱他。所以，他说什么都要回去。

"一个月，我等你一个月，你要是一个月还不回来，我们的婚礼就取消了。"

"我用一个月向你证明我有多么爱你，你也用一个月来证明你是爱我的。"

　　想着，姚梓陌低沉着脸，开门出去，他是去找席妍跟她说清楚的。

　　白色的门外，姚梓陌呆站了一会儿，眉头紧蹙。随而，深呼一口气，敲门。其实，他还是不知道该怎么说，更无法预计结果。

　　但，不论结果如何，他这一次一定要狠下心走人！

　　席妍很快就来开门了，她穿着曾经他最喜欢的那条白色紧身裙，像一只海鸥飞进他的怀里。她亲昵地依靠着他宽广的胸膛，聆听他的心跳，一脸的甜蜜。

　　"席妍……我已经订好了机票……"

　　席妍知道，她知道他早就想走了，她知道这一天始终是会来的。只是这一天真的来到的时候，她还是无法承受。

　　哭了，她再次哭成了一个泪人……

　　"我会来看你们的，更会照顾你们的生活。过去的事，别再去想了，好吗？"姚梓陌为她擦拭那脸颊上的泪滴，再一次恳求。

罪爱，那一场流年

当爱远行，当心不在，那么不论你怎样都唤不回了。就像那夜空中的烟火，只璀璨在划过天际的那一刻。

逝去了，便只剩下回忆。

而回忆，亦随着时间淡漠、淡漠……

姚梓陌除了叹息与感慨之外，已然没有力气回头再爱。因为，当初那份爱实在太浓烈也伤他太深了。而他的伤口早就从撕裂走向了愈合，他已经可以淡然地俯瞰过去。然而，也正因为愈合了，他也不爱了……

是误会也好，是天意弄人也好，他和席妍之间始终是有缘无分。那么，就让往事随风而逝吧。那份爱，早已被时间的长河冲刷得七零八落，更犹如那纷飞中漂浮在湖面的花蕊，只看见那一地细碎。

现在在他心里的那个人，只有戴妍。

姚梓陌一脸正色地将席妍扶正，最后一次深情地凝看着她。是的，席妍知道，那份凝看是最后一次了。那份离去，是挥别，对过去永久的挥别，对那份爱的挥别。

他可以潇洒地走，潇洒地将她遗忘。

可，她能忘吗？

"席妍，别这样，别把自己封锁在同一个地方，看着同一件事。人生，并不是只有一站路，人生很远、很长。那些伤感的风景，就让它一掠而过，因为永远有下一站。"姚梓陌深沉地直视席妍的眼睛，他真希望她可以重新振作。

席妍沉默着、沉默着、无言……

有谁可以听到她心里的痛哭？有谁能来为她的错失挽救？本属于她的东西，就这样拱手让人了？本属于她的幸福就这样眼睁睁地嫁接在了另一个女人的身上？

不，太残忍了不是吗？

"明天上午的班机，我去整理下东西。"说着，姚梓陌提步转身，他漠视席妍脸上的泪痕，转身。

他不能再心软，不能再放不下，不能！

之后，席妍一整天都把自己关在房间里，不吃不喝。

直到，可惠去敲门。

"我知道你没有什么胃口，就给你盛了碗粥。"可惠走过去，轻柔地说。席妍还是木然地坐着，像是没了魂。

"别难过了，姚梓陌走不了的。"可惠突然坏笑着说了句。

席妍顿时睁大眼睛看着她，一脸的疑惑和惊喜。

"来，快把粥喝了，明天才有力气见你的公婆。"可惠笑着，又说了一句让席妍越发不解的话。

"浩天不单单是姚梓陌的儿子，也是姚氏企业董事长的孙子。"可惠拉长脸，一本正经地说。

"可惠……"席妍似乎有些明白了。

"席妍，他不仁你就不义。什么爱不爱的，都是些推卸责任的鬼话。他只为他自己着想，那么你也应该为你自己着想！"可惠两眼一横地说。

"我……"席妍的心重重地跳了一下，很是慌乱和紧张。

"席妍，你就是太善良太为他着想，才落到这个下场的！当初，你是不想让他为你担心才没有把你家里的事情告诉他，你更是不想令他伤心才狠心走掉。可他呢？他由始至终都在骗你！他隐瞒他的身份，却说你爱慕虚荣，嫌贫爱富。他当初爱你爱得发疯，可现在却移情别恋爱上了别的女人，还要你成全他们？席妍，你别再犯傻了！"可惠很是气愤地在说。

"可惠，你真的……你真的去找了姚梓陌的父亲？"席妍一脸紧张地问。

"不错，我想过了，我们怎么求，他都不会留下的，只有请伯父伯母出面了。"可惠眉头紧蹙地说。

"这……这好吗？"席妍忐忑地问。

"这有什么不好？这更是天经地义的！浩天姓姚，是他们姚家的孩子！这件事，不是他姚梓陌一个人就说了算的！"可惠义愤填膺地嚷嚷起来。

"可是可惠，我……我结过婚……我……"席妍觉得自己很糟糕，她很没底气。

"你怕什么！只要有浩天，你就什么也不要怕！这更是你留下姚梓陌唯一的办法了！"

"我用这种方法让姚梓陌留下来，他一定会恨死我！会恨死我的！"席妍眼神闪烁着，总觉得不太好。

"席妍，你到底要不要姚梓陌在你身边啊？你还是要他走？走去那个女人的怀抱？"可惠厉声问她。

"我……"席妍顿时语塞了。

"他们明天一早就会到的，你放心吧，姚梓陌一定走不了。"可惠两眼放光。

"你是怎么找到他父母的？"席妍很诧异地看着可惠。

"我本来想去问罗凯的，罗凯以前也跟我们很好不是吗？但是我一想，他始终是姚梓陌的人，一定不会告诉我们。所以，我就去查了姚氏企业的网址，找到了他们总公司的电话，让前台帮我转的。"可惠很神气地说着。

席妍看着她，神情肃然。

"好了，别想太多了。你要留下姚梓陌，想浩天有这个爸爸，就只有这一条路可以走了。你管他高不高兴，恨不恨你。你首先要做的，就是不让他走！就像他说的，时间可以冲淡一切，那么就让时间去冲淡他跟她的一切！"可惠眯着眼睛愤怒地说。

席妍咽了口唾沫，低下了头。

飞不了的班机

旭日，再次探出天际，这一个天明席妍和可惠等了很久……

不到六点，姚梓陌就下楼来了。他也一夜没睡，而他的无眠是因为他想着回去就能见到戴妍才睡不着的。他的嘴角挂着一丝微笑，心情很不错。

"十点半的飞机，这儿离机场才半个小时，你那么早就起来了？真是归心似箭。"可惠在客厅里做早餐，一见到姚梓陌就言语带刺。

原本的好心情当即划过一片黑色，不过这并不妨碍他的愉悦。因为，再过几个小时，他就不在这里了。戴妍一定会像一只彩蝶朝他飞来。他要好好地抱抱她、吻她，他真的太想她了。

而席妍心里却是七上八下的，她不知道姚梓陌的父母会怎么看她，她更不知道姚梓陌在看到他们之后会怎么样。

八点，可惠看了看墙上的时钟，嘴角微微上扬。

她知道，他们应该快到了。

"浩天啊，干妈给你买了件新衣服，去换上。"

"我在跟爸爸下棋呢。"姚梓陌到现在都没跟浩天说他要走。对于浩天，他真的不知道怎么开口。

"去换上在下嘛，让你爸爸看看他儿子有多帅。"可惠一边说一边盯着姚梓陌。

姚梓陌，笑了笑，没说话。

八点十五分，门铃响了。

"爸，我去开门。"浩天笑着飞奔了出去。

而席妍，也在听到那一声门铃后，浑身不由得惊颤了起来。她深呼一口气，定了定神，从房里出来。

席妍一把拉住可惠，紧张地看着她。

"别怕，镇定点。"可惠拍了拍席妍的肩膀，让她千万放心。

大门外……

"呃……请问你们找谁？"浩天一开门发现是两个不认识的人，便问了起来。而那两个人，正是姚宗岚和钱沛芬。他们在知道他们有一个三岁大的孙子之后，就飞一般地赶来了。

老天，这可是他们姚家的孙子啊！

"浩天？是谁啊？"姚梓陌见浩天没有很快进来，便赶紧走了出去。

"爸爸，是不认识的人。"浩天很顺口回头说了一句，而这一句就更让姚宗岚和钱沛芬激动不已了。

姚梓陌的眉头当即紧蹙了起来，他走上前一看，顿时愣住了！

"你就是浩天？"姚宗岚万般怜爱地问。

"嗯。"浩天点了点头，一脸好奇地看着他们。

"快让爷爷好好看看，好好看看。"姚宗岚顿时一把按住浩天，仔细地打量，那张记录了岁月的脸庞上，顿时散发出了无尽的感动与喜悦。

有人欢喜有人愁，是的，姚宗岚和钱沛芬满心欢喜。而姚梓陌呢，却是愁容满面。不，确切地说，他的脸上挂满了太多的形容词！如果形容词也有暖色调和冷色调之分，那么，围绕着他的都是泛着苍凉和压抑的冷色调。

"都三岁了，个儿还挺高的。"姚宗岚的心情太复杂了，他激动得泪眼迷蒙。他有孙子了，有他朝思暮想的孙子了。

他做爷爷了，他竟然做了爷爷了！

真的，太高兴了！

浩天泛着那双如星辰般透亮的眸子，看着他们，不懂。

"浩天，快叫爷爷奶奶啊。"可惠疾走了出来，一脸灿烂地笑着说。

"爷爷奶奶？"浩天当即睁大眼睛重复了句。

"是啊，他们是你的爷爷奶奶，也就是你爸爸的爸爸跟妈妈。"可惠弯下腰，笑着解释。

"伯父、伯母，你们好，我是可惠，是浩天的干妈。"

"你好。"钱沛芬立马笑着回应。

"浩天，快请你爷爷奶奶进去坐啊，快叫你妈妈去倒茶。"可惠提手摸了摸浩天的小脸蛋，吩咐着。浩天还是一脸的茫然，不过，他还是很听话地照做了。他一边走一边就大声嚷嚷起来："妈，干妈说爷爷奶奶来了，是我的爷爷奶奶！你快出来啊。"

孩子，总是天真又纯洁的。

他丝毫不知道，这背后正翻滚着惊涛骇浪。

我不会娶她

姚宗岚和钱沛芬在见到浩天之后，早就把姚梓陌当作是隐形的了，他们笑容满面地跟着浩天走了进去。而可惠，也似乎无视姚梓陌的脸色。

她，很镇定地往里走。

姚梓陌猛地一把抓住了她的手腕，眼睛发狠地直瞪着她。

"浩天是他们的孙子，你没有权利不让他们相认！"可惠也眼神锋利地看着他，在落下这句话之后，狠狠地甩掉了姚梓陌的手。

姚梓陌做梦也没有想到可惠居然会搬出他的父母来介入这件事！这无疑是他们早在暗中安排了的。姚梓陌气得脸色一阵白一阵红，双手握拳地走了进去。

客厅里，气氛很是诡异。

"伯父伯母请喝茶。"席妍连忙给姚宗岚和钱沛芬泡茶，轻柔地叫唤他们，心里充满忐忑。

"你就是席妍？"钱沛芬笑着问。

"是的，伯母。"席妍小心翼翼地回答。

不论一切多么突然和诡异，不论姚梓陌带给他们的冲击有多么荒谬而无厘头。但是，看着眼前活泼可爱的浩天，他们就什么也不计较了。

姚梓陌缓缓地走了进来，眼神冷厉到足以把席妍杀死。席妍看着他，不禁打了一个冷战，手心也在不断地冒冷汗。

"呀！董事长？董事长夫人？你们怎么在这里啊？"就在这个时候，罗凯冷不丁地跑了进来。他手里拎着大包小包的，像是去疯狂采购了一把。他一看到姚宗岚和钱沛芬，当即就本能地叫嚷了起来。

"咳咳……我……我去超市买了点特产，本来……本来是想带回去送人的。不过，我想……我想应该用不着了。不如，不如你们尝尝啊，挺……挺好吃的。"罗凯立马意识到了不对，他很尴尬地把手里的东西放在了茶几上。

随后，他飞快地闪到了姚梓陌的边上，极小声地问："这怎么一回事啊？董事长为什么会在这儿啊？"

姚梓陌顿时目露凶光地瞪着他，恨不得把他给吃了。

"喂，你可别以为是我去告密的啊，我什么都不知道啊，一定是可惠搞的鬼啦。姚先生，我真的什么都不知道，我是无辜的。"罗凯当即吐了吐舌头，连忙解释。

姚梓陌白了他一眼，很是无语。

而今天的班机，他也一定是坐不上了。

由于浩天在，很多事情都按捺着没有说。但，那一根根导火线却是密密麻麻地铺满了一地。不知道，什么时候会开炸。

姚宗岚一看到孙子就乐开了花，他又是陪浩天下棋又是陪他讲故事，似乎是要把这三年来做爷爷的空白全都给补回来。而姚梓陌呢，就一直在院子里抽烟，抽了一根又一根。

因为他知道，这件事麻烦了。

晚上十一点，罗凯被奉命去买烟花回来了。因为姚宗岚开心，因为浩天也很想看，所以他就只好去买。

然而，这炫彩夺目的景象却和姚梓陌的心有着强烈的反差。

二楼的房间里，席妍还是惶惶不安，她望着楼下独自徘徊的姚梓陌，心里总一阵又一阵地打着鼓。姚宗岚和钱沛芬也没有跟她多说些什么，他们的注意力都在浩天的身上。她也看得出来，他们并不喜欢她，只不过她是浩天的妈妈。

"席妍，高兴点嘛，你看他们多喜欢浩天啊？这场仗啊，我们稳赢的。"可惠的嘴角泛起了胜利的微笑。席妍叹了口气，坐到了沙发上。

"你叹什么气嘛？你马上就可以做姚太太了。"可惠眯着眼睛说了她一句。

"可惠……你没看到姚梓陌那个表情吗？他的表情冷到让我直发毛。"席妍皱着眉头说。

"你管他干什么？你只要把自己的位置占好了就行了！"可惠一脸严肃地说着，她真是有种恨铁不成钢的感觉。

"其实，我并不是想要姚家媳妇的头衔，我只是想……"

"想姚梓陌爱你？席妍，你还是别钻牛角尖了。还是理智地想一想，目前可以抓牢的也只能是他的躯壳，但那也好过什么都没有不是吗！"可惠沉着脸说道。

席妍不再说话了，她现在也只能这样了……

十二点，姚宗岚在看着浩天美美地熟睡之后，才宽慰着走了出来。他到现在，还处于高度的兴奋之中，睡意全无。

"爸……"姚梓陌终于等到大家都睡了，可以单独跟他说两句了。

"去院子里走走。"姚宗岚说着，便走了出去。

"爸，这件事……"

"你不用紧张，我没有生气，我高兴着呢。"姚宗岚以为姚梓陌是向他道歉的，他立马说在了前头。

"爸，我是说……"

"我知道你是怕我不高兴，怕我不接受席妍，所以一直不肯告诉我浩天的事儿。其实呢，我们姚家现在也不图什么，就图个子孙满堂，家庭和睦了嘛。行了，我跟你妈在来的时候就商量过了，给你们简单地补办个婚礼，把席妍接过门。这样，浩天也就可以大大方方地跟我们一起住了，你呢也就可以安心地替我打理姚氏了。"姚宗岚眉开眼笑地说着，非常高兴。

"爸，你能先听我说吗？"姚梓陌当即大声叫了起来，这真是越来越乱。

"席妍的事儿可惠都跟我说了。虽然她没什么出身，家里的经济条件很差，还跟人结过婚。但是，她也算是给我们姚家传宗接代了。那过去的事儿，就算了吧。"姚宗岚说着，就转身准备回房了。

"我不会娶她的！"姚梓陌顿时恼怒地吼了起来。

姚宗岚顿时愕然地看着他。

"爸，浩天是我儿子。可是，可是我不能因为他就去娶一个我不爱的女人。"姚梓陌眉头紧皱地说。

"你这说的什么话？我怎么一点儿也听不懂？你不爱她，那她怎么会跟你有孩子？"姚宗岚当即挑着眉反问。

"我……"姚梓陌也不知道要怎么说了。

"好了！我可不管你什么爱不爱的，总之，我要我的孙子，我的孙子也要他的妈妈！其他的，你不必跟我说！"姚宗岚说着，板着脸往厅里走。

我给不起你想要的

凌晨四点，姚梓陌独自漫步在沙滩上，愁肠满腹。

他不懂，不懂老天爷为什么要开这么大一个玩笑。当初他是那么爱席妍，可是她留给他的却是对女人的失望与痛恨。财富，才是她们想要的。虚妄，才是女人的本质。而爱，却是卑微的不能再卑微的东西。

随手，便可以丢弃……

尽管，现在他知道了，知道了那所谓的真相。可是，可是有谁可以抹灭那深深刺中他心脏的伤口？好多年，他疼痛了好多年，才逐渐地走出来，从那份残酷的爱里走出来！

感情不是一件东西，就算是一件东西，可他也不是一个巧夺天工的工匠，可以让它恢复原貌。

天色，渐亮。

心，仍找不到出口。

姚梓陌静默地伫立在那儿，遥看白色的纤云流动，灰色的尘埃漂浮。叹息之后，他知道他必须要做一个决定，即便这个决定会伤害很多人。

但，他不惜！

骤然转身，那份紧皱的眉宇直露锋芒，那脚步更是轻快而坚决的。他直冲回房，拿起护照就"蹭蹭蹭"地疾走下来了。

"梓陌！你要去哪儿？"席妍一夜没合眼，她一直关注着姚梓陌的一举一动。她看见他低落地跑去了海边，看着他兴冲冲地回来，她马上跑出来拦住了他。

姚梓陌目光犀利地瞥了她一眼，继续朝前走。

席妍一把拉住了他的手腕，含泪地看着他。

"是你扼杀了我对你的一切，是你再一次让我感到心寒。四年前，你跟别人走了；四年后，你用我对你的同情算计我！席妍，你一定要这么对我吗？一定要用这种方式来说你爱我吗？！"姚梓陌一阵吼。

"不是的，梓陌！那个时候我只是不想你……"

"是你对我没有信心，是你太心急才会弄成现在这样的局面！你根本不屑于告诉我，你更不相信我的能力！那么现在，我依然没有这个能力，给你想要的！"姚梓陌很气愤地说了一堆，直往外走。

"梓陌……梓陌……"席妍哭喊着追了出去。

"你以为你把我爸妈搬出来，我就会跟你在一起了吗，席妍？我告诉你，这不可能！"姚梓陌青筋暴起地说了句。

对于这件事，他真的很生气。

"梓陌，在你眼里到底还有没有我这个爸爸！"姚宗岚在睡梦中就听到了外面的争执声，他顿时和钱沛芬一起走了下来。

还有，还有可惠、罗凯和浩天，他们都陆续下楼来了。

"爸，我说过，我不会娶她的！"姚梓陌当即吼了一句。

"我也说过，我要我的孙子，孙子也要他的妈妈！"姚宗岚气得也怒吼了起来。

"没人可以阻止我。"说着，姚梓陌毅然迈步。

"你给我站住！爱不是一个男人的全部，一个男人背负更多的是责任你懂吗！你怎么到现在还长不大？什么事都随心所欲？永远都在胡闹！浩天是你的孩子，你有为人父的责任你知道吗！"姚宗岚一脸正色地教训道。

"爸，难道你认为，没有爱维系的责任它会是尽责的？是全身心的？是可靠的？是能给人带来踏实跟幸福的？外包装再精美，可里面是空的又有什么意义！"姚梓陌一阵咆哮。

"你……"姚宗岚被气得脸色当即泛白了。

"够了姚梓陌！你非要这样残忍地说吗？你可以不顾及席妍，可以不顾及你的父母，可是，你怎么可以这么残忍地当着浩天的面说呢？"可惠紧搂着浩天，而浩天的脸上已经布满了眼泪。

是的，眼泪。

即便，他不太懂。

但他能明白的一点就是，姚梓陌不要他，不要……

你只是一个自私的女人

姚梓陌终于安静了下来，他看着泪光中泛着仇视的浩天，心如针扎。他不想的，他不想这样的。可是，可是他又该怎么办呢？辜负戴妍吗？放弃戴妍吗？让大家一起笑，让他们两个一起哭这样就对了，就能令人满意了吗？

深呼一口气，姚梓陌再次转身。

"梓陌……梓陌我求求你别走……是我的错！都是我的错梓陌！可是，可是我当时真的只是不想你为我担心，只是想着能让我妈妈早点走出我爸爸的魔掌，只是想你早日忘了我，重新开始你的生活，我当时真的只是这么想的，姚梓陌！"席妍哭着喊着，紧紧拉住姚梓陌。

"是吗？那你都做到了。你没有让我担心，你帮你爸妈离了婚，你更让我忘了你，你都做到了不是么？那么，我请你保持原有的初衷吧。"姚梓陌眉头深锁着，很是无情地抽掉了自己的手。

"梓陌，我求求你……"

"收起你的眼泪，你所做的一切只会让我觉得，你只是一个自私的女人！"姚梓陌无情地说道。

"爸爸，你就留下吧好吗？我求求你……"浩天抽泣着，帮着席妍恳求他。

姚梓陌咽了口唾沫，呆滞地站在那儿，心很痛很痛。

然而，他必须走！

"我不是不要你们，也不是一去不回，只是不能一直留在这儿……"姚梓陌惆怅地说道。

"姚梓陌！你给我回来……呃……"

"伯父……伯父……"

"梓陌，你爸爸昏倒了！"钱沛芬抱着姚宗岚，大声叫着姚梓陌。

姚梓陌听见了，当即疾跑了回来。

"爸……爸……"

在一片惊慌和忙乱过后，一切回归了平静。

医院里，姚宗岚挂着点滴，钱沛芬紧握着那双枯燥的手，陪伴在旁。那眼里所掺杂的是担忧和对姚梓陌的心痛。作为一个母亲，最大的感慨就在于，儿子长大了便不再需要父母了。

也许，也早已不爱他的父母了。

泪，干了又滑落……

"妈……"姚梓陌刚好走了进来，一脸愧疚跟无奈。

"你走吧，等你爸爸醒了你还是会走的，不是吗？我们留不下你，你的儿子留不下你，你过去深爱过的女人也留不下你。那么，你走吧，你找你的爱情去吧，别再回来了……"

"妈……"钱沛芬第一次那么伤感又木然地对姚梓陌说，姚梓陌的心真的快被撕裂了，被他们一个个给撕裂。

这一道是单选题，我只能选一个吗？

姚梓陌嘴角斜扬地笑了笑，颇感人生的纠结与无奈。

然而，你们又给我选择的机会了吗？

姚梓陌仰头靠在了门框上，神情布满苦涩。

"梓陌，你就当给你爸爸一个美好的晚年行不行？他只想要一家人开开心心地在一起。他一直都想要个孙子，你是知道的。"钱沛芬很平静、很温和地请求姚梓陌。

"孩子又不是不会再有了？为什么非要我娶席妍呢？"姚梓陌很是不解地问。

　　"梓陌，你爸爸没有太多时间去等了，你知道吗？"钱沛芬突然哽咽了。

　　"什么意思？妈你这么说是什么意思？"姚梓陌当即追问。

　　"你爸爸一直不让我告诉你，是不想让你担心，也是不想用这个来博得你对他的关心。"

　　钱沛芬擤了擤鼻涕，继续说："上次手术，医生说那个瘤是恶性的……"

　　姚梓陌听了，顿时惊呆了，他表情僵住了，半天说不上话来。

　　"所以，梓陌，你爸爸他现在就靠意志在支撑了，你明白吗？你不知道，当他接到可惠的电话，说他有孙子了之后他有多开心，他一下子就精神了，什么病都没了。你应该可以想象，浩天对他有多重要。"钱沛芬说着，眼泪哗哗地往下淌。

　　姚梓陌瘫软地坐在了椅子上，低着头，神情恍惚。

难以言说的心痛

两天后……

月色，是那般皎洁。

但那道白光，却也倍显苍凉。

姚梓陌坐在三楼的露台上，静默地望着天，而他的嘴角偶露一丝微笑。仿佛，那一轮皓月里有他的戴妍。

她，在对他微笑，甜美的微笑。

然而，他知道，他即将不再拥有那份微笑了……

"呃……今天的月亮真是特别圆哦……"罗凯轻轻地走上楼，尴尬地说了一句。姚梓陌眉头紧蹙地翻眨了眼皮，神情肃然，让人有点怕怕的。这些天，他都不说话，就整天坐在这里。白天看海，晚上看月亮。罗凯，真的很担心他。

"东西都准备好了吗？"姚梓陌低声问。

"都准备好了，你要的全白色的贝壳我都找齐了，还有可以编东西的叶子我也全部拿来了。"罗凯顿时把东西拿给他看。

姚梓陌接过袋子，便把它们都倒在了桌子上。

"姚先生，你这是要用来做什么？"罗凯很好奇地问。

"我没有为她做过什么，就连一件礼物都没有送过。我想……我想亲手做一个心形贝壳的挂件，再用藤叶编个凤凰给她。我现在唯一能做的，就是告诉她，她是我最心爱的女人。而我对她的爱……更如那凤凰鸟一样，不死。"姚梓陌好似很淡漠地在说。

罗凯感到揪心，他再也嬉皮笑脸不起来，他真的很难过。

"明天几点的飞机？"姚梓陌沙哑地问。

"一早八点。"罗凯立马回答。

"我知道了，你去准备吧。"姚梓陌说着便开始提手串贝壳。

罗凯看着他很想说什么安慰他，可是他真的不知道该说什么。他默默地看了他一会儿，便转身下楼了。

这个时候，在楼道边还有一个身影在。她捂着嘴，强忍住那份痛苦，飞快地跑回房里。她纤弱的身体蜷缩着，靠在门板上，大哭了起来。

"席妍，席妍你在房里吗？开开门。"可惠刚好来敲门。她凑近门板，似乎听到了哭泣声，于是，便又喊了一句："席妍，你开门啊。"

良久，席妍才转动了门把。

"怎么了席妍？怎么哭得那么伤心呢？姚梓陌不是已经答应了下个月就结婚的吗？下周还会向媒体宣布这个消息的。一切都由伯父伯母为你做主，你不用担心的。"可惠拿起纸巾替席妍擦拭，微笑着说。

席妍还是在哭，泪不停地流。

"好了席妍，我们终于留下姚梓陌了不是吗？他会在你身边了。再多的纷扰都会随着时间平息的，只要他在你身边，一切都会重生的。包括，他对你的爱。结婚后，你们朝夕相对，我相信不用多久姚梓陌的心就会回来的。别哭了，席妍，你一定会幸福的。"可惠顿时伸手环抱住了她，给予最最真切的宽慰与祝福。

"希望……会是这样……"席妍抽泣着说了一句。

"一定会是这样的，放心好了。"可惠抱着她，再一次给她信心跟力量。

第二天，清晨六点。

"我走了，妈。"姚梓陌要回去了，他们放他回去跟戴妍说清楚。

"你记住，你要是三天后还不回来，我就会提前发布你跟席妍的喜讯。"姚宗岚脸色铁青地看着姚梓陌，再一次威胁他。

是的，威胁。

姚宗岚醒了之后，就用这样的非常手段来对付姚梓陌。他为了要他的孙子，他已经不再关乎姚梓陌的感受了。他更是怕他一见到戴妍就心软，就又反悔，一去不回了。所以，所以他也只好这么做了。

姚梓陌咽了口唾沫，眉头紧蹙地沉默。

"罗凯，走了。"他看了罗凯一眼，便转身往外走。

"董事长、董事长夫人，我们走了。"罗凯礼节性地向姚宗岚跟钱沛芬道别。

"罗凯，你最好时刻提醒他，他只有三天时间。"姚宗岚故意冲着罗凯厉声说了一句，还说得很大声。

"是……我……我知道。"罗凯，尴尬地点了点头。

姚梓陌的脚步当即顿了顿，他脸上的表情更是僵硬得一动不动。

文莱机场头等舱等候室

"姚先生，你准备怎么跟戴妍说？"罗凯小心翼翼地问。姚梓陌眉头动了下，没说话。而今天，也是他承诺她一个月的最后一天。

几个小时后，车轮停在了那幢楼。

"梓陌……是梓陌回来了！"戴妍天天都在等，都在那扇通透的玻璃窗边向下望。她快被折磨得死掉了，全靠那份爱在支撑。

正如姚梓陌所预期的，戴妍就像一只彩蝶飞跑着冲进了他的怀抱里，洋溢着微笑。他也泛起了微笑，但是那份微笑却是滴血的。

"你太坏了！居然到最后一天才回来。你知不知道，我盯着那个日历都快变傻子了。还有，我被我爸妈他们都快烦死了，我只好跟他们说你公司有事出差去了。"戴妍灿烂地笑着，挽着姚梓陌的手臂往里走，丝毫没有注意姚梓陌的身边还有罗凯。

姚梓陌的脸上不知道是在笑还是在哭……

他突然发现，自己真的说不出口，说不出口……

"累了吧，先喝点水休息一下。"戴妍很温柔的地倒了一杯水给姚梓陌，她看着他，不说话也不问。因为她的心在怦怦地乱跳，因为她从他的脸上看到了不详。

拿着水杯的手，茫然无措地交叠着，静止着。好像这个水杯很重，很难拿。

"戴妍……"姚梓陌忽然神情凝重地看着她。

"嗯。"戴妍月眉紧蹙，轻应了一声。

"我……"姚梓陌万般纠结，欲言又止。

"你想说什么？"戴妍忐忑地追问。

"我……我很想你。"说着，姚梓陌就拥她入怀了。

摩天轮也会伤心

罗凯看在眼里，心也不好受。而这时，戴妍才发现了罗凯。而罗凯的表情让戴妍给捕捉到了，似乎觉得很不对劲。

"梓陌，你这次去事情处理得怎么样？"戴妍忍不住问道。

姚梓陌还是不知道要怎么开口。而他的样子，却是那么纠结而复杂。戴妍看在眼里，已然能够猜出几分。

但，她仍强行保持着平静。

"今天的天气好好，我们出去逛逛吧。"

姚梓陌说着，就拉着戴妍走了出去。

那洁白的云儿，那舞动的苍翠，那和煦的微风都在享受着这份美好。是的，美好。只不过，美好的东西似乎都不久……

车里，姚梓陌默然地转动方向盘，神情凝重。

戴妍侧头看窗外，心绪不宁。

"我们要去哪里？"戴妍轻柔地问。

"我也不知道我们可以去哪里，哪里才可以让我们在一起，不被打扰。"姚梓陌颇为感伤地说。

"既然你不知道哪里可以去，那就陪我去游乐园坐摩天轮好不好？"戴妍肃然地说。

那份无言的对视，已经传达了太多太多的东西。

很快，他们就来到了偏离市中心的一个大型游乐园。早在高架上，就看到了那个大大的摩天轮，云霄飞车，还有带着童话色彩的旋转木马。

戴妍坐在副驾驶里，望着挡风玻璃前的景象，笑着说："你知道吗，我曾很喜欢摩天轮，喜欢它带来的美好和那份淡淡的感伤。可我现在不喜欢了，因为，那不仅仅是感伤，而是悲伤。而那份悲伤，更是我无法承受之重。"

戴妍咽了口唾沫，继续说："它会带你靠近云端，让你一点一点地俯瞰每一个角度。然后，然后绕过一圈之后把你送回原点。告诉你，领略过就够了，是该离开的时候了。而那片看似靠近的云朵，根本就不属于你。它甚至，更没有为你停留过。"戴妍说着说着就泪如雨下。

"戴妍……"姚梓陌看着她，看着她一边流泪一边微笑，真的很揪心。

"我想，你这次回来应该是来向我告别的吧？"戴妍终于把她所想的，直截了当地说了出来。

"我……"姚梓陌忽然哽咽了。

"你还是忘不了她、放不下她、爱着她……"泪水不停地划过她的脸颊，不停地。

姚梓陌看着她，深情又心痛地看着她，提手帮她擦拭眼泪，随而说："不，戴妍！我爱你，我真的很爱你戴妍！"说着，姚梓陌的双手抚摸着她的脸庞，神情纠结。

"如果我的爱已经成了你的负累，那么，那么就让我放了你吧。你放心，我会跟爸妈解释的。大不了，就被狗血淋头地骂一顿呗！反正请柬也没写，亲戚同学都没告诉，婚纱照也没拍，证也没领。"戴妍紧皱着眉头，很是心痛地在说。

姚梓陌看着她，无言以对。

说话呀姚梓陌，你既然爱我就说话呀。说你不要取消婚礼，说你会跟我结婚。姚梓陌，你说话呀！戴妍在心中默默地念叨着，她看着他，看着他，整个人都快碎了。

"戴妍……我是真心爱你的……我……"姚梓陌无所适从地看着她，痛心。

"爱我？真心爱我？不，姚梓陌！你根本就是一个骗子，你从头到尾就是一个骗子！你到现在这个时候，还要带着你那张伪善的面具吗？如果你说，你还是爱着她，我永远也替代不了她在你心中的地位，那么，我还会钦佩你的痴情，认可你的专一！"戴妍含着泪瞪着他。

"不是这样的戴妍！这不是我想要的结果！"姚梓陌万般痛苦地在解释。

"姚梓陌，你真的太残忍了！你说你会回来，说你一定会解决好了回来跟我结婚，你只是把婚期延后！不，不应该说你残忍，而是我太傻，我太傻了。"戴妍心碎地吼着。

看着戴妍落泪，看着她如此心痛，姚梓陌的心也跟着再一次碎了、碎了……

然而他还能说什么？

一切的解释，都没有用了不是吗？

姚梓陌看着她，沉默着。

"你走吧姚梓陌，我祝你们重修旧好，永结同心。"戴妍提手擦掉那止不住的泪，夺门而出。

"戴妍！"姚梓陌猛地摔门下车，拉住了她。

"你们很快就会结婚的不是吗？那我提前送你们祝福。"戴妍泪眼迷蒙地说着，随而用力地甩开了他的手。

姚梓陌没有再追，他眼眶红红地盯看着她的背影，直到那个背影消失在了十字街头……

不知道过了多久，他才回过神坐回了车里。

又逢夜幕，又一轮皓月，又一次刺痛心扉。而这一次，他似乎伤得更深、更深。他已经没有力气开车了，他靠在椅背上，任由沉重的黑将他吞没。

深夜十一点三刻，姚梓陌的手机铃响了。而他，还是坐在车里，像个死人一样的坐着。麻木到，没有了听觉。

电话是罗凯打来的，他见他们还没有回来就打来问问。

可是，姚梓陌没接。

没有男主人的房子留着有什么用

晃眼，已是清晨。

罗凯一个人在房子里等着，又着急又紧张。他真的很担心姚梓陌，也不知道他跟戴妍说了没有，更不知道戴妍听了会怎么样。他不停地在院子里徒步，不停地伸长脖子张望。

突然，一声刹车声响了起来。

姚梓陌，总算是回来了。

他的脸苍白得像白纸一样，眉头紧锁的走了进来。

"姚先生……"罗凯叫了他一声，可是他就木然地从他身边擦肩而过，毫不理会。而当他发现，戴妍没有来的时候，他已然明白了一切。

罗凯望着二楼的扶手，长叹了一口气。

很快，又到了晚上。姚梓陌把自己关在房里一整天都没有出来，罗凯知道他心情不好，可是再怎么心情不好也不能不吃不喝嘛，又不是神仙。他在楼下思想斗争了很久，还是决定上去找他。

"姚先生……姚先生……"罗凯在外轻叩门板。可是他，根本不理。

"姚先生，多少都该出来吃点东西嘛，你最近都没怎么吃东西，再这么下去你会支撑不住的。"罗凯很是关切地说。

房里，还是没有一点动静。

罗凯撇了撇嘴，靠在了门板上，发呆。就在这个时候，他的手机铃响了。来电显示的号码，是姚宗岚的。

"董事长……"罗凯马上就接听了。

"您放心！事情应该已经解决了，那个戴妍没有跟姚先生在一起了，我想他们应该是分手了，我们很快就……"罗凯还没说完，姚梓陌就猛地打开房门，一把抢过手机就给摔烂了。

"你汇报得很开心是吧？你们一个个的都等着看我跟戴妍分手！"

罗凯被吓得一愣一愣的，浑身发颤。

"滚！给我滚！"姚梓陌吼叫着，重重地关上了门。

第三天，不到七点，戴妍竟然来了。

"呃……你……"罗凯在客厅里看到了她，当即瞪大了眼珠子。

"你放心，我不是来缠着他的，我是来把这里的钥匙还给他的！"戴妍说着，就拿出那串钥匙塞进了罗凯的手里，扭头就走。

"你一定要这样吗，戴妍？就连我唯一能给你的都不愿留下？"姚梓陌站在二楼，气色很差地看着她，就像是生了一场大病。

"一幢没有男主人的房子，你觉得我把它留下了有什么用呢？"戴妍眉头紧皱着反问。

姚梓陌默然地翻了下眼皮，无言。

两人对看了很久、很久，姚梓陌才缓缓地从楼梯上走下来，沙哑地说："我今晚……九点的班机……"

戴妍看着他，眼眶里又忍不住涌出了泪滴，可是她却拼命地阻止它们往下掉。

"我们本不该遇见的……不该遇见……但是遇见又是谁的错呢？"说完，戴妍就飞快地跑走了。

姚梓陌站在那儿，站在那儿，静默地站着，心碎了一地。那双深邃的眼睛里，布满了血丝与泪光。

当天晚上，姚梓陌就去机场了。

再留在这儿，也只是平添痛苦而已。他站在登机口的玻璃窗前，最后一次品看这个城市的一切。他知道，他应该不会再来了。即便再来，她也已经是别人的了。

但，他把他的心留在了这儿……

他会想她的，想她一辈子……

然而就在飞机起飞的刹那，有一个人正靠着那通透的玻璃窗遥望天际。她看着飞机对准了跑道，她看着飞机离开了地平线，飞向了……飞向了一个她再也看不到他的地方……

"梓陌……梓陌……"那无声的呐喊在心间骤然迸发，她呼唤着他、呼唤着。可是她知道，她是真的失去了他。

看着，看着，她不禁瘫软地坐在了地上。

深夜一点，戴妍才到家。

张萍一直在客厅里坐着，等她回来。而她等她并不是要质问她、盘问她。前阵子，姚梓陌的突然离开，又说什么延后婚期，她早就已经有了心理准备。她看着戴妍那么伤心难受的样子，她这个做母亲的也一样伤心。

"回来就好了。"张萍看着戴妍满脸的泪痕，她的眼泪也顿时夺眶而出。

"他走了，他还是走了。"戴妍苦着脸，不停地重复那几个字。张萍顿时伸手环抱住了戴妍，给予她无言的安慰。

"妈，你告诉我，为什么爱一个人会那么痛苦呢？"戴妍泪眼迷蒙地问。

张萍真的没有办法回答，她除了给予她拥抱之外真的不知道该怎么办。

快　递

之后的第二天，大约十点，门外突然有人叩门。

"来了。"张萍边应声边去开门了，门外的那个人是一个快递员。

"快递。"快递员立马把一个包裹递给了张萍。

"戴妍啊，有你的快递，是不是你订的什么东西。"戴妍昏昏沉沉的听见了一些，她便一脸困倦地去开门。

"我的快递？"戴妍很是诧异。

戴妍盯看着这个包裹，一脸困惑。那快递上的地址是本市的，而那条路好像有点熟。啊，好像是机场的那条路！这份快递，是从机场寄来的？难道是？想着，戴妍顿时皱起了眉头，又紧张又急切地把它拆开了。拆开后，盒子里面放着两个白色的素雅纸盒，还有一封信。

戴妍迫不及待地摊开信纸，上面这样写着：

　　戴妍，遇见你，是我一生中最美的风景。

　　但，我却没有办法抓住这道风景……

　　我知道你不想再看到我了，我更知道在不远的将来你一定会走到另一个人的怀里。可是，可是我还是要跟你说，我从没有欺骗过你，我真的很爱你。

　　我没有为你做过什么，我也不知道你还会不会接受我送你的东西。不过，我恳请你就看一眼好吗？即便你想扔掉，那么，也请你看完了再扔。

看到这里，戴妍拿着信纸的手在颤抖，那眼角泪啊，又一次倾泻而下。

信纸的后半段是这样的：

> 我亲手做了一条贝壳珍珠项链，还有一只我亲手编织的凤凰。我一直认为，钻石虽然闪耀，但却尖锐；虽然尊贵，但不雅致。而贝壳里的珍珠，正如你一样纯美、淡雅。而你，更是我放在心里的宝贝。
>
> 戴妍，即便我不在你身边，可我的心会在你那儿。有很多事情，我没法掌控。人生，更有很多意外。但不管怎样，请你一定要相信我，我真的很爱你……
>
> ——姚梓陌 落笔

看完了，看完了……

为什么！这到底是为什么！你既然爱我，那你为什么要走呢？

戴妍看完了，当即撕心裂肺地哭喊了起来。她咽了口唾沫，放下那封信，打开了那两个盒子。

当盒盖被摘下，那一串洁白的用贝壳和珍珠串成的项链当即置入眼眸。而那一只编制精美的凤凰，更是让戴妍彻底失控了，她顿时大哭了起来。

"小妍啊……小妍你怎么了小妍？"张萍听见了这揪人心魄的哭声，立马开门冲了进来。戴妍正扑倒在床上，哭泣……

此时，想起了叩门声，是嘉旻来了。

"戴妍！"

"她不知道怎么，收到一个快递就哭了。"张萍不解地说。

"我收到消息，说姚梓陌下个月要跟别人结婚了。"嘉旻说道。

"那人就是一个混蛋、骗子！"张萍当即嚷嚷起来。

"戴妍哭得那么伤心，看来那个消息是真的了！消息说：姚氏企业的独子奉子成婚，重温旧爱。"

"你说什么？嘉旻姐姐你刚才说什么？"戴妍猛地打开了门。

"怎么，姚梓陌没有跟你说吗？那你为什么哭啊？"嘉旻也以同样的诧异反问。

"嘉旻姐姐，你刚刚说奉子成婚？"戴妍一脸紧张地看着她。

"我们业界收到一个消息，说是姚梓陌的前女友跟前夫离婚后回来找他，还带着她的儿子一起来找他，还说，这个儿子是姚梓陌的。并借此，厚颜地想要嫁入豪门。姚梓陌的父亲在知道这件事情之后，他爱孙心切，立马决定让他们在下个月完婚。"嘉旻解释道。

随后，她顿了顿又继续说："那个女人也太会算计了，四年前跑去嫁给一个富商，四年后知道姚梓陌是姚氏企业的少东家之后就立马离了婚，带上孩子去找他！也算是败类中的极品了！"嘉旻只顾着自己在那儿说，完全忽略了戴妍的感受，以及她能否承受！

与此同时，弄堂里还有两个人正往戴妍家楼下来。他们是叶菲和赵凯，他们见戴妍一直没有来上课，也一直没有见到姚梓陌跟她在一起，早就有些觉得不对劲了。今天，赵凯还是忍不住在心里担心，便叫上叶菲去姚梓陌买的那幢房子里找她。可是，那儿没人。所以，他们就转道上这儿来了。

叶菲和赵凯知道这件事后，顿时义愤填膺地说道："这个混蛋，我去找他算账！"赵凯火气很大地冲着嘉旻吼叫。

"省省吧！你找到他又能怎么样？事情发展到现在这种地步，已经没有办法挽回了。你骂他也好，打他也好，都改变不了他娶席妍的事实！"嘉旻立马挑眉道。

"你们说够了吗！说够了就请你们走吧！"戴妍顿时情绪激动地大声说。

释然的微笑

戴妍整整昏睡了一整天，直到第二天清晨五点才醒来。她很虚弱，虚弱到说话都快没力气了。她木然地睁着眼睛，眼睛无神地看着某处，静默地一言不发。不论张萍跟她说什么，她都不回答。

就像，死了一样。

可那止不住的泪啊，掺杂着痛再次流淌，流淌……

转眼，两周过去了，日历翻到了桃花烂漫的三月。即便受了伤、即便人生布满阴霾。但，那一轮旭日还是会一日复一日地升起。推开窗，已不见了冬的萧瑟。

春，来了。

在姚梓陌走后，戴妍习惯了静默地望天。而眼角眉梢所流露的东西，也不再如以往那般清澈了。取而代之的，是一份坚韧和成熟。

当你平静下来之后，会发现，崎岖的路途虽然难走。

但，它却令你难忘。

而更重要的是，当你问自己，你后不后悔去走那条崎岖的路途的时候，你竟会发现你能够释然微笑了。是的，释然。尽管，那份爱令自己千疮百孔；可是，也依然不后悔。不再去纠结于，他是爱我还是不爱我，因为那都不重要，因为你清楚地知道自己是多么多么爱他……

那么，就够了。

其实，我第一次见他就知道他一定是一个有故事的人……

而这样一个独特的男人，又有谁愿意放手？

那个席妍就算是卑劣的，但梓陌和她终究有孩子，他也确实有责任……

当回想不再令自己痛哭的时候，我想，我已然学会了坚强地面对一切。

今天是星期一，戴妍照常去了学校。

"戴妍！"突然，传来一阵自行车铃声和那一个熟悉的声音。

"戴妍，我今天给你买了烧卖跟豆浆，那家店的烧卖可好吃了，又香又糯。"毫无疑问，那个人自然是赵凯了。

这些天，他都一直给戴妍带早点，还变着法子给她换花样。

"谢谢。"戴妍每次看到赵凯都有种说不出来的感觉。

"上车啊，我载你。"赵凯说着，就单腿撑在了地上。戴妍没有拒绝，她浅笑着坐了上去。

很多次，叶菲都旁敲侧击地劝戴妍接受赵凯。而赵凯也是一直默默地关心她、爱护她、照顾她。每当夜深人静的时候，她真的有想过。可是在她还没有放下姚梓陌的时候就接受他，这对他公平吗？

同一个时间，不同的国度。

爱尔兰都柏林市。

今天是新娘新郎试装的日子，姚梓陌和席妍在婚纱店试衣服。钱沛芬、罗凯、可惠都全程陪同，还有浩天也在，他也要试衣服。

"梓陌，你不要老是板着一张苦瓜脸好不好？"钱沛芬在一旁数落。

"我已经勉强让自己做到最好了。"姚梓陌脸色铁青地说了句。

钱沛芬叹了口气，也只好算了。

"席妍，你好漂亮。"这个时候，可惠扶着席妍出来了，她们的脸上布满了喜悦。

"妈妈，你真是世界上最美丽的妈妈。"浩天跑了过去，灿烂地笑着说。席妍满心欢喜地笑着，很是幸福。

她，终于穿上了属于姚梓陌的婚纱。

然而，当她看见姚梓陌那张黑着的脸的时候，她当即没了笑容。她很是忐忑地走了过去，轻柔地问："姚梓陌，你觉得怎么样？"

"我的看法有意义吗？"姚梓陌眉头紧蹙地回了句，态度很不好。

席妍当即沉下了脸，心在隐隐作痛。

转眼，又过了几天，到了姚梓陌和席妍结婚的日子。

而戴妍呢，正一个人走在广场上，买了一袋玉米喂和平鸽。她举头望天，看它们展翅高飞。那洁白的羽翼挥展着，尽情地飞翔，是多么自由而欢乐。

我想，你穿上新郎装的样子一定很帅吧。千回百转，你最爱的人终于回到你身边了，我应该为你高兴的。

如果有来生，我希望先遇见你的那个人，会是我……

此时，高楼顶端的钟摆转到了整点，发出了"当当当"的声音。仿佛，这就是礼堂里的钟声，敲响幸福的钟声。

那一包玉米很快就撒完了，戴妍的眼眶里也泛起了晶莹的泪光。随而，便漠然地离开了。

"戴妍……"此时，赵凯不知道从哪里冒了出来，叫住了她。

"是你啊。"戴妍转过身，淡淡地说。

"我去你家找你，伯母说你出来了。我就想出来找找看能不能看到你，没想到真的让我找到了。"赵凯浅笑着说。

戴妍看着他，也还以微笑。

"戴妍，给我一个机会好吗？"赵凯握住她的手，一脸认真地说。戴妍看着他，神情纠结，不知道要怎么回答。

"我知道你忘不了他，可是我不介意。我只知道，我真的很喜欢你。我爱你，这辈子都只爱你一个人！"赵凯很认真地说。

戴妍看着他还是一脸凝重。

"我一定会用我的全部去爱你，疼你，直到我的生命走到尽头……"

"不……别这么说……"戴妍顿时说道。

赵凯则一把拥她入怀，紧紧地搂着……

一个受了伤的人，总是需要另一人的抚慰。尽管，有那么点自私。但是，却真的很需要。需要那个人帮你一起疗伤，帮你忘了那受伤的原因。让你，尽量不再回首昨日的梦魇……

"如果，姚梓陌不曾出现在她的生命里。相信，他们早就是一对了。"

刚巧，叶菲和钱帆也在这里，她看着他们相拥在一起，很是感慨地说了句。

"幸好，没有不该出现的人出现在你的生命里。不然，我就是赵凯第二了。"钱帆提手挽住叶菲的肩膀，调侃着。而那份调侃，却是那么温暖人心。叶菲也提手环抱住了他的腰，两人依偎着，很是甜蜜。

讽刺的婚礼

都柏林。

姚梓陌的婚礼。

摆设喜宴的宴会厅里虽然宾客并不多，但是那红毯、那香槟、那鲜花都浓浓地散发着婚礼的气息，令人陶醉。至少，令席妍陶醉。

今晚，她很美。

那笑颜，很美……

然而，姚梓陌却是机械式地回应着、敷衍地回应着。

姚梓陌是天生的衣架子，穿什么都好看，而白色更把他衬托得风度翩翩，气宇不凡。但，他的心情却是黑色的，浓郁的黑色。

婚礼上，他全程黑面。除了该笑的时候勉强地笑一笑，他几乎都是板着脸的。底下的宾客都在为他们送上百年好合，永结同心的祝福。而这些祝福，是那么充满讽刺。

结束吧，赶快结束吧……

我，真的撑不住了……

姚梓陌麻木地走着婚礼的流程，脸色越来越难看。突然发现那几个小时实在太长太长了，他干脆不停地敬酒，用酒精来麻痹自己的神经。

这样，才能好过一点。

婚礼大约持续了三个小时，姚梓陌一直眉头紧蹙地看着那高脚的水晶杯。他在想戴妍，是啊，好想好想。想起了第一次见面，她忽然就钻到了他的怀抱里，像一只慌乱的小白兔。想起了他救了她，可她却打破了他的头。还有，还有两个人斗嘴的时候，她那个嘟着嘴不服气的可爱表情。

那一切的一切，都如潮水般涌来……

不由得，竟泛起了微笑，那幸福的微笑。

"梓陌，我们回房吧，客人都走了。"席妍的话，打断了那份美好的回想。姚梓陌当即沉下了脸，脸色铁青地看了她一眼，起身就走。

"等等我梓陌……"姚梓陌脚步极快地朝电梯走去，丝毫不顾及席妍。姚梓陌冷冷地瞥了她一眼，双手插在裤袋里，一脸肃然。之后，电梯里的气氛是极度冰冷的，甚至于是令人发寒的，那毛骨悚然的寒。

酒店给新人提供了新婚豪华套房，里面的设施相当奢华。房间里，席妍更是特意摆满了那一束束幽雅的紫罗兰，姚梓陌曾送她的紫罗兰。她是刻意想要令姚梓陌找回曾经的爱，更是想要提醒他，他曾经有多么爱她。

可是，这却令姚梓陌很不快。他顿时拿起电话，打给了楼层服务台，火气很大地说："立刻叫服务员过来整理下房间！"电话那头的服务生吓了一跳，马上派人来了。

"梓陌……房间很好啊，并不需要整理。"席妍有些不懂。

姚梓陌根本不理她，还恼怒地白了她一眼。

很快，服务生就来了。

"先生……请问……"

"把那些花全部给我拿走！"

"呃……是……"服务生当即愣了愣，随后很纳闷地赶紧按照他的吩咐去做了。而姚梓陌那一副吃人的样子，真的很吓人。

"我限你两分钟之内全部给我清理干净，不然的话你等着接投诉！"姚梓陌再次眼珠子凸起地大声说。

"是……是……"那个服务生真是被吓坏了，他赶紧手脚麻利地把那些放在床头柜、床上、台子上以及卫生间的花全部扔到垃圾桶里。

席妍看在眼里，碎在心里。

之后，那个服务员很是尴尬地看了一眼席妍，拿着一袋子装满了紫罗兰的垃圾袋走了出去。

"梓陌……"席妍叫了他一声，眼睛里布满了泪珠。

"很多东西的意义只存在那特定的时刻，代表我们之间的紫罗兰已经凋谢了！而且永远都不会再盛开！"姚梓陌万般冷酷地说。

"梓陌……"席妍听了，泪水当即夺眶而出。

姚梓陌根本看也不看她，他很是无情地朝门口走。

"你要去哪儿？"席妍当即冲上去，泪流满面地问他。

"我去别的房间。"姚梓陌冷冷地说了句。

"梓陌，你别这样好不好？"席妍很是可怜地乞求。

"你不介意我跟你睡在一起想的却是别人，可是我介意。"姚梓陌凑近席妍的脸，很是残忍地说。说完，他就"砰"一下摔门而出了。

"呜呜呜……"席妍顿时就靠着门板大哭了起来。而那份凄惨的哭声，姚梓陌听着根本不怜惜。他急速走进电梯，去大堂重新订了一间房间。

而会有这样的结果，席妍也早该有准备不是吗？

姚梓陌，从不接受威胁，更不会因此而妥协！她能拥有的，也只是他的躯壳。而现在看来，她就连这份躯壳也许都无法拥有！

被遗弃

新婚夜，除了眼泪便是那被遗弃的悲凉……

姚梓陌则在行政套房里，望月。

他忽然发现，他和戴妍互不交集但却又客观存在。正如，那日月。他们存在于这天地间，却无法相对。唯有，遥遥相望。

他停留在夜晚，她凝聚在白天。

看到的，已是截然不同的景象。

戴妍，我负了你，更伤害了你。不管有多么无奈，这仍然是不争的事实。戴妍，我欠你的真的太多太多了。想着，姚梓陌忽然从口袋里拿出一颗晶莹剔透的珍珠，他拿着它，凝看着，凝看着。嘴角，竟会泛起一丝微笑。

也不知道从什么时候开始，他发现他越来越迷恋珍珠了。那白色的珠光，那份淡淡的雅致，那份默默存在却不与争辉的坦然，真的很美。那份美，可以令人静静地欣赏，慢慢地品味，长存心间。

深叹一口气，姚梓陌歪侧着脑袋，单手插在裤里，靠在了窗沿上。他默然地翻眨着眼皮，那眉宇间的失落、留恋和心痛都在那份想念的神情里浮现。

戴妍，要我忘了你，我想我这辈子都做不到……

姚梓陌突然发现，这所谓的爱情总爱跟他开玩笑。他总是陷入爱过又分开的怪圈，很诙谐很讽刺……

而此时的戴妍正在和赵凯逛街，她试着跟他在一起。他们来到了一家综合性的商场，赵凯去买电影票。刚巧，对面是一个卖珍珠的专柜。她不由得，走了过去。

"我亲手做了一条贝壳珍珠项链，还有一只我亲手编织的凤凰。我一直认为，钻石虽然闪耀，但却尖锐；虽然尊贵，但不雅致。而贝壳里的珍珠，正如你一样纯美、淡雅。而你，更是我放在心里的宝贝。"

看着看着，她的耳边又想起了姚梓陌留给她的那些文字。

"小姐，要不要试试看，这个款式是新来的，很优雅呢。"柜台小姐当即走了过来，她见戴妍一直盯看着柜子里的项链，便立马热情地说。戴妍还是沉浸在自己的思绪里，根本没有听见。

"其实戴珍珠很有气质的，显得很高贵又文静。"柜台小姐说着就把那条项链给拿了出来。

"我来帮她戴上。"这个时候，赵凯买好了票走了过来。他顿时笑着接过柜台小姐手里的珍珠，深情款款地帮戴妍戴上。

"很好看。"赵凯当即笑着，着迷地看着她。

戴妍这才回过神，有点尴尬地回看着他。

"喜欢的话就买下来好了。"说着，赵凯就把那条项链解了下来，示意让小姐包起来。

"不，不喜欢。而且很贵，不要了。"戴妍赶紧摇了摇头，转身走了。

一年后，郊外森林公园。

赵凯今年毕业了，大家一起出来烧烤。

时间呐时间，你不是不停地在往前走吗？可是为什么我的心却一直在原地踏步？甚至，在倒退。跟赵凯在一起，不知不觉居然快一年了。但，她依然无法用新的自己去面对他，她没法去爱他。

"烧烤的炉子弄好了，可以烤东西了。"钱帆和赵凯一起在那儿生火，搭帐篷。也是他们刻意地制造机会，想帮赵凯和戴妍在一起。

"戴妍，有烤羊排、鸡翅，还有玉米，可香了。"叶菲一边拆带来的食物，一边叫唤戴妍。戴妍顿时转头笑了笑，走了过去。

"想吃什么，我帮你烤。"赵凯当即坐到了戴妍的身边，温柔地问。

"随便。"戴妍很是敷衍地说了句。

"诶，人家赵凯帮戴妍烤，你也帮我烤啊。"叶菲当即冲着钱帆撒娇。

"人家戴妍多温柔多有女人味，你这个'男人婆'就自己烤吧。"钱帆当即挑着眉故意调侃她。

"喂！"叶菲顿时气得瞪大了眼睛。

"嗬嗬嗬……"戴妍当即咧嘴笑了起来，很是无语地摇了摇头。

"你终于笑了，这些日子我都没怎么看你笑过。"

那个刹那，你我默然相望。

而那份相望，就像是一个游走在街上乞讨的乞丐，是如此奢望寻求你那一点回眸与施舍。尽管，心有些痛。不过，我愿意。

突然，厚重的乌云弥漫在了上空，这云卷云舒的天色一下子就沉了下来。

"好像要下大雨了，我们赶紧换个地方。"说着，赵凯赶紧收拾。

"嘶……"

"怎么了？"

"没事，不小心被锡纸烫了一下。"

赵凯不小心碰到了那个烤炉上的锡纸，食指顿时被烫红了。

"你还是担心我的，对不对？"赵凯顿时紧握住了戴妍的手，收到了自己的胸前。

戴妍眼神闪烁地看着他，没说话……

"轰隆隆——"一声雷鸣过后，那豆大的雨滴当即倾泻而下。那急骤的雨水很快就浸湿了他们的身体，而赵凯却还是这么深情地盯着戴妍。两个人就这样站在大雨滂沱之中，默然地看着彼此。

　　"每一个人都会被另一个人取代，相信我，戴妍。"赵凯一脸正色地说道。

每一个人都会被取代

深夜一点，外面又下起了大雨。

戴妍掀开窗帘，看那如瀑布般倾倒的雨水，听那急骤而重重地拍打玻璃窗的声音。陷入了一种迷茫和困顿。

"每一个人都会被另一个人取代，相信我，戴妍。"

耳边、眼前，忽然浮现了白天在赵凯家的情景。两个人相视而坐，赵凯很坦然、很真挚地跟她说了一番话。而这番话，着实令戴妍久久都不能平复。

"戴妍啊，赵凯那么优秀又那么爱你，你为什么就不能给他机会呢？"

"小妍啊，我看那个叫赵凯的特别关心你，是不是挺喜欢你的？妈觉得，这个孩子不错啊。人呐，还是要找一个安稳的，跟自己是在同一个世界的比较好啊。"

叶菲和张萍的话也相继在耳边响起，加重了戴妍烦扰的思绪。

此时的都柏林，正逢晚上吃饭时间。

"爸，这次的投标很成功，我们顺利拿下了 YH-5 的地块，不久就可以开工了。"姚梓陌嘴角微扬地说，偶露一丝喜悦。自从他跟席妍结婚，他就把所有的经历都扑在了工作上。整天早出晚归，他这么做是不想让自己一直思念戴妍，也是不想让自己去面对席妍和浩天。

他根本不想看到她，一分钟也不要！

姚宗岚点了点头，不过他又怎么看不出他所想的。于是，他便放下筷子，说：“既然投标很成功，你也就可以休息一下了。不如，你陪席妍和浩天一起出去玩几天吧。”

“好啊好啊……爸爸……你陪我们一起出去玩吧。”还没等姚梓陌开口，一旁的浩天就立马兴奋地叫嚷起来了。

而席妍的脸上，也划过一丝高兴。

“不了，爸爸很忙，要不你跟妈妈去吧。”姚梓陌当即一口回绝。

“不是已经顺利地拿下那块地了吗？还忙什么？”姚宗岚眉头一皱，反问道。

“这次是我们姚氏首次建造超五星的商务中心，我希望亲自监管。我已经让罗凯订了机票，我明天就会飞过去。”姚梓陌眉头紧蹙地说。

“你才回来就又要走？”钱沛芬在一旁也发话了。

“嗯。”姚梓陌冷冷地应了声。

“监管这种事也不用你这个副董事长亲自去啊！”姚宗岚很是不悦地说。

“爸，是您教我，凡事都不能掉以轻心，很多事也最好亲力亲为。不管自己站在了什么位置，都不要忘了我们是怎么过来的。”姚梓陌一脸肃然，眉峰高挑地说。

原本好好的一家人吃顿饭，这气氛一下子就阴沉了下来。

“我吃好了，你们慢用。”说着，姚梓陌就一抬屁股准备走人。

“你给我回来！”姚宗岚当即“啪”一下拍了下桌子，非常生气。姚梓陌则站在了那儿，眉头紧蹙。

“你看看你，你看看你这张脸！这个表情！你想给我们看脸色看多久？是不是一直要让我看到进棺材里啊！”姚宗岚气得吹胡子瞪眼的，冲着姚梓陌大吼起来。

"爸，难道你认为强人所难之后的表情会是愉悦的吗？我已经在按照你的意愿在做了。我回了姚氏做事，我娶了她，你还想我怎么样？"姚梓陌也是火气很大地反问。

"你……"

"好了，你就由他去吧。"钱沛芬见他们爷俩针锋相对，赶紧过来圆场。她明白姚梓陌的苦，也担心姚宗岚的病。

总之，这过一天就是一天吧。

之后，姚梓陌就上楼去了。

"他就是不喜欢我跟我妈妈！他根本就是讨厌我们！"浩天看着他的背影，很伤心地说了句。

"浩天，不要乱说！爸爸真的是因为太忙了……"席妍强忍住了泪水，转而安慰浩天。

"是啊浩天，爸爸工作太累了，所以才会这样的。要不就让妈妈带你去坐游艇玩两天好不好？游艇上可好玩了，还有很多好吃的。"钱沛芬也赶紧来安慰。

"我不想去！"说着，浩天就跑进了自己的房里。

席妍和钱沛芬相视了一下，钱沛芬也只好提手拍了拍她的肩膀，叹息地走了。

房间里，姚梓陌在收拾东西，明天一早就要去机场。

"梓陌……"席妍走过去，轻唤了他一声。

"我还有份文件没有写，你先睡吧。"说着，姚梓陌就放下行李，往书房走。席妍没有拦他，她也知道她拦不住。

结婚以来，这张双人床一直都只是一个人……

嫁给我

一晃眼，又是七月，正值夏之女神绽放的时节。

天清气朗，黄莺高歌，那一朵祥云在万里晴空中飘浮，铺洒美好。赵凯载着戴妍来到了一个植物园游玩，而两个人的交往也有一段时间了。

"这是罂粟花吗？"戴妍盯看着那一片绚烂与华美，甜美地笑问。

"是啊。很美对吗？"赵凯也嘴角上扬，看着眼前的怡人景致。

"罂粟属于有毒的花卉吧？"戴妍醉看着说。

"在古希腊神话中流传着罂粟的故事：说是有一个统管死亡的魔鬼之神叫作许普诺斯，他的儿子玛非斯手里拿着罂粟果，守护着酣睡的父亲，以免他被惊醒。"赵凯一本正经地说着，戴妍好奇地抬头看他。当两个人四目交汇，便闪现了那份缠绕着却又道不明的情愫。

戴妍很快别过了头。

"别避开我戴妍。我真的愿意守护你一辈子……即便，我拿着那一朵有毒的罂粟。但，我依然要用尽我的一切力量去守护你……"赵凯紧紧地抓住了戴妍的手。

"赵凯……"面对这样的深情，戴妍真的无以回复。

"嫁给我吧戴妍！让我用我的一生去帮你忘了姚梓陌！"赵凯眉头紧皱着，心痛却又认真地说。

戴妍的眼眶当即湿润了，不知道是因为感动还是因为依然放不下姚梓陌。

"我不想再等了，因为我怕失去！戴妍，答应我好吗？"赵凯又紧张又忐忑地乞求她。戴妍看着他，不禁掉落了那晶莹的泪。赵凯当即提手去擦拭，轻抚她的脸庞，爱之深切。

"对了，我有东西要送给你，是你同意跟我交往的一百天纪念。"说着，赵凯就拿出来一个藏蓝色的礼盒。

"你打开看看。"

戴妍瞥了他一眼，小心翼翼地拆开了那个精美的蝴蝶结。

盒子里的东西，当即令她没了笑容。

因为……因为那是上次他们一起看电影的时候，她在那个珍珠柜台看的那条珍珠项链，她拿着它，拿着它，只觉得心又在隐隐作痛了。

"其实，我在那天就买下来了，只不过一直没有拿出来，想要找个适当的时候才送给你。"赵凯轻柔地说着，盯着戴妍的脸色。

"你戴起来真的很好看。"赵凯俯下身子，凑近戴妍的脸，含情脉脉地看着她。

戴妍尴尬地笑了笑，没说话。

"戴妍……你就是茫茫人海中那一颗沧海遗珠，我希望我会是那一个有幸拥有它的人……我一定好好的珍视它、呵护它、保存它……"赵凯提手按住她的肩膀，情真意切地再一次承诺。

半月后，戴家。

"伯母……"赵凯带着一些水果和礼品来到了戴妍家。

"哎呀，赵凯啊，再过几个月你就要改口叫妈啦。快快快，快进来坐啊，我今天烧了你最爱吃的红烧猪蹄。"张萍对赵凯很是喜欢，着实比姚梓陌要喜欢得太多太多了。她在听到戴妍愿意跟赵凯结婚的时候啊，她真是笑得合不拢嘴啊。

赵凯不论从长相还是背景或是人品，各个方面都比姚梓陌让她满意，也宽心多了！他的父母都是律师，通情达理又很开明。说是只要赵凯喜欢的，他们就喜欢，多好的父母啊。

而赵凯的父母也在见了戴妍之后，很是满意，觉得他们很般配。

"谢谢伯母。对了，改天我也下厨烧一顿给你们尝尝。"赵凯顿时挑着眉说，很是自信满满的样子。

"怎么你还会烧菜吗？"戴妍从房里走了出来，眯着眼睛问。

"你男人我啊，会的东西还很多呢。"赵凯当即凑到戴妍的耳朵边，坏笑着说。

想　念

夜晚，总是令人遐思。

很多事，都会在黑幕下浮现。

戴妍拿着赵凯送给她的珍珠项链，静默地看着，看着。心里，似乎难以泛起那份喜悦。相反，而是一份纠结和沉重。

轻叹一口气，把项链放在了床头柜上。

然而，她的手指却愕然停在了床头柜下的第二节抽屉。只因，那个抽屉里放着姚梓陌为她亲手做的项链。一件礼物的贵重与否，只在于那个礼物在主人心里的价值。即便，它们毫无成本，但对于那个拥有它的人来说却是无价之宝。

戴妍不由得打开了那个抽屉。那白皙的手指，小心翼翼地碰触那一串串满了贝壳和珍珠的项链，那白色的珠光，是那样华美而淡然。

姚梓陌，你好吗？

一定，很幸福对吗？

我忽然发现，我的人生已经走过了所有该走的路途。因为，你在我的路上消失了。所以，属于我的漫漫长路也已到了尽头。即便，没有到尽头。但我知道，那远方的路途已经不是我想要去的地方了……

但，讽刺的是，我还是要去，对吗？

姚梓陌，很多人都在告诉我，我该忘了你，我该跟赵凯在一起。赵凯更告诉我，一个人一定会被另一个人取代……

可是，我却从你身上看到了一个答案。那个答案就是，一个人根本无法被另一个人取代。而我，更没有办法取代席妍在你心里的位置！

我知道，你对我是愧疚多过于爱……

你留下的那些字，只是想要安慰我而已。

此时，戴妍的手机突然响了，是赵凯打来的。

"戴妍，没吵你睡觉吧？我……我想你想得睡不着，所以……"电话那头，传来了赵凯温柔又紧张的声音。

"我们才一起吃过饭呢。"戴妍淡淡地说。

"是啊，可是，可是我就是想你……你知不知道，我多么希望我可以把时间往后快进，可以让你早点做我的新娘。"赵凯一边说，一边幸福地笑着。

"你一定很困了吧？好了，我不打扰你了，你赶紧睡吧，晚安。"对于戴妍的沉默，赵凯以为是她困了，所以他很体贴地挂断了。

妈，我想你应该是对的。

我想，这是我真的该放下的时候了……

赵凯和戴妍的婚礼订在了九月十二日，什么请柬呀、婚庆公司啊、酒店啊、蜜月旅行啊全都已经订好了，两家人都开开心心地等着结婚那一天呢。

这两个月，张萍和戴辰一直眉开眼笑的。两个人还一起去逛商店买些体面点儿的衣服，张萍更是每天晚上在家操练演讲词，可激动呢。

日历一张一张被翻得很快，转眼间就到了结婚的前三天。

"喂，你快再听我背一遍。"张萍冲着戴辰大声说，她还特意清了清嗓子。

"妈，其实你不用背嘛，照着稿子念就行了。"戴妍靠在门板上，笑着说。

"那不行，人家赵凯的爸爸妈妈都是律师，请的那些人都是有级别的好不好。再说了，我问他们，他们都是直接上去发言的，就我拿着稿子读，这多丢人呐。"张萍顿时眯着眼睛说。

"人家是律师，你是下岗工人。人家场面见得多又出口成章，你这瞎掺和什么。我说啊，你就太平点、稳当点，拿着稿子读吧。万一——紧张背错了，这才丢人呢。"戴辰也在一旁发话了。

"呵呵呵……"这一家人有说有笑地调侃着，散发着浓浓的温情和喜悦。

而叶菲自然就做戴妍的伴娘了，两个姐妹淘也就一起出去逛逛咯。

"戴妍啊，你知道吗，我真的很高兴看到你能和赵凯走到一起。在我眼里，你们才是天造地设的一对呢！那个姚梓陌呐，根本就不适合你。"叶菲心直口快，冷不丁地又说了不该说的话。

看得出来叶菲真的很开心。也许，在她心中，贴近民众的爱情和婚姻才是踏实的吧。那个姚梓陌，是那么让人不放心。

结婚前夕，戴妍的房间都挂满了各种各样的中国红，那红色的缎带和喜字都被张萍等不及地挂上了。

可是，戴妍看着它们却读不到那份喜庆。

要结婚了吗？怎么觉得那么不可思议呢？

九月，九月……

是啊，两年前的九月我遇见了姚梓陌，就这样闯进了我的生活，扰乱了我的一切！想着，戴妍不禁沉下了脸，眉头紧蹙。

黑夜终将过去

晚上八点多了，戴妍心不在焉地把玩着红色的中国结，情绪有些消沉。于是，她想出去走走。秋初的晚风是那样的和煦和凉爽，只是它吹不散那已然凝结的愁。

不知不觉，戴妍竟然走到了那一幢姚梓陌买的婚房的小区门口。她盯看着，盯看着，也很诧异她为什么会来到这里，也许是潜藏的自己带她来的吧，也许是来做最后的回忆。

而回忆过后，就应该去拥抱明天了……

路灯下，那一幢白色的建筑显得格外耀眼。那是他们曾经的爱的小屋，那是他们曾经缠绵的地方。尽管短暂，却铭心刻骨。

深叹一口气，缓缓地靠近那扇门，提手去抚摸那扇门板，不由得千头万绪。那温热的泪水，总是忍不住地再次充斥眼眶。

"戴妍……"忽然，有一个声音在她的身后响起，这个声音更令戴妍一颤。

姚梓陌？这是姚梓陌的声音！

不！这怎么可能！

想着，她猛地转身。而转身后，她真的呆愕住了。那个站在她身后的人真的是姚梓陌！是姚梓陌，是他，真的是他！

姚梓陌咽了口唾沫，本能地提手为她擦拭那眼角的泪。

很巧，不是吗？他才下飞机，他才刚到这里，他竟然就看到了让他想得快发疯的人！而且，就这样活生生地站在他面前。近在，咫尺。

然而，就这咫尺的距离却显得如此遥远。我可以看着你，却不能拥有你。是的，不能拥有！老天爷，你赐予了我们那么多的不期而遇为什么就不能让我们在一起呢？

姚梓陌抚摸着戴妍的脸庞，看着，看着，只觉得心里阵阵涩苦。他，是借着工作为由来这里的。但更多的是因为，他的心在这里，他想来看一看。不管是重温，还是祭奠，他就是不由得往这儿来了。

"你好吗？"姚梓陌盯看着戴妍，沙哑地问。

"你觉得呢？"戴妍含泪反问。姚梓陌沉默着，沉默。

"不用担心我，我很好。"戴妍强忍住心中那如巨浪般翻滚的心绪，故作平静地说。

"那么晚了，怎么一个人在这儿？"姚梓陌明知故问。也或者，他是想要听一些温情的话吧。可是戴妍，并没有让他如愿。她只是淡淡地说了一句："我只是经过，过来看看而已。"

"嗯。"姚梓陌很是失望地应了声。也许，两个人都有各自不可违背的人生。所以，即便心里都那么想念着彼此，一见面竟然变得异常冷漠。

"你呢，怎么来这儿？"戴妍也以同样的方式反问。

"我来这儿办事，所以过来住。"姚梓陌眉头紧蹙着，淡淡地说。戴妍听了，也是同样的失落和伤心。

"那你早点休息吧，我走了。"说着，戴妍便从他身边擦肩，泪眼模糊。

"我很想你……"就在她与他擦肩的刹那，他一把拉住了她的手。

戴妍眼眶里的泪水，顿时不听话地直往下掉落。

"戴妍……我真的很想你……"姚梓陌转身，一把抱住了她。这是分开这么长时间以来，第一次的拥抱。

"人不可以太贪心的……"戴妍用力地挣脱他的怀抱，神情肃然。

姚梓陌顿时把挂在嘴边的话又吞了回去，一脸揪心。

"我明天就要结婚了……"戴妍仰头看着他，轻柔地说。

姚梓陌听了，当即一颤。

"你不祝福我吗？祝福我走到下一个人的怀里，如你所愿……"戴妍的眼神又爱又恨，万般痛心。

"和赵凯吗？"姚梓陌本能地问。

"他真的很爱我，对我很好，我想我一定会幸福的。"戴妍一边说一边盯着他。

也许，她是想要看看他听到后的反应，从而从这反应里找到一丝她想要找的东西……

"那……恭喜了……"姚梓陌僵着脸，声音颤抖着。而那苍白的脸色也因为夜的黑没有被发现。

戴妍看着他，默然中，便转身走了。

转身之后，便是那无尽的泪水……

姚梓陌木然地打开房门，一个重重地摔门。随后，就瘫软地坐在了地上，抱头痛哭起来。他不知道他为什么会这样，他以为他可以坚强地面对一切。是，他早就知道，她一定会走到下一个人的怀里，她一定会是别人的！可是，可是为什么，为什么在他知道之后的感觉是那么的痛！那么的痛！

接新娘

新一轮的太阳如期而至，就如我们所预期的一样。而阴霾过后，通常也是一个艳阳天。今天的天气，很好。

七点，化妆师就来到了戴家，给戴妍化妆了。还有叶菲，她也早早来帮忙了。听说，结婚当天会很忙，女方家里要烧什么桂圆枣子汤，床上要放好五谷丰登。说是寓意团团圆圆、甜甜蜜蜜、早生贵子。

"来来来，先来的就先喝一碗讨个好彩头。"张萍端了两碗桂圆汤给叶菲和化妆师，脸上挂满了灿烂的笑容。

"谢谢。伯母啊，你看戴妍多漂亮啊，才刚上了粉底和眼线就那么漂亮了。你看这眼睛又大又水灵，多妩媚呀。一会儿赵凯来了，一定会被她迷得晕乎乎的。"叶菲笑着说道。

"是啊，新娘子本来就长得很漂亮，这一化妆就更漂亮了。就是眼袋有点深，是不是昨天太兴奋了没睡好呀？不过没事儿，多涂点就行了，看不出来。"化妆师说着，就给戴妍的眼睛下面加重了粉底。

"哇，结婚做新娘子哎，换谁都会兴奋得睡不好的。要是我呀，一定更兴奋得一晚上都睡不着呢。"叶菲顿时在一旁嚷嚷起来。戴妍听了，附和着笑了笑。

大约十点，来接新娘子的婚车到了。

从窗口向下望，只见弄堂里围满了看热闹的人。钱帆和戴辰正在地上把一千两百响的礼炮摆出一个心形的造型，摆好之后再在楼梯上铺上了红毯。而婚车因为弄堂里的路太窄开不进来，司机只好把车停在了路边上。

"呀呀呀，新郎上来了，上来了！不行不行，我得去守门！"叶菲说着就飞快地冲到了门口，把门给堵上了。很快，赵凯就兴高采烈地上楼来了，可是叶菲就是不肯开门，让他吃了闭门羹。

"好了啦叶菲，快点让我进去嘛！你的红包我早就准备好了，你快开门啊。"赵凯急得在外又是敲门又是大声嚷嚷。

"一个红包可不够哦！这话说好事成双，我要两个满满的红包！"叶菲把这门，趁机狠狠地敲他一笔。

"行行行！你要多少个都给你！快点开门！"赵凯真是等不及要见他美丽的新娘子了。

"看你着急的，好吧好吧，就放你一马！"说着，叶菲就转动了门把，放他进来了。

一开门，赵凯就完全被惊呆住了！

那一袭抹胸款的白色婚纱，那一头高雅的发髻，那一个精致又纯美的妆容。天呐！她简直就是一个天使，一个圣洁的天使。

好美！真的好美！

戴妍看着他浅笑着，而对于他如此炙热的眼神也不禁显得有些羞涩。那份眨也不眨地凝看，真的让人很不自然呢。

"很美吧？我就知道你一定会是这幅表情的。我们的戴妍啊，真的是个不折不扣的大美人，她一定是最美丽的新娘子。你呀，可要给我好好地待她哦，不然啊，我第一个就不放过你！"叶菲一边笑一边恐吓赵凯。

赵凯看着都不知道说什么好了，他只觉得自己好幸福。他缓缓地走向前，牵起了她的手，再一次深情地醉看她。两个人都直勾勾地看着彼此，那一刹那的镜头是那么甜蜜而般配。

之后，便是一系列迎娶的流程。先是给岳父岳母敬茶，然后就是新人一起喝甜甜蜜蜜的桂圆汤，再然后就是新郎把新娘子抱着下楼去咯。

在一阵"噼里啪啦"的爆竹声中，赵凯抱着戴妍踩过红毯，带她离开了娘家。

一片，喜悦。

而因为婚车停在路边的关系，所以赵凯就一路抱着戴妍，走了一个长长的弄堂。这更是引来了更多的街坊邻居，大家都向他们送上了喜庆的祝福。戴妍更是大出风头呢，她甜美地窝在赵凯的怀里，接受着这份瞩目。

一切，是那样美……

然而就在他们坐上婚车，离开这里之后。在隔壁弄堂里暗藏着一个人，他正默默地看着这一幸福却令他滴血的一幕。

戴妍，祝你幸福。

找不到幸福

很快，就到了傍晚五点半。

赵凯和戴妍在去过婚房，给公公婆婆同样敬过茶、拍过外景照之后就按时来到了酒店。酒店的大堂里摆放着他们的婚纱照。赵凯其实长得也很帅气，也很上照。两个人拍在一起，也很像是王子和公主的完美结合。

只不过……

戴妍看着那张照片，不禁泛起了些许惆怅。是的，婚纱照。她本来是要跟姚梓陌拍的，不是吗？可弄人的是，他们就连一张照片都没能拍成，都没法拥有。

赵凯发现了戴妍眼神里的异样，他的眉头顿时微微动了一下。不过，他还是忍下了那心里泛起的不快。他深呼一口气，紧紧地握住戴妍的手，温柔地说："走吧，去签到台那儿准备迎接宾客了。"说完，他就当作什么也没看见的，笑着走了进去。

香槟透过特别处理的水晶杯发出了冰蓝色的荧光，宛若，天上的繁星。粉色和红色的玫瑰围绕在这个婚礼的殿堂里，布满爱情的芬芳。

在司仪的解说下，在众多宾客的见证下，戴妍和赵凯到了婚礼最重要的环节——交换信物。用一枚戒指，圈住你一生一世……

戴妍看着那闪耀的钻石，淡淡地朝赵凯笑了笑。而那笑容里，找不到那一个叫作"幸福"的词语。找到的，似乎是"死心"和"认命"。赵凯看着她，心里不禁一揪。可是他，还是满心欢喜地帮她把戒指带上了无名指。

底下，当即掌声一片。

那是，祝福的掌声。

大约十点，喜宴差不多结束了，宾客也都走得差不多了。

"累了吧？"赵凯挽着戴妍，很是怜爱。

"有一点。"戴妍淡淡地回答。

"那我们先回房休息吧。"赵凯凑到戴妍的耳边，小声地说了句。

"还有人说要去闹洞房呢。"戴妍当即挑眉说。

"放心，钱帆会帮我搞定他们的。我站了一天了，都累死了，再闹下去我连洞房的力气都没有了。"赵凯坏笑着说。戴妍尴尬地看了他一眼，心里有些忐忑。

酒店送的婚房在十七楼，戴妍换了件简单的晚礼服便跟赵凯去房间了。

赵凯一直盯着戴妍，如此美艳的尤物在身边，他早就等不及洞房的那一刻了！他邪笑着赶紧用门卡打开房门，很是迫不及待地要做某些事情。

一进门，他就一把从身后圈抱住了戴妍的腰。他更是沉醉地低下头，品闻她的发香，贴近了她的脸颊。那温热的鼻息和唇间的点点碰触，都让戴妍感到好不安好不安。

她，还没有做好准备。

赵凯微微闭着眼睛，开始不停地轻吻她的耳际，她的颈项。

"先去洗个澡吧……"戴妍眉头紧蹙，推开了他。

"你今天真美……"赵凯再次抱住了她，亲吻。

"快去吧……"戴妍尴尬地再次推开他，轻柔地说。

"那好吧，老婆叫我去洗我就去洗。很快出来。"说着，赵凯就笑着走进了卫生间。

戴妍忽然有种如释重负的感觉。她忽然不知道该怎么面对赵凯了！她也才发现，原来她根本就做不到跟别的男人在一起！

不到十分钟，赵凯就从里面出来了。他围着一条毛巾，上身赤裸着朝她走了过来。

"我……我也去洗个澡……"戴妍说着就逃进了卫生间。

这，让赵凯的心当即冷了下来，更显得非常不快。

十分钟，二十分钟，半个小时！戴妍进去了很久都没出来，赵凯在外面等得快发飙了！只见，他眉头一皱，就走到了卫生间门前，脸色铁青地提手就想敲门。

可是，那提起的手还是愕然停在了半空。

他看着那扇门，深呼一口气，便说："你慢慢洗，我困了，我先睡了。"说完，他就板着脸坐到了床上，假装睡去。

对不起赵凯……我……戴妍在里面听了很是愧疚，可是她真的不想，不想发生这些！她努力地想去接受，可事到临头了却还是做不到。

这一夜，是无言的、是寂静的、是冰冷的……

而这幢豪华的五星级酒店楼下，另一个人一直仰望着这座酒店，从傍晚一直站到了深夜。他看到了穿着婚纱的她，看到了他们为彼此戴上了戒指。

抽完最后一根烟，他走了。

第二天，戴妍早早地就起床了，她真的睡不着。不过这一整晚，赵凯都没有对她动手动脚，他一直都很规矩地背对她睡。

"你醒了？"戴妍刚要下床，赵凯就转过身轻柔地说了一句。

"是啊……"戴妍的声线有些发颤。

"那就早点去楼下吃个早餐，去你家吧。"说着，赵凯就笑着起床了。新婚的第二天是要回门的，也就是去娘家吃饭。

戴妍点了点头也就没多说什么，两个人看起来像是客人一样。彼此之间，都有一份难以言喻的心绪。

用过早餐之后，赵凯和戴妍便回到了戴家，两个人看似恩爱非常。可是，在戴辰和张萍转身后，他们就变得不是那样了。赵凯的脸色低沉着，把弄着手里的杯子，心事重重。

很快，就又到了晚上了。他们在戴家吃完晚饭后就回赵家了。结婚后，戴妍是和赵凯的父母一起住的。他们的父母虽然开明，但也同样很爱这个儿子，也希望结婚后媳妇能跟他们住一起。所以一开始，就特意买了这种复式的四房二厅的房子。

"妈，我们回来了。"赵凯一进门就笑呵呵地叫了起来。

"那就早点上楼休息吧，明天一早你们还要去巴厘岛度蜜月呢，有些日用品我已给你们收拾好了，你们再检查下有什么遗漏的。"赵凯的母亲看上去很干练很能干，但是也不失亲切。

"去吧……"她很温柔地拍了拍赵凯的肩膀，喜爱之情溢于言表。

做父母的能够看到自己的子女找到自己所爱的人，得到幸福，那是最开心不过的事情了。因为，他们只可以赐予他生命，却无法赐予他幸福。因为，他们只可以陪他走一程，不能陪他走完一生！

只有他身边的那个人，才可以给他想要的幸福，陪他走完一生……

她虔诚地希望，他们可以牵着彼此的手到白头……

她看着他们双双上楼的背影，不由得露出了欣慰的笑容。

度　假

夜晚，总是会来临的。突然发现，他们两个人都很惧怕黑夜的到来。因为，那真的很折磨人。那一张床是如此醒目而刺眼，那一对双人枕是那么充满讽刺和悲情。

"赵凯，你娶回家的只是一个躯壳，你值得吗！"赵凯的心里，突然冒出一个声音。

赵凯重重地闭上了眼睛，随而再次睁开对自己说："好吧，即便是一具躯壳，那么我也要先得到那具躯壳。"想着，他猛地夺门而出。

那"砰"的一声，把戴妍吓了一跳。她正在整理衣服，明天去巴厘岛要带的衣服。

"你怎么了？"戴妍很是诧异地看着他。

"衣服明天再整理，我们还是做点别的。"赵凯一脸肃然地走近戴妍。

戴妍当即愣住了，她眉头紧蹙，直往后退。

"我们是夫妻，不应该让它名副其实吗？"说着，赵凯就一把把戴妍推在了床上。

"我……我还有很多衣服要整理。"戴妍顿时急得嚷嚷起来。

"你是我法定的妻子，你是我老婆！"赵凯顿时大吼一声。

这一夜的暴风雨总算是很快就散去了。

一早七点，赵凯就起床了，他亲自下厨给戴妍做早餐。他做了西式煎蛋，烤了切片面包，还热好了鲜奶。随后，就静静地等戴妍起床。

七点半，戴妍还是下楼来了。

即便心里有多么不快，但就像赵凯说的，她是他法定的妻子……

"你起来了，过来吃吧，还热着呢。"赵凯一看到戴妍马上就笑着说了起来。

而后，戴妍就木讷地拖着行礼去了机场。

经过六个小时的飞行，他们已经踏入了巴厘岛的土壤。巴厘岛是印度尼西亚著名的旅游区，地处热带，且受海洋的影响，气候温和多雨，土壤十分肥沃，四季绿水青山，万花烂漫，林木参天。岛上沙细滩阔、海水湛蓝清澈，是一个很美的地方呢。

他们这次报的是蜜月自由行，一下飞机，酒店的班车就来接他们去酒店了。

到达酒店正直斜阳西下的黄昏，那一片蔚蓝色的海域泛着那醉人的霞光，这一番美景真的让人心情愉悦。一边欣赏碧海蓝天的美景，一边跟爱的人一起在海风中漫步，真的好美，好美。

"这里真的好漂亮……"戴妍不禁笑着称赞起来。

"你喜欢就好了……"赵凯从背后搂住了戴妍的腰，轻柔地说。戴妍侧头看他，嫣然一笑。

然而就在这个温情的时刻，在这片海域上突然冒出来一个摩托艇。那个人带着游泳眼镜，很是帅气地刹停在了岸边，正对他们的岸边。一个漂亮的跨越，那人便熄火下了摩托艇，还很自然地摘下眼睛，将了将湿漉漉的头发，走了过来。

哦，老天！这个人竟然是姚梓陌！他为什么会在这里！赵凯当即咬牙切齿地盯着他。而姚梓陌也同样很诧异，他玩摩托艇有一会儿了，正想回酒店用晚餐，哪知道这一抬头就看到了赵凯跟戴妍相拥在一起！

　　戴妍也看见了他，她顿时挣脱了赵凯的怀抱，一脸的不自然。没办法，姚梓陌还是得从这里过去，因为他的衣服放在了更衣室里，而更衣室正在他们的后面。姚梓陌穿着泳裤，裸露着健硕的腹肌，眉宇间散发着那份深沉和醋意。

　　"来这里度蜜月吗？这里风景是不错。"姚梓陌看着他们，嘴角斜扬地说。

　　赵凯看着他，恨不得给他一拳头。

　　"我想你一定不想看见我。不过，我也一样。"姚梓陌冷厉地直视赵凯，不知怎么，这心里就是充满了挑衅和火气。

　　"我们走。"赵凯狠狠地瞪了他一眼，拉起戴妍就走。戴妍眉头紧蹙地看着姚梓陌，眼神中掺杂了太多复杂的情感和那数不尽的话语。

　　姚梓陌歪侧着脑袋看着他们，心中打翻了几百坛子的醋。

　　赵凯这次订的蜜月套房是送情侣套餐的，他们去房里休息了一会儿后就去指定的西餐厅用餐了。很巧的是，姚梓陌也在那里吃饭。他换了件白色的条纹衬衫，一条窄腿西裤，看起来俨然是个高贵的公子哥儿。

　　赵凯见了他气不打一处来，可是这饭也不能不吃啊。于是，他就找了个离他最远的位子坐了下来。戴妍则不时地朝姚梓陌那儿瞄，心不定，姚梓陌也是不时地瞥看这里，吃饭吃得漫不经心。

　　"我去上个洗手间。"这样的状况太折磨人了，叫她怎么吃得下去！

　　而且，她的心"怦怦怦"直跳，她真需要找个地方去定定神。

　　姚梓陌一直看着他们，他见戴妍朝厕所的方向去，便也就跟着追了过去。可是，他却被赵凯给抢先拦住了。

“你有什么事要找我老婆吗？”姚梓陌眉峰压低，看着他，不说话。

　　“我警告你，姚梓陌，戴妍现在是我老婆，你别想靠近她一步！”赵凯当即拉长脸，很不客气地说。

　　“请你让开！”姚梓陌顿时也铁青个脸说。

　　赵凯还是堵着他，没有要让开的意思。

　　“怎么，你看不好你老婆吗？稍不留神她就会跟别人走吗？！”姚梓陌很是不讲理地说。

　　“姓姚的！你想打架是吗？”赵凯顿时气得吼叫起来。

　　“你不是我对手！”姚梓陌挑着眉，一把推开他就往里走。

　　“姓姚的！你太过分了！”说着，赵凯就猛地冲过去朝他挥拳。

　　姚梓陌一个闪躲，反手抓住了他的胳臂，气势凌人地说：“我说过，你不是我对手！”

　　“你！”赵凯顿时眼珠子凸起，提起另一只手又朝他打了过去。

遇见你，是最美的风景

这两个人你一拳我一拳地撕打着，把餐厅里的客人和服务员都给吓坏了。戴妍仿佛听见外面不太对劲，就赶紧从厕所里跑了出来。她一出来就看见他们抱打在一起，脸上都青一块紫一块的。

"不要打了！你们不要打了！"戴妍连忙过去劝架。姚梓陌听了也就停手了，可是赵凯却还是疯了一样，又朝他打了一拳头，还把他打撞到了墙上，撞破了头。

"梓陌——！"戴妍当即心痛地叫了起来，想要过去看看。

但，赵凯那双强而有力的手一把拽住了她，眼神犀利，不让她过去。

"你是我老婆，你关心的应该是我！"他还紧紧地掐住她的手腕，很是凶狠地瞪着她。

"你没看他额头流血了吗！你出手怎么那么重呢！"戴妍顿时数落了起来，关切之情显然。

"心疼什么？"赵凯再次失控地朝她咆哮。

"姓姚的，你别那么猖狂！我告诉你，她是我老婆，跟你没有任何关系！"赵凯转而冲着姚梓陌大声吼。

姚梓陌一个抬脚就把一旁摆放的花瓶给踢翻了。

房里，赵凯一开门就把戴妍给甩在了床上，随而更是趴了上去，目光冷厉。"我不允许你再看他，再关心他，我不允许！"赵凯已然爱她爱得发狂，爱到迷失了自己。

而酒店的另一间房里，姚梓陌正在一个人喝闷酒。他之所以会来这里，是因为他看见戴妍跟赵凯结婚了心情很不好，所以，想来这里放松一下的。哪知道，竟然会在这里相遇，加重了烦闷和痛苦。

他这才体会到，看着自己心爱的人和另一个人在一起的滋味是这么难熬的，更是会令人疯掉的。是的，疯掉。他快疯了！他在戴妍和赵凯结婚的当天晚上，一闭上眼睛就会浮现他们两个同床共枕的画面，他真的要疯了！

姚梓陌快被折磨得崩溃了。他怒吼着一拳头打在了桌子上，却丝毫感觉不到疼痛。因为那份疼痛，远远比不上心痛。

第二天，姚梓陌就离开了。

晃眼，又过了半月。

中午，戴妍突然接到一个电话，那个电话是罗凯打来的。他跟她说，姚梓陌很不好，他现在一个人在香港，谁也不想见。他希望，她能去看看他，开解他。因为自从他和席妍结婚以后，他就像死了一样。而他会这样，完全是被那些所谓的责任给压死的。他忽然觉得，人生真的太凄凉了。

不可以过自己想要过的生活，不可以跟自己爱的人在一起，不可以违背那些所谓的道德和没有选择的选择。

他真的很茫然。

而也在这一天，她也才知道，姚梓陌当初的离开是因为他母亲用他父亲的病来威胁他。

所以，他才不得不放开了她。

梓陌……

可是戴妍并没有接受罗凯的提议，她没有答应去找他。

因为，一切已成定局了不是吗？

她不能再让这件已经有了结局的故事再生变故。

够了，就让这一切就到此为止吧！

梓陌，我相信，即便你现在是消沉的，但是日后，你一定会重新振作的。因为，你是我爱的姚梓陌！我的姚梓陌，是不会被生活所打败的！

当心中的纠结终于被打开了之后，能不能在一起就变得不那么重要了。因为我知道，你爱着我，而我也爱着你。那么，这就够了……

虽然，这是一场错误的相遇。

但是，我依然要感谢这份相遇。

正如你说的，遇见你，是我一生中最美的风景……